可愛くってずるくっていじわるな妹になりたい

鈴木涼美

幸福でふるえたわけじゃない

関西の大きな地震と新興宗教による地下鉄テロ。1995年といって最初に出てくる歴史的な出来事というとまさにこれ。沢山の善人が死んで、沢山のものが壊れた。年末に清水寺で発表される今年の漢字ってその年に始まった風習なんだけど、記念すべき第1回の漢字は「震」。震災の震、震撼の震。

私にとっても95年はふるえた年だった。12歳になったばっかりのその年の9月を境に、私の記憶はそれまでのセピアとかモノクロームとかぼんやりした輪郭のものから、照明がついてカメラのピントが合ったみたいに、カラフルではっきりしたものに変わる。私の人生は83年の7月に始まったのだろうけど、私が自分で辿れる人生の起点は多分、安室の「TRY ME」がガンガン鳴り響いていたあの年にある。野茂が活躍して、村山談話が発表されて、ドリカムの「LOVE LOVE LOVE」が年間チャート1位をとって、GAPが東京に進出して、『脳内革命』がベストセラーだった、そんな年。

小学校1年生の時に東京から鎌倉に引っ越して、家は赤茶色の煉瓦になって、庭は緑色で、制服は紺色になった。4年生の終わりから約2年、家族でロンドンに住んで、赤色の制服を着て、水色のソルト&ヴィネガーのクリスプスをランチボックスに入れて、先生の髪の色はブロンド混じりの茶色だった。そういうことは思い出せるし、結構仲良しの友達がいたのも、毎週乗馬をしていたのも、楽しみにしていたテレビ番組があったのも覚えているけど、それでも約2年ぶりに東京の空港に降り立って、夏休み明けに合わせてもともと通っていた小学校の教室に入るまで、多分、私の生活は、半分は親とか大人のものだった。ボーッとしてたって置いていかれたりしないし、選ばないで決まっている物事が沢山あった。

　2年のブランクと10歳から12歳の成長を経た後の東京は強烈だった。全てが極彩色で全部キラキラしていた。ジュリアナ東京は閉まっていたけど、イケてるおねーさんたちはヴェルサーチのバニティ・バッグを持ってクラブに行くのだと言っていた。FIELD OF VIEWの「突然」や岡本真夜の「TOMORROW」は小学生たちでもそらで歌えた。原宿で買ったＳＭＡＰやＴＯＫＩＯの生写真を持っている子が数人いて、他の子たちは「Myojo」や「ポポロ」を切り抜いてノートに挟んでいた。みんな毎週欠かさずＭステを見ていて、テレビに映るおねーさんたちはみんな夏はヘソ出しルックで冬はロングブーツを履いていて、誕生したばかりのプリクラに長蛇の列ができていた。クラクラするくらい沢山のものがあって、どれもすごく欲しかった。

　それまでの霧がかったゆっくりしたロンドンがもう随分前の話みたいで、猛スピードで色んなものを選んで手に入れないといけなかった。クリスマスと大晦日の間に、父親に頼んで初めて１０９に行ったけど、小6の私は何を選んで何を買えばいいのかもわからなくて、ただひたすらエスカレーターで上から下までグルグル回って、結局１０９-②のほうでサテンの白シャツを買って帰った。

秋に出たファーストアルバムのジャケットで安室が着ていたのが、サテンのシャツだったから。

それから、ものすごく色んなことがあった。中学に上がるとソニプラの化粧品コーナーがあまりに魅力的で、通っても通っても欲しいものはなくならなくて、メイベリンとクレージュの口紅の色を端から全部試した。友達同士でカラオケに入って、相川七瀬やＭＡＸや華原朋美の新曲を競って歌った。「プチセブン」がダサく見えてきて、「Cawaii!」を買うようになって、そのうち「egg」も買うようになって、載っている高校生のバッグの中身をくまなく検証して、自分のお金で買えるものはどんどん買った。キティちゃんのピンクのキルティングのポーチは小さいのも大きいのも入手困難になる前に買って、買いそびれた「たまごっち」は、新しい天使のたまごっちシリーズが出てすぐに買った。全然乾燥なんてしてなかったけど、Optuneのクリームも、ブロンズラブのジェルも持っていた。本当に欲しいヴィトンの三つ折り財布やプラダのリュックはなかなか買えなかったから、雑誌を毎ページくまなく見ながらどれから手に入れるか考えていた。３０００円もしたガルシアのチョコバナナ味のダイエットサプリは母親に取り上げられた。

手が届きそうで届かない生活は、自分がまだ幼すぎるから手に入らないように思えた。早く高校に入りたかったし、早く大人になりたかった。キラキラした雑誌の破片を集めるような毎日は超欲求不満で、光を発しているその内部に組み込まれたかった。エスカレーターで上がる高校が退屈そうで、渋谷が守備範囲の共学の高校に受験して入って、雑誌に載っていたおねーさんたちと似たような生活が送れるようになった後も、欲しくて買えないものが沢山あって、満足することなんてほとんどなくて、だからなるべく近道で手に入れる方法を探して、なるべく早く大人になる方法を探して、一つずつクリアしていくけど、一つクリアしている間に次に欲しいものは200個くらいできているから、忙しかった。パラパラも覚えなきゃいけなくて、カラオケで歌う曲はTSUTAYAで探して、写りがいいのが撮れるまで何回もプリクラ機に並んで、なんでもシール委員会は日によって調子が悪くて、試験期間中はたった一週間でも遊び回れないのが焦れったかった。ほんとは本なんて読んでる暇はなかったけど、バカになったら『プリティ・ウーマン』のビビアンみたいにバカにされる気がして、それも嫌だった。

そういう、二段飛ばしのごちゃごちゃした若さの記憶はでも、くっきりしたカラーで残っている。あんなに目まぐるしかったけど、悪いことするのは当たり前で、取り返しがつかないこともいくつかあるけど、お金なんて全然大切にしなかったけど、誰にも頼まれてないのに追い詰められて、死にそうになった夜もあるけど、楽しかった。楽しくってふるえが止まらなかった。恥ずかしい記憶を携えて、勇んで大人になっていって、クラブにもソニプラにも興味なくなって、でも覚えているっていうことは、形作っているということだ。だから誰かが私のことを解剖して、幸福にしてくれるために手術しようとしたら、臓物と一緒に飛び出すのはそういう極彩カラーの青春なんだと思う。95年、安室と華原とジュディマリが鳴り響きまくっていたそんな年に始まった、私のアドレッセンス。それがあるから大丈夫で、それがあるから幸福じゃないのかもしれないけど、取り除くのはどっちみち無理で、せっかく解剖してくれたのにごめんね、と思う。

第1章　（アタマ良くてかっこよくてセンスがいい）お兄ちゃんが欲しいっ♡

第2章　可愛くってずるくっていじわるな妹になりたい

2017

2019

2020

第3章 刺激的で難しくてオシャレな本と震えたい

第4章 上品でつまんなくてゼツボー的な世界を蹴っ飛ばしたい

※本文中の年齢や年号などは、初出媒体に掲載した当時のままにしております。

第1章

（アタマ良くてかっこよくてセンスがいい）お兄ちゃんが欲しいっ♡

♥サブカル男子の魅力にしなだれて

2014.11

卓球といえば松本大洋[1]より圧倒的に稲中[2]だし、勿論フリッパーズよりSOPHIA[3]なのだし、人生の通常運転時には悩ましいサブカル男子は不要なものだと位置づけて久しい。そもそも日サロ[4]と109に行ったことがなかったり、『アメトーーク！』を穿った目でしか見なかったり、ハロウィンに六本木に来なかったりする男なんて、大衆の中でRady[5]着てシャネル持って死にたいとか思ってる私にとっては何かと気疲れするわ不便だわで、勿論存在自体を否定するようなことはしないけど、うん♥どっかで勝手に逞しく生きてて♥とお祈り申し上げるのみなんです。ええ、人生の通常運転時には。

でも何故か私の携帯発信歴などスクロールすると、消えそうで消えない位置に、カラオケで電気グルーヴ歌って、何故か高いヘッドフォンとかが部屋にあって、単館上映の映画のパンフとかも積んであって、何で稼いでるのかよくわからないけれどもマニアックなイベントとかも主催している、一言で言えばサブカル系な男子がいることも、それなりに自覚はしている。そして渋谷と六本木と歌舞伎町だけで基本的に事足りる生活をしているくせに、高円寺とか下北沢とか中野とか微妙なスナックとかにもなんだかんだ年に2～3回行ってしまう。

3分間自己分析をしてみると、ワタクシ何かしでかしちゃった時とか、トラブルがトラブルを呼んでトラブル二乗になった時とか、もう一生お嫁に行けない気がする時とか、要は人生辛すぎワロタ状態の時に、そういう小劇場でヴィレヴァン[6]で進撃の巨人な男に電話をかけてしまう癖があるようだ。それなりのそれなりに恥の多い人生を歩んできた私には、そういう辛すぎワロタ状態はぼちぼちの頻度で訪れるんですよ。女子高生時代に暴利でパー券[7]売ったら変な蒲田のヤンキーに脅されたり。ブルセラ[8]の価格タグが世界史の先生に見つかっちゃたり。キャバクラ飛んだら店長が家の前まで来たり。元カレが私の出てるセクスィー映像を親に送りつけたり。

基本的にわかりやすく都会的で大衆的であるものにこそ神が宿ると思っている私が(プリクラ機には目をでかくする神が宿っているし、夜の東京タワーには素直になれる神が宿るし、オカネには愛の神が宿る♥)、何故そういうタイミングで都会的な記号を嫌う男子たちの胸に飛び込みたくなるのか。それは彼らが、私を苦しめる一般的な意味での規範や価値を、日頃から斜に構えて捉えているからなのでしょう。あくまで例えばですが、週刊誌に良からぬ過去を書きシバかれて白い目で見られてマイッている折、週刊誌的価値観なんて深夜ラジオの音でかき消すぜくらいに思ってる眼鏡大学生なんかは、即即でヌイてあげたくなるほど愛おしく見えるのだ。

何が言いたいのかというと、今回テレビブロスで連載など始めさせて頂くことになったのは、別に今更キャラ変えていこうとか思ってるわけではなく、男の趣味が変わったわけでも決してなく、ちょっと辛すぎワロタ状態だった10月初めに、普段会ったらいけすかないお洒落メンズだと片付けてしまいがちな編集部のおぐらさんが、世界一魅力的なオトコに一瞬見えたからなのでした。めでたしめでたし。

1――『鉄コン筋クリート』で、教室でヘッドフォン付けてるタイプの男子たちのハートを掴んだ後、『ピンポン』映画化の主演は窪塚洋介とARATA(現・井浦新)で、ヘッドフォン男子と生息地が近い女子たちにもいろんな意味で刺さっていた。ちなみに比較的初期の短編集『青い春』は豊田利晃が監督して映画化し、主人公の松田龍平を凌ぐほど好演していたのは新井浩文。

2――他の古谷実作品がやや観念的すぎるのに対して、あらゆる一般人に開かれた『行け!稲中卓球部』は日本のギャグ漫画の最高峰の1つ。筆者は一時メールアドレスをシネシネ団にしていた。

3――気軽な気持ちで揶揄するといまだに各地に生息するオザケン信者や小山田ガールズのものすごく面倒くさい襲撃を受けるア

ンタッチャブルな2人組。とりあえず歌が下手。

4――ホストのラストソング以外ではもうあまり歌われることのない「Believe」など多少知られた曲もあるが、ボーカルがイケメンという以外に後世に伝える情報は特にないバンド。

5――90年代後半の女子高生に、イリオスやブラッキーのヘアゴムはおしゃれなブレスレットとして使用されていた。

6――「小悪魔ageha」のモデルだった武藤静香プロデュースのブランドで、当初の主力商品はビジュー付きのスウェット。Radyの服をメルカリで出品すると、必ず礼節を知らない、ギャル文字かつほとんど日本語の体を成していない購入メッセージと対峙することとなる。

7――世の中がスマホ化する前は、簡単に言うと世界中の誰もが今でいう情報弱者だったので、道で声かけて高校1年生にパー券を売る、というようなことは結構簡単にできた。ちなみに当時はクラブに高校生が普通に入れたので、イベントというとパラパライベントが主流で、怖いギャルばかりかと思いきやイケてるグループに入りたくて入れないダサめの子が場違いなワンピとかでやってくることもしばしばあった。

8――ブルマとセーラー服が語源と言われている、使用済み下着専門店。若い女子と資本主義が最も華々しく交差した時代の、「手は汚さず下着を汚す」バイト。業態は写真付きでパンツを売るタイプのものから、実際に目の前のマジックミラーの向こうで女子高生がパンツを脱いで渡してくれるものへと移っていき、02年頃には摘発等でほとんどなくなった。

涙の数だけ、つくしてみせようホトトギス

2014.12

２０００年代冒頭がNEWSの「weeeek」なのはわかるけど、続いて谷村奈南「JUNGLE DANCE」なんか知らないし、SOPHIAはありがたいけど最後がCrystal Kayなのは微妙だ。90年代はT-BOLANの後に岡本真夜「TOMORROW」[9]、SIAM SHADE「1／3の純情な感情」[10]から郷ひろみ。その後に相川七瀬「恋

心」と爆風スランプ「旅人よ」も待っている。何の話かというと、NYから帰る機内のオーディオプログラムで、J-Pop Standardという年代別チャネルをひねってみたところ、最初に流れる「スカイ〜♪」とかいう音響からして突っ込んでくださいといわんばかりで、せっかくのマグノリアのカップケーキでロックフェラーのクリスマス装飾な気分が、全部シャムシェイドと爆風スランプにかき消されたのです。

かき消された記憶を探ると、久々の西洋はやはりとても階級的で、あんなに便利なバスには老婆と稼いでなさそうな人が乗っていて、地下鉄にもヒール履いている人がいなくて、ドアマンとプラダの店員は一緒に飲みに行かなそうだし、ネイリストと投資銀行ウーマンは女子会を開かなそうだった。私も、昔はエリート層が確立した社会に憧れ、エリート層に憧れ、オフィスで部下の原稿に目を通しながら、ダイヤのでっかい指輪をつけて「ああこれは1億円くらいよ、ほら私って子供とかいないからね」とドヤっている自分を想像していた。今考えれば上品な「エリート」がそんなドヤり方しないかもしんないけど。

しかし20代を駆け上がり性格も体型も丸くなって、「みんな違ってみんないいbyみすゞ[11]」的な、全国民が『篤姫[12]』と『あまちゃん[13]』見てますよ的な、みんな『赤い実はじけた[14]』と『ちいちゃんのかげおくり[15]』で育ちました的なこの街は、結構嫌いじゃなくなった。常にタクシー移動で有機野菜のサラダを食し、レストランのウェイティングバーでヘミングウェイの話をけだるくする生活は、年に数週間でよくて（数週間も何もしたことないけど）、キャバクラの寮で集団生活とか下北で一番安いカレー探すとかマン喫でウシジマくん一気読みとかと併用したいし、何より私はネイリストも大工も弁護士も集めてカラオケしたい。

しかしそんなみすゞな世の中にも階級があるのだなというところで話はようやく、最初のJ-POP祭りに戻るのですが、愛してるにまつわる人の振る舞いを見ていればわかる。社会の階級は隠されていても、愛の階級は強固にある。愛してるとか言わないでも3倍速で愛してもらえるアッパークラス、愛してるとか言ったら3倍の意味で勘違い気味に受け取ってもらえるミドルクラス、愛してるとか言われたら3倍の力を振り絞って肉体的に或いは金銭的に相手に尽くすワーキングクラス。J-POPは大抵、恋の労働者階級の賛歌である。勿論私はロウアーワーキングピープル、聞こえた言葉を盲目的に信じ、30倍の力で愛し返す。昔は愛の階級こそ廃藩置県や華族令の廃止のごとく早急に解消すべきと思っていたけど、最近それはそれでいい気もしてる。愛しても1／3も伝わらない世の中で、明日からまた日月火な生活の中で、恋心があてもなく怯える夜、涙の数だけ強くなって、強い風に今立ち向かっていくなんて、なかなか涙ぐましいじゃないですか。このままいくと私、3年後くらいに体型も性格も球体を超えて楕円形になっていそうだわ。

9——ピアノの練習曲だった！　合唱コンで歌った！　という反応でものすごく世代がわかる、オールジャンルの女子たちに歌われた90年代半ばの名曲。歌っていたのはモテそうなブス。

10——B'z好きなオヤジがカラオケで歌いがちなバンドの唯一の大ヒット曲。ごくたまにホストのラストソングで聞くことがある。

11——授業で金子みすゞを熱を込めて扱う教師は、両親とも教師というような教育者家庭に生まれて、反抗している子も本当はきっとみんな良い子、と思っているような人が多く、善意と正義感の塊なのだけど、極めて有害である。みんなが良い子なワケはない。

12——関東での平均視聴率24・5％、地元鹿児島での最高は41・9％となった、異例の大ヒット大河ドラマ。宮﨑あおいの最盛期。

13——主演女優の事務所トラブルなどによってみんなの記憶から徐々に消えていってるが、一時、普段はＮＨＫすらつけないような視聴者層も夢中になった朝ドラ。

14——平成になってから小学校の国語の教科書に初めて掲載された恋バナ。作者は『キャンディ・キャンディ』の原作者かつコバルト文庫で大人気だった少女小説家ということで内容はお察し。赤い実はじけた、とは要は初めての恋の芽生えを表現しており、すなわち女子の性の芽生えを意味しており、考えてみればグロテスクな表現である。

15——戦争の残酷さを、小さな女の子の死から描き出しているといえばこれと『火垂るの墓』。これも光村図書の教科書に収録され、あまりに可哀想なのでみんなが覚えている。

セクシー美女が好きと言ってよ

2015.01

録画した正月特番の見過ぎで、昼寝中に芸能人とキスする夢ばっかり見ている涼美です。私はミーハーなので、しょっちゅう画面の中の誰かに恋するんですが、最近はもっぱらアナウンサー[16]にばっかり目がいくので、たぶん身体と心が安定を求めているんだと思います。

某媒体で、女の子が好きな芸能人を聞かれた場合の模範解答は「さまぁ〜ず三村と結婚したい」ですよ(で、その対極にある地雷解答は水嶋ヒロ[17]と櫻井翔)とか書いたら、私の知り合いの中で一定数を占める「ポスドク[18]系無職」と「文化系男子」たちからは、「いやぁ好きな男が櫻井翔なんて、無邪気でいい娘じゃないか」とか、「水嶋ヒロ、俳優としてはいいけどね、『メイちゃんの執事』見た？」とか、可愛げのない反応が返ってきた。「水嶋ヒロがイケメンでサッカー上手くて慶應ボーイで小説とか書いたところで俺はコンプレックスを刺激されるような男じゃないぜ、勝負してるところが違うからさ。ま、タレントの生存戦略ってとこかな、フッ」的な2回転ねじれた面倒くさい男が、世の中結構いるのである。

彼らには一生穿った態度で坂口安吾でも読んでいてもらうとして、確かに、基本的な模範解答とは別に、ジャンル別対策というのはある。例えばアタマに入ってる理論と学歴だけは額縁に入れたいほど立派なポスドク男たちの前で、「古市憲寿くんって格好いいよねー♥」とか言おうものなら、親のカタキみたいな顔で睨みつけられ、居酒屋の一角で古市ディスが始まったりするし、サブカル男子に向かって「痛快ウキウキ通り当時のオザケンめっちゃタイプだったー♥」とか言おうものなら、キミたち普通のオンナがいかに小沢健二の本質と素晴らしさを理解していないか、についてとうとうと語られたりするし、なんだかとってもウザい。基本的に、安易にその場の雰囲気に迎合せず、同ジャンルからは遠ざかったほうがいいらしい。ポスドク男には小栗旬とでも答えて、へーよくわからないけど女子的にはああいうのが格好いいんだね、と言わせておけばいいし、文化系には最早キムタクとでも伝えて、キムタク文化の終焉について独自理論でも語ってもらえばいい。ジャンルは定かじゃないけど面倒くさそうな男には、最後の逃げ道としてヒュー・グラントとジョニー・デップって言っとけば、とりあえずいかなる日本人もかすりもしないが故に誰の逆鱗にも触れない。

で、まあ私は可愛くて親切な上にフェアな人間なので、逆に男が答える好きな芸能人についても考えるのだけど、結構癪に障るのが、自分が似てるって言われる芸能人を口にされた時である。男が発したのが私的に「似てるなんて光栄ですが嬉しくはない人」の名前（私の場合は夏川りみとmisono）だったりすると、似てると思ってんのかよという卑屈な気分になるし、男がリアルに好きな芸能人が、偶然こちらがお世辞でたまに似ていると言われる人（私の場合は堀北真希）だったりすると、うっかり「私この間似てるって言われたー」とか言った時の彼の拒絶反応に傷つく。やっぱり男には、清々しく壇蜜とかインリンとか言ってほしいものである。今まで聞いた中で、最も冴えた解答は「カツオの友達の花沢さん」なんですけどね。

16——女子アナに比べて、日本社会における記号的存在感には欠ける男子アナ。やっぱり男は髪をといてもらってお顔にお化粧してカメラの前に立つよりも、裏方で汗流してる俺たちの方がかっこいいぜ、と思うからでしょうか。結構イケメンの宝庫です。オススメはＮＨＫの青井アナ。

17——又吉の台頭や、テレビ出てる有名な人が小説を書いて評価されるという事態の平準化で一気に全ての人の記憶から消えた水嶋ヒロ『KAGEROU』。

18——ポスト・ドクターの略。要は博士課程も終わったのに学者になりきれていない、大学院に巣食う貧乏な人たち。グラデュエート特有のプライドがあるのでなかなか労働しない。

キャニューセレブレイト？

2015.02

背が高くて大阪弁のなかなかゴミなカレシとくっついて離れて、また似たような男とくっついて浮気して気持ちが離れてまた今度は別のゴミとくっついて、一人ビバリーヒルズ[19]劇場を繰り広げている31歳は私です。だって大阪っぽい横柄な男ってムカつくけど好きなんだもん♡とか言うと、多分新宿区以外の都民全員が苦笑しながら5歩くらい引くのはわかるんだけど、森高千里が「やっぱりあなたが 好きだから今日も 許してしまうの」と楽観的に歌っても誰も引かないらしいので、この世の中本当に不公平だなと思います。

で、私がそんなことやそんなことよりさらにゴミなことを15年間くらい繰り返している間に、大学時代の親友（電通[20]勤務、痩せ型巨乳の色白美人で元ビッチ）の子供がむくむくと育って妹までできて、今年から小学校に入るらしい。31歳ってそんな年なので、私はと言えば、結婚願望とかありますか？ という質問を、キミたち本当に私のライフプランにそこまで興味あるのか!? とつっこんでしまいそうになるくらいされるのも、鈴木さんて子供とか欲しくないんですか？ という質問を、眼の奥に何か縁起の悪いものを光らせながらされるのも、飽きたとか通り越して最早プロである。

結婚したいですか、子供欲しいですか、と聞かれた場合に私は、もちろん！ 大きな窓の小さな家で白いパンジーと子犬はマストですよね！ そして私はレースを編むのよ坊やは庭で遊ぶのよ、彼より先に寝てはいけないしめしは上手く作るしいつも綺麗でいるし親も大事にするわ、あ、当然結婚式は森の小さな教会でてんとう虫がくちづけせよとはやしたてる中、二人きりだね今夜からは少し照れるよねと囁きあうの！ ああ、早く彼の髪が肩までのびないかしら？ とまくし立てることにしている。面倒くさいから。

そういう質問をしてくる人は、こちらの迷いが見たいのだ。悩みのなさそうなキラキラシングルガールのふと不安になる夜とかな。

私の不安は見世物じゃないのでそういう質問に「そうですねー、今は今の生活が楽しいけどこのままずっと独身生活わっしょーいとか言ってはいられないし、でも今の生活を捨ててこの人について行くってほどの人とはまだ出逢ってないし、でも子供産むリミットもあるし、ああどうしよう」とか答えてはあげない。そんなことウカツに言おうものなら、揺れる30代女子の結婚アンビバレンツを祭り上げられて、やっぱりチャランポランな夜のオネエサンもやるせない夜に迷うのだな、と文学的に解釈されそうで萎える。

ただ、当然キラキラシングルガールにも、このまま独身生活わっしょーいとか言っていられないしああどうしようと思うやるせない夜は訪れるわけで、加えてオトコと離れてくっついてまたくっついてキュンキュンしている時には、この人にめしは上手く作れって死ぬほど言われたい夜だってある。けれども色々と身の回りの過剰な快楽の粉末を、はらって捨てる技術がないからこの生活を続けているのであって、そういう夜は捨てる技術を身につけてこなかった自分の払うべき代償と言えなくはない。いいんです、オンナには幸福になる権利[21]が目一杯あるけど、不幸になる自由だってあるのですから。そしてそんな迷いの夜があればこそ、大黒摩季と中島みゆきにカラオケ印税が払われ続けるのだよ。

19——90年代に日本でも人気だった米ドラマ『ビバリーヒルズ青春白書』。庶民がセレブな学校に入ってしまうことから始まるストーリーは、『ゴシップガール』にも『花より男子』にも通じるお決まりの設定だが、ドラマの要はごちゃごちゃした狭い人間関係の中であそことあそこがくっついたり、今度はそちらとあちらがくっついたりする、よくある、でも結構荒々しい恋愛の始まりや終わり。

20――社会人になると別にそこまで会わないのに、女子大生の頃は毎日電通のニューフェイスに出会っていた気がするので、女子大生と飲み会するのが仕事なのだと思う。部署や性格にもよるのだろうけど、飲み会が大掛かりな印象。10対10で富士急ハイランドに行って富士山の近くのロッジで飲み会という2日がかりの会に呼ばれて、2組の他人のセックスを間近で見たことも。

21――仕事などがそこそこ上手くはいっていても肉体的、精神的に満たされない女が歌うカラオケランキングに2曲ほどランクインする大黒摩季の歌。

児童ネタとか書くとすでに卑猥ですが

2015.03

なんか先週、千駄ヶ谷のカレー屋さんで、フェミな作家さんとフェミな編集者さんとカレーを貪っていたら、「男ってほんとロリコン[22]」みたいな話題に差し掛かって、もうだいぶ陰りが見えるものの、かつてはロリ顔で無害そうなのをいいことに色々悪いことをしてきた私、さらに言えばロリ顔っていうだけでその巨乳に何倍もの価値を付加してもらってきた私はちょっと気まずさを感じながらナンをかじっていた。

私の黒歴史はどうでもいいのだけど、私はロリコンと聞くと筒井頼子×林明子の絵本『はじめてのおつかい』の主人公を想起する。あの少女はたしか5歳。ロリもロリすぎるんだが、牛乳を買いにやってきた店先にたたずむあのスカートから伸びる生々しい脚や赤らんだ顔、どんなロリ系アイドルも彼女に比べれば擦れてるわけで、女の原点というのはああいう、存在するだけでどうしても手をもいだり顔に何かひっかけたくなるような不気味な無垢さにあると思う。ちなみに同著者タッグの「とんことり」は、さらにその幼い少女の不気味さが際立っている。

さすがに牛乳買いに行くみいちゃんよりはずっと逞しいものの、私の好きなロリの系譜に、『火垂るの墓』

のセツコと、エリザベス・テイラーが出ていた49年版『若草物語』のベスと、キム・ギドク監督の映画『サマリア』[23]のチェヨンがいる。あら、みんな死んじゃう。ロリ嬢たちの魅力は、過剰に無垢な幼稚さをアピールすることで今後降りかかる汚い世の中の汚い出来事が逆に想像されてしまう気味の悪さにあるようだ。死んで崇高な主人公たちはその気味の悪さを保存するが、多くのサバイブするオンナというのは世間の荒波にもまれて七変化がごとく変わってしまい、強く太くなるかわりに気味の悪い危うさは失う。スカートから伸びていた不気味に生々しい脚はいずれ黒ずんでくすみ、傷だらけになる。無垢さを見せた数年後には必ず見た者を裏切る。

　全然話は変わるけど、私のカレシは34歳で、多分25年間くらい「時間にルーズなところを直しなさい」と言われ続け、それによる仕事機会の喪失も幾度となく経験していて、もちろん私もこれまで付き合ってきた数十人の元カノたちも「今度遅刻したら別れる」くらい余裕で何度も言っているけれど、断固として変わってはくれない。男は、世の中の汚さにさらされようと、愛欲の汚さにさらされようと、変わってはくれないものだからしょうがない。どうしてちょっとでも変わってくれないのよヒドイと思うけど、オンナだってなかなかヒドイ。前は俺のちょっとオラオラな態度をカッコいいと思ってたくせに、なんでモラハラ[24]とか言うんだよー俺変わってないぜ、という気持ちには察しが付きます。

　でもオトコが変わらないのがどうしようもないのと同じで、オンナの七変化もどうしようもないの。だから裏切りの変貌を遂げる前のロリちゃんたちを愛でるロリコン男子ちゃんたちの気持ちは非常によくわかるんだけど、おつかいみいちゃんだって10年後に援交して20年後に離婚するかもしれないし、セツコだってベスだってチェヨンだって、死んでなければ、その後15キロ太って生協の配達員の悪口言ってるかもしれないよ、とは言いたい。あ、だから崇高な存在であり続けるためにみんな死んじゃうのか。凡人は凡人らしく、逞しく生きなきゃいけないのよね、嫌になっちゃう。

22――おばさんたちの飲み会で30分に1回くらい呟かれるやっかみではあるが、若く初々しく経験が浅い、というのが夜の女を商売とする場ではお金になることを考えると、多分外れてもいない。ロリコンは何も、リズリサ着ているロリ系ファッションが好きということではなく、自分より経験・知識・お金などがなく、庇護の対象となる女が好きという状態に使った方がわかりやすい。エロの現場で「素人」がもてはやされるのも、男は自分より経験豊富な女なんて相手にしたくないからなのだろう。

23――日本でいうかつての「援助交際」や現在の「パパ活」が韓国にもあるんだ、という発見とともに、その批評的ではない生の眼差しと崇高な女子高生の生足が美しく映された傑作。

24――三船敏郎の娘と「ロード」の歌手の離婚で一気に一般に知られることとなったモラル・ハラスメント。似たような現象を体験した女性は多いらしく、いろんなハラが乱立する中、完全に一般名詞としての市民権を得て多用されている。この言葉がなかった時にはこの男は何系だと呼ばれていたんだろうと思うほどモラハラ系の男って多い。

オバサン・ドットコム

2015.04

細長くてパキッと折れるケースに入ったシングル[25]はもちろん、そもそもCDというものを最後に買ったのはいつかしら、と考えると思い出せないほど、時代に適応しているシティ・ガールの涼美です。多分、安室奈美恵「PAST＜FUTURE」（２００９）と西野カナ「to LOVE」（２０１０）と思うのだけど、それも彼氏の車のプレーヤーに入っている音楽が、あまりにお洒落チックな洋楽すぎることに腹をたててツタヤでヤケクソで買ったもので、そのままその車に置いてきてしまったので、今は所有していない。

先日、実家の本棚をいい加減片付けて下さい母よりというメールが届いたので、創刊当時の「egg」だとか「東京ストリートニュース！」だとか、或いは『きみはペット』だとか『ハッピー・マニア』だとか私の生き様にダイレクトに影響した本が埋葬されている本棚を整理した。すると出てくる出てくる細長いパキッと折れるシングルＣＤや、お気に入りアーチストのベスト版や、初回限定特典がついたジャニーズ系のアルバムが。

思えばあの頃、別に私はオンガクなんて微塵も興味はなかった（今もない）。ＣＤを買うという私のその行為の原動力は、カラオケのレパートリーを増やすということを除いて、それが若いイケてる女子のオカネの使い道として正しいと信じていたからにほかならない。私のお小遣いは小６で３０００円、中学が５０００円、高校で１万〜３万円だったような気がする。大したものは買えないので、生活に必要な服とか食べ物とかはおそらく別途親に買ってもらって、お小遣いはひたすら、いつかなりたい素敵なオネエサンになるためのアイテムに使っていた。

「縮〜んじゃうじゃう不思議なリップ〜♪」のＣＭで人気を博したリップクリーム「キャンパス・リップ」[26]とか。なんか持っているとおとなになった気がする「肌水」[27]とか。爪が不自然にツヤツヤになる「フルセッシュの爪磨きセット」[28]とか。シャンプーなんて家にあったけど「ティセラ」[29]を使わないといい女にはなれない気がした。肌なんて何もしなくてもツルピカピカ丸だったのに、なんか塗らないと気がすまなくて「アクメディカ」[30]のパウダーを鞄に忍ばせて学校にいった。

そういう、なんか自分に必要かどうかはもとよりスキかどうかもよくわからないまま巻き起こる消費力は日本の「かわいい」文化をひたすら支えたし、ハイビスカスの髪飾り[31]がおそらくハワイより売れる（涼美推計）みたいな東京を支えたし、Ｊ-ＰＯＰのＣＤが２００万枚とか売れる事態を支えていた。で、そうやって買ったＣＤの曲はみんなが青春の思い出として覚えていて「かがや〜く白い〜♪」と私が歌えば、隣のまりこさんが「恋のは〜じまりは〜♪　ああ名曲！」とかぼやくことになっているのだから別に悪いことじゃない。

ただ、私は今は「AneCan」の表紙になろうと『ヒルナンデス！』で特集されようと似たような水着を毎年買ったりしないし、劇的美人と広告がうたれようとファンデーションを買い替えたりしないから、ほんとオバサンってしょっぱいな、なんて、森高千里が変なガッツポーズをしているジャケット[32]のシングルCDを見ながら思った。

25——かつての若者たちは、歌を1曲1000円で買っていたのだ、しかもそれを買う人が歌手によって時には200万人とかいたのだ、というのを今の女子高生に話すと、私がかつておじいちゃんの時代は20円あったら贅沢なものが食べられた、と聞くのと同じくらい衝撃の顔をされる。

26——使用して残量が減るたびにケース自体もちょっとずつ縮んでいく便利なリップクリーム。ポケットに忍ばせて授業中に塗る、みたいなコンセプトだったと思うけど、数ミリずつ小さくなったところで別に入るポケットの大きさは変わらない。だから見なくなったのかどうかは知らんけど。

27——水とグリセリンでできたものを昔から日本では化粧水という。要はスキンローション。超シンプルで売りどころがなさそうな化粧水を「肌水」と名付けて大ヒット。美しい資生堂のコピー。

28——マニキュアを塗ることを許されない小学生や中学生は、クリームとヤスリで爪をツヤツヤにする爪磨きに精を出した。

29——「香り」を売りにした資生堂のシャンプー。EAST END ×YURIやdos、PUFFYやSPEEDなどイメージキャラクターを変えながら、多彩な香りを発売し、90年代後半に大ヒット。

30——ニキビ肌にも使える優しい成分、という謳い文句の若年層向けコンパクトのパウダーは当時の女子中学生のカバンの中に必ず入っていた。別に塗って害はないが、元々彼女たちの若い肌はキレイなので塗ったところで特に何も変わらない。

31——髪につける花飾りは当時のギャルを再現する時に使用されがちだが、本当に流行したのは一夏のみ。それでも日焼け肌ブームの中で、ハイビスカスやプルメリアなどの南国の花モチーフはその後も女子高生のファッションの中で流行した。キティちゃんも頭に南国フラワーをつけたデザインで登場。

32——「私がオバさんになっても」のシングルCDジャケットは、キュロットに柄シャツの森高がガッツポーズをして、そこから吹き出しのデザインで曲のタイトルが入っている。上品で美人な顔立ちで、年を取ってからは単純にキレイなおねえさんという印象が強い森高千里が若い時からすごかったのは、歌詞の才能やドラム演奏などに加えて、当時でさえちょっとダサい振り付けやポーズ、衣装の優等生的気合いが何一つプラスにならないと同時に何一つマイナスになっていなかったことだと思う。

ビリギャルなんて呼ばないで

2015.05

最近、普段使ってないメールボックスを久しぶりに開いたら、ホステス時代のお客さんから「顔大きくなった?」っていう業務連絡が来ていたので、いつもプラセンタ点滴に行っている新大久保の医院の先生に報告したら「歯ぎしりのしすぎで頬の筋肉が異様に発達していますね」と言われたのは私です。ということは、私の顔には歯を食いしばるほどの不満と不安が詰まっているということになるので、ツイッターなんかで私について、顔の幅広すぎじゃね?的な批評ツイートをするのは構わないけど、そんなことしたら私の顔、さらに膨らみますよ。

顔の大きさについてのヤジを除いて、私が最近ツイッターでエゴサーチした際に気になったことと言えば、「元祖ビリギャル」[33]という文言である。ビリギャルとはその、最近映画化もされている、一念発起して慶應大学に入った女子のことである。ちなみに原作の本の表紙モデルは石川恋[34]、映画の主演は有村架純[35]なので、元祖とか言われて悪い気はしないんですが、私はみんなの好きな「もともと成績が悪く遊んでいた子が頑張って勉強を始めて努力して成績をあげた」タイプではなく、みんなの嫌いな「遊んでいたけどもともと要領がよくて成績も悪くなかった」タイプなので、映画化されることはなさそうです。

で、全然「ビリ」ギャルではなかったけれど、ギャルではあった私としては、その石川恋とか有村架純が扮する女子高生役が、果たしてギャルなのかどうかがよくわからない。というか、ガン黒とかパラパラとかメッシュとかのギャル記号が、普通のちょっと派手な子とか茶髪だけどギャルじゃない子との住み分けをはっきりさせていた時代が終わり、ギャルとはいっても白ギャルとかお姉さん系のギャルとかが主流の現在の状況では、何がギャルと非ギャルを区別するのだろうか。ビリギャルさん、別に黒くない。髪も汚くない。金髪だけど、きゃりーぱみゅぱみゅだってツケマに金髪じゃないか。

だけど、実はギャル系全盛期の1998~2000年頃だって、ギャルと非ギャルの区別というのは、当人たちにしかよくわからなかった。金髪だろうが肌を焼いていようがラブボ[36]のワンピにエスペの厚底だろうが、ギャルと認められない子だっていた。「ギャル系ではあるけど、全然ギャルじゃないじゃん」「あの子、ギャルになりたい子だね」というのが、ギャル系女子高生の間で最大の蔑みの文句だった。はて、あれは何を区別していたのだろうか。ヒスとか着ててもギャルな子がいて、アルバ[37]を着てもギャルじゃない子もいて、記号がそのまま区別につながっていたわけじゃなかった。

要するに、ギャルというのはファッションのジャンルというより精神論に近いのであって、運動神経が良いというのとスポーツマンシップを理解しているというのが似て非なるものであるのと同様、ギャル系ファッションに優れているというのとギャルであるというのはまた別の物差しで測られるものであるらしい。そしてその精神論は果たして何だったか、と考えると、ギャル文化と心中する覚悟、みたいなものであったような気がする。その後にどんなことが待ち受けようと、今ギャルであること以上の優先事項がない、という潔さがなければ、ピアスも日焼けもヤリマン活動にも歯止めがかかる。現に、まごうことなきギャルだった友達は、ギャルを脱ぎ捨てたと同時にすっぴんにジャージの主婦になった。ハレルヤ。

33——塾の先生が、勉強のできないギャルが一念発起して慶應に合格した話を『学年ビリのギャルが1年で偏差値を40上げて慶應大学に現役合格した話』として書籍化し、大ヒット。映画化されたほか、現在では当の本人である小林さやかさんも講演や書籍執筆などで活躍する。

34——それほど名前を知られていなかった清楚系の美女モデルで、ビリギャル本の表紙でカバーモデルに抜擢され、金髪ギャル姿を再現し、プチブレイクした。

35——元々大人気だったが、朝ドラ『ひよっこ』でおじさん世代に日本一とか言われるようにすらなった、時々顔が丸くなる美人女優。頭蓋骨を切断するほど大規模な整形手術をしたのはおねえさんの方。

36——LOVE BOATの略。女子高生による109ブーム初期は、me Janeと並んで女子高生が欲しがるショップ袋の代名詞だった。本家人気がやや陰ってからも、109の色々なフロアにLDSやLB-03、LOVE GIRLS MARKETなど多ジャンルの姉妹ブランドを出したため、多様なブームに対応し、長くマルキューという名の戦場で奮闘。

37——リゾートファッションとして立ち上げられたブランドが、なぜか南国風に突っ走っていた当時のギャルたちのターゲットとなり、一気に女子高生のブランドになってしまったのだが、大ブームを巻き起こして、他のマルキューファッションに比べれば高めの値段にもかかわらず売れに売れた。ちなみにアルバ人気全盛の当時、109の地下1階にあるme Janeは、オリジナルブランドよりもアルバローザなどのリゾート系ブランドを扱うセレクト店だった。今は見る影もないけど、ジャングルのような葉のデザインをあしらったオリジナルショップ袋は、女子高生の中では学生鞄の代替品としても使用され、袋欲しさに高い服を買う女性もいた。当時はメルカリなんてないから、ショップ袋だけ買うことなんてできなかったんですよ。お金持ちの友達に分けてもらうくらいはできたけど。

指原より私のほうが可愛いし

2015.06

ホテルでＡＫＢ総選挙の生中継を鑑賞させられて、高橋みなみ[38]のスピーチに日本全国民とともにジーンときた不甲斐ないアラサー女子は私です。だって「人生は矛盾と闘うもの」「わからない道を歩き続けなきゃいけない」なんて、可愛くありたいの可愛いだけじゃダメなのと宣う多くの報われない女子たちの人生そのものなんだもん。

それにしても、相変わらず日本の男子たちは、なんて良識的なんだろうと思う。鼻が多少団子っ鼻でも、脚がやや太くても、眉毛の形がいびつでも「いや、僕はそんなところ気にならないよ」と票を投じる。絶対あの子のほうが美人だけど「僕にとってはキミの方が可愛らしい」「僕はキミの内面的な魅力を見ている」「キミの頑張りを評価したい」と、まさに友人の評価はイマイチでもShe So Cuteである。私はそれが気持ち悪くてしょうがない。

ミスチル[39]先生が、She So Cuteと歌うのはいい。だって、それはエゴとエゴのシーソーゲームをしている恋愛相手のことである。完璧な美人でなくてもキミが好き、と言えるのはまさに恋のなせる業なのであって、別に恋愛感情のない相手だったらパーフェクトに輝く美人であったほうがいいに決まっている。だから私は、誰かが個人的に精神的ないし肉体的関係を紡いでいるわけではない、むしろそうしたいという具体的計画すらないオンナに対して、「不完全さを愛する」という態度を示されると、なんとも言えない居心地の悪さを感じるのだ。そういう男たちは大抵、素人ナンパもののAVが好きで、いきものがかりの応援歌が好きで、そして口を揃えて言うのである。「浜崎あゆみじゃ絶対ヌケない」と。

世代臭匂わせすぎて申し訳ないが、私にとってアユの顔は完璧で、「美人じゃなくてもなんか可愛い」

というしょうもない慰めを完全に拒絶する力がある。肌は陶器がごとく何の緩みもなく、ほぼ左右対称で、眉毛も唇もそこ以外置く場所が思いつかない場所に配置されている。「私だったらもっとこうする」とか「私はもうちょっとここがこうなってるほうが好き」とかいうコメントを一切排除する。

しかしアユが偉大であるのは、そういった慰めを排除した先に、私たち不完全女子に最大の幸福感をもたらすことなのである。「世にこんなに完璧なものがあるのに、この男は私を愛してくれている」、アユより私のほうがこの男にとっては上なのである、と。私たちはそれを正当な理性による客観的評価ではないと知っている。恋の力だと知っている。しかしだからこそ、そこに見紛うことなき愛の存在を感じるのである。

総選挙を見たところで、隣にいるオトコが「この中だったらこいつマシじゃね？」といっても、私たちは「いやまあでも私のが可愛いし」と思いながら心のなかで「不完全さの美を表現するのは、私らテレビを見ている側の役割だわ」と小汚いやっかみしか感じなくて、そこに真実の愛があるかなんてわからない。私はアユみたいなスタッチュー・オブ・パーフェクションの再来を、心から願っているのである。

38——「私はこのグループでは一番にはなれない」「人生は矛盾と闘うもの」などの名言を残した当時のＡＫＢ総監督高橋みなみの２０１５年総選挙の際のスピーチは、前向き、意識高い系、キラキラ系などの言葉が嫌いな層にも嫌みなく歓迎され、日本中を感動の渦に巻き込んだかどうかは知らないけど、とりあえず色んな人が褒めていた。

39——Mr.Childrenの「シーソーゲーム」は、私の世代の女子たちのカラオケで歌われたらちょっと嬉しい曲ランキングに長い間入っている。中でも人気なのは、このbe動詞がないことでキレイに韻を踏むshe so cuteのくだりで、しかし、よくよく考えると彼氏の友人に「前の女よりブスじゃね？」とかなんとか悪口言われているということなので、実際に自分の身に起きたら戦慄が走るレベルの悲劇だ。

軽く触れて、そして擦って

2015.07

骨のある九州男児と戯れたくて福岡旅行に行った帰りの飛行機で、ちょうど充電が切れそうだったので携帯の電源を落としたところ、羽田についたらどんなに充電してみてもピクリともしなくなっていて、そういえばお前最近フル充電しても３時間位しか息が持たずに瀕死の状態だったよね、というのを思い出し、そのままａｕショップ[40]で永遠の眠りについてもらいました。別にアップルにもジョブズにも特別な思い入れはないが、みんなが使っているからきっといいに違いないという理由で最近は思考停止状態でiPhoneを使っている。

数年前に、何のシチュエーションだったか「なぞなぞ」を作って後輩に解かせるという状況で、こんな問題を出した。「そこに軽く触れると『あ』といい、その指を少しずらすと『う』という。今度は少し擦ると『いい』といいます。これなんだ?」。はい、私が思いつきそうなエロ詩吟ならぬエロなぞなぞで、答えはフリ通りにタッチパネルのフリック入力です。で、この大してセンスもないなぞなぞはどうでもよくて問題はそのフリック入力なのである。

ガラケー世代の私としては、どうもこのスマホの文字入力の手応えが物足りない。というかフリック入力になれるとほとんど思考するスピードでメールが打ててしまうので、なんとなくみんな思慮浅くなっている気がする。予測変換と合わせればまさにポップコーンが弾けるように好きという文字が躍る。タイトルとか入れるメールからＬＩＮＥなどでのやり取りが主流になってるせいもあるのか、送信だって指でかるく触れるだけなので、ガラケーの手応えあるボタンをポチポチ押して、送信ボタンをギューッと押していた頃に比べれば、一通メッセージを送る際の「えいっ」という気持ちは確実に減っている。

私は中学3年生に上がると同時にＤＤＩポケットのＰＨＳ[41]を買った。パワーキャロットという日本語に翻訳するとえらくダサい機種名だったが、とにかく1通10円のＰメール[42]で友人たちと、勿論大した情報価値の無いやり取りをしまくっていて、それだけで月の携帯料金が2万円近く膨れ上がったこともある。Ｐメールはカタカナ20文字以内でやり取りする機能で、20文字（しかもカタカナ。しかも句読点も一文字としてカウント）で思いの丈を伝えるのはツイッターどころの騒ぎじゃなくなかなか難しいので、電車の中で教室の机の下でプリクラ機[43]の前で、要領を得た一文を考えた。

そんな風にして勿論語彙力が培われるし、送信をポチッと押す前には自分の書いた文を確認して、いやなんかやっぱりちょっとこの言い回しは必要以上に感じ悪いかな、とか、ちょっと緊張するけど文字数も減らせるし「くん」付けやめちゃおう、とか、この溢れんばかりの好きという気持ちを伝えるにはやっぱり副詞を足しとこう、とかいう思慮深さがそこにはあったのであって、その書いては消し書いては消しの作業はやっぱり女子のいじらしさみたいなものを具体的に体現していたような気がする。「メールは返さない」と歌った松浦亜弥だって、おそらく「返さない」という判断の前に何度も何度も送らないメールを打ち込んだはずなのである。

タッチパネルのせいで大和撫子の奥ゆかしさや可愛らしさが減退しているとすれば、それはどんなに可愛いＬＩＮＥスタンプ[44]で補おうとしても、いずれ恋愛それ自体ににじみ出てしまう、と私は見ている。

40――ａｕとなってからはＣＭも好評で人気なのだろうが、前身のＩＤＯ時代は明らかにＮＴＴドコモやソフトバンクの前身のvodafoneの前身のJ-phoneに比べて存在感が薄かった。織田裕二がcdmaOneのＣＭに出ていたＩＤＯの時代からのユーザーと言うと驚かれるけど、単に私が渋谷で遊ぶ女子高生時代に住んでいたのは実は鎌倉市の山奥で、自宅は電波に優れたーＤＯしか携帯が通じなかったのである。ソフトバンクに関しては今でもやや電波が不安定なくらいは田舎。

41——ウィルコムができる前のＰＨＳ事業者。当時はＮＴＴドコモやアステルなどの事業者もあったが、ＤＤーポケットの端末は圧倒的に機種が豊富で可愛く、いわゆるガラケー的な世界観の元祖とも言える若い女の子向けのデザインに優れていた。

42——ピッチとピッチでＰメール、という広告コピーで思い出す人も多少はいるが、あんまり誰も覚えていない、ＰＨＳ同士のみで可能なメール送受信機能。そういえばＰＨＳのことをピッチと呼んでいたことも、忘れている人は多い。

43——「プリント倶楽部」しかプリクラ機がなかった頃は、あらゆる場所で一時間待ちなどの長蛇の列があった。しかしそれだけ待っても取れるのは、今から考えればとんでもなく画素数の粗い、一ミリも盛れていない小さな写真シール一種類であった。

44——近年、ＯＥＣＤ生徒の学習到達度調査で日本の生徒の読解力が著しく低下していると話題だが、要因の一端はこのスタンプ文化にあるように思う。ＬＩＮＥが、母体は韓国の企業とはいえ非常に日本的なのは、広告モデルではなくキャラクターコンテンツとしてのスタンプの市場が大きいことだとはよく言われるが、言葉より空気を重んじるお国柄か、空気を送信するのにいちいち言語化しない振る舞いは一気に市民権を得た。スタンプや絵文字機能なしで手紙が書けない若者は今も急増中。

森高センパイ・マキ姉さん

2015.08

基本的にできれば偉そうに足くんでライターの火の方に目をやりながら、「で？　どうなったの？　プッカァ〜」とかやっていたい私は、そうそう人のことをセンパイとか姉さんとか呼ばない。いや、正確に言うと基本的にしがらみにとらわれて生きている上に好きな言葉が「穏便に」な私は、頻繁に「せんぱぁい」とか、「ぶちょ〜」とか声に出しているのだが、心から「姉さん、いやむしろ姐さん！」と思っている人はごくわずかで、そのうちの１人に森高千里がいる。

当然、面識はないし、なんならすごいファンでコンサート行ってましたということもないのだけれど、私がまだチューペットしゃぶってキキララの弁当袋を下げていた頃に、「女ざかりは19」だとか「今はあの娘といるのね」だとか「私のこと もう飽きたの」だとか、私が三十路の交差点を過ぎた頃に思うことをすでに全て予知して歌っていたのだからセンパイと呼ぶしかない。同じことは大黒摩季にも言えて、「こんな年齢だし、親も年だし」と私は一昨年から何度口ずさんだかわからない。で、だから女同士でカラオケなどする機会があればここぞとばかりにセンパイや姐さんたちの曲をいれて、おじさん臭く語り合う。当然、この季節「夏が来る」は鉄板で、秋には「SWEET CANDY」を繰り返す。で、合間合間に工藤静香パイセンを挟んで、締めはテレサ・テンかあさんなのである。

ただしこれ、あくまで女同士のやるせない夜の話である。そんなことをここ数年繰り返していたら、オトコが交じったカラオケや、バーとかスナックで他の客に聞かれながら歌う機会に、何を歌っていいやら全くわからなくなった。私は32歳なのである。32歳は、オンナの前ではオバサン、オトコの前ではオンナノコ。男の前で世の中に毒づいたり、若干下品な仕草を交えて自虐したり、モテより笑いをとるなんていうことは10年先でいいと思っている。しかしそんなモテにしがみつく32歳は、はたして32歳が歌ってもイタくないモテ曲についての知識がない。先日は血迷って「明日への扉」を終始裏声で歌って、後でトイレで3歳下の後輩から「あれはナシで」というコメントを引き出した。

森高センパイの曲でも工藤静香パイセンの曲でも、可愛らしいモテ歌詞というのは存在する。「いつものその手にごまかされて つい許してしまうの」とか「言えないのよ」とか。でも、なんだか80年代後半~90年代半ばくらいまでの曲って、今歌うとそれだけでなんか女の迫力みたいなものがあってどうも殿方ウケが悪い上に、いくら歌詞がモテでも選曲の年代がすでにちょっと自虐みたいになってそんなのイヤだ。

そこで、先日調子よければ朝までやっているわいわい系のバー[45]の一角を陣取り、あらゆるものを試してモテ曲を検証する個人イベント(参加2人)を開催した。私たちはひたすらデンモク[46]を離さず、他に来ているオトコの反応をちら見する。結果、パンパカパーン。1位中島美嘉「雪の華」、2位JUDY AND MARY「Over Drive」、3位ＥＬＴのそこまで古くない曲たち、4位宇多田ヒカル、5位ＢＯＡ「メリクリ」。なんというか、結果オトコってやっぱバカだなと思いました。の、クセにあえての松田聖子には誰も聞き入ってなかったのが悔しかった。

45――歌舞伎町のサパーやアフターバーはホストクラブなども系列店として運営している場合が多く、ホストとアフター中の、あるいはホストがアフターに来てくれると信じてじっと「待つわ」状態の女の子を観察すると楽しい。

46――図書館や本屋からアマゾン、辞書から電子辞書、そして歌本からデンモクという時代に逆らえない代替によって、脈絡なくランダムにあたる、ということが「履歴」や「年代別」など極めて限定的にしかできなくなった。まだ歌本を見てリモコンで番号を入れていた高校時代は、十八番の曲は番号まで暗記している人もいた。

オラオラオラっていう歌あったら売れそう

2015.09

先日、ちょっとしたパーティー・イベントで、シャンパンタワー[47]の際のＢＧＭ選曲を任される機会があり、最初はあの、エガちゃんが登場する時によく流れる布袋寅泰の「ベイベベイベベイベベイベベイベ」的なやつとか考えたんですが、結局お祭り騒ぎと郷愁とお洒落の間をとってＭＡＸの「TORA TORA TORA」に始まるユーロで世紀末な感じのメドレーをつくりました。「ベイベベイベベイベ」的なヤツをやるには黒タイツを着てくれる人がいないと盛り上がらないと思ったし。

で、例のトラトラトラもそうなんですけど、私の大好きなユーロ系J-POPの金字塔であるMAXの歌の、歌詞の……なんというか良質な無意味には感動させられっぱなしだった。「愛 愛 今日こそBOMB!」とか「タメイキ・クチビル出会ってからは」とか「ビートルの助手席 Shake it up Steppin' out」とか、単語の羅列を通り越して、ELTでいうところの「Wow wow wow」とか、アユでいうところの「Uh lalala」とかに近いっていうか、音が綺麗っていう以外にそんなにそこにその文字を当てた理由が見つからない。のに、それが歌詞全体というのが何よりすごい。

私はそういう、無意味でお洒落なものの陳列というのがとりたてて好きだ。ファッション誌の巻頭ページ、別にルブタン[48]と『プリティ・ウーマン』[49]のDVDとディオールの口紅を並べる意味は全然ない。女の人生って割とそうで、なんか意味がないような、でも自分にとって心地いいものを並べてなるべく気持ちよく生きたいと思う。だから私の部屋では意味のあるものも意味のないものも同列に意味もなく陳列されているのであって、キルケゴールだって古のアルバローザの隣に置けばそれなりに意味なくも見えるし、生茶パンダのパペットだって『ダークナイト』のDVDの隣に置けば、それなりに意味があるようにも見える。

なんの話かというと、高校時代、そういう無意味さの集積の極みみたいな時間を一緒に過ごし、首から携帯電話[50]と何故かラメ入りリップクリーム[51]を下げ、MAXの「Love impact」のパラパラを私に教えてくれた友人が先週ついに赤子を産んだのです。名前字画辞典を引き、お祝いの希望を各方面に伝え、オムツとベビー服と哺乳瓶を並べた彼女はなんだかとっても意味のあることに溢れていて、何より、彼女の旦那がこの世の合理性と有意味をごった煮にしたようなオトコで、私はそこに一抹の寂しさを覚えた。一流商社で資格持ちの経理マンで、都合により転勤がなく、次男で実家は丹波の山奥で、服やブランド品に興味がなく、髪の毛は濃い。

どう考えても、北新宿の怪人ばかり住んでいるマンションで床に這いつくばっている私より彼女のほうが幸福の姿形を体現しているのだけど、そして私だって年をとったので、生活自体や買うものは少しずつ合理的になってきたのだけれど、男の趣味を「付き合って意味のあるオトコ」にシフトしない限り、今の人生が劇的に転機を迎えることはないのだと思った。何の根拠もなく関西弁で威張り散らし、重たいアクセサリーを手や首に巻き、体重が50キロちょっとしかないオラオラ男を嫌いになるにはどうしたらいいんでしょう。

47――歌舞伎町のホストクラブ、キャバクラで最も効率よくシャンパンを売り上げる方法として人気のシャンパンタワー。一度に20本くらいのシャンパンを注ぎ、表面の何杯かしか飲まないので、酔わずに100万以上売り上げられる。高いタワーでは800万や、ホストクラブ全盛期には高いブランデーで2000万のタワーが出ることもあったらしい。大抵はバースデーイベントで一番の常連客がプレゼントする。客の好きな歌やお馴染みの「LOVE&JOY」などをBGMに店内のキャストが勢揃いして盛り上げる。

48――日本で、ギャルやキャバ嬢、ホストなどに流行することによって、おしゃれな人が使いにくくなるという被害を被ったハイブランドというのは少なからずあり、ギャルはクレージュやヴィトン、ギャル男がドルガバ、キャバ嬢やホストはルブタンやジミー・チュウを、もう完全に「そっちの人向け」のブランドにしてしまった。

49――娼婦のラッキーなシンデレラストーリーが、逆説的にホステスやキャバ嬢で生きていけばいいじゃん、と思っていた私に、「いや、上流階級の集まりでバカにされるような生き様じゃダメだ」という考えを植え付け、結果的に大学受験をする気を起こさせた。そうやって、高学歴娼婦はつくられる。

50――首から携帯電話を下げるストラップは可愛いデザインがいくつか発売されて一瞬流行した。合理的なようでいてバイブモードだと振動に気づかないので、結局ポケットの方が便利で、一瞬で廃れた。でもいまだに高齢者などでは使用している人もちらほら。無くさないという意味では便利なのかもしれません。

51――「夏ピカ」という資生堂が展開していた日焼けギャル向けラインでは、セルフタンニングローションや日焼けオイルなどが可愛いパッケージで発売され、シルバーとゴールドのラメっぽいリップクリームがストラップに通せるデザインで登場したため、首から下げたりカバンにつけるのが一夏だけ流行った。

「緑の黒髪」あ、みどりーな（↑本名）の黒髪だ

2015.10

そこそこ校則[52]が厳しい中学とか高校にかよっている皆さん、元気ですか？　「茶髪もミニスカも悪いことじゃないけど、卒業してオトナになればいくらでもできるでしょう？　今は校則に従いなさい」とか言われてませんか？　そんな言葉鵜呑みにしちゃだめですよ。茶髪もミニスカも女子高生がするから可愛いのであって、年増のそれなんて誰も見たくないんだから。全力で無視して茶髪がダメならピンク髪に染めるくらいのトンチを利かせて、元気に毎日学校に行きましょう。

さて、私も中学・高校時代には、それなりに茶髪ミニスカを楽しみながらも、時に「オトナになってからやればいいでしょう」という言葉に騙されて、うんまあそうかなとピンク髪だとか鼻ピアス[53]だとかを諦めた経験はある。ナンセンス。32歳になった今ピンク髪鼻ピをする権利も自由も手に余るほど持っているが、鼻なんてもともと穴が開いている器官であるわけで、そこに針を通す必要性を感じないし痛そうだしそもそもオトナかわいい系を自称している私のファッションに鼻ピは似合わない。

今週、ツヤ命な暗色髪をトリートメントで潤そうと美容院に寄ったら、隣に座った女子は髪を一回白に近い金髪にブリーチ[54]して、その後、なんていうかその苺色……いやもうちょっと薄いピンク……しいて言えばグアバジュース色に染めていた。いや、私は別に、ああ羨ましい！　私もあの色にして！　なんてい

うことは言っていないしそもそも思っていないんだけど、ちょっと髪の毛で遊ぶ、ということについて考えた。

年をとっても髪の毛で遊んでいる人はいる。志茂田景樹[55]とか野沢雅子とか。でも、そうすると「あのすごい髪の人」というレッテルを貼られて、それが人間性まで含めた私の特徴として捉えられてしまうので、あまり好ましくない。この歳になると、大体自分の顔や好みの洋服にあった髪の色・髪型は定まってきてしまって、そこから離れることは滅多にない。私の場合は、地毛に近いダークブラウンのストレート、もしくはゆる巻き。そして前髪はつくらない。壇蜜系だけど壇蜜よりは軽やかな感じ、中村アンより上品な感じ、と注文している。

周りの友人達を見ても、基本的にボブの娘はもうここ5年位ボブだし、茶髪巻き髪もそうだし、前髪オンザ眉のひともずっとそうである。たまに、誰々が髪の毛切ったみたいな話題はあがるけれども、それも自分で引いている自分らしさの檻の中で遊んでいるのでそれほど印象は変わらない。ファッションの場合は1日だけ遊ぶ、ができるけれど、髪の毛の場合はカツラでもかぶらないかぎり、そんなに毎日毎日変えるのは難しいし面倒くさいし髪も傷むので、年を重ねる上での定まり方が割としっかりしているのだ。

暗い髪のストレートというのは、基本的には究極の男ウケ髪でもある。私は髪の毛を暗くしてから、歌舞伎町で異様なほどに高級ソープのスカウトをされるようになった。ホストクラブのエース[56]がこぞって黒髪ストレートなのも、おそらくそういったお店で稼いでらっしゃるからだろう。なんか男ウケねらったつまらないオンナに成り下がったと言えなくもないのだが、だからといって今更ツートンカラーとかにして遊ぶ気にもならないし、やっぱり女子高生の頃、アユ[57]みたいなホワイトベージュくらいはせめて一回やっておけばよかった。

52――下着まで縛ったり男女の手紙のやり取りを禁止したりする珍校則が報道され、批判に晒されるようになったが、当時は高校を選ぶ際に、偏差値よりも校則というのは重要なファクターだった。校則が厳しい学校のギャルは、クラブや買い物に行く時には、ウィッグをつけ、どこかトイレで化粧をして、顔をファンデで黒くするなどの手間がかかったので、校則のゆるい学校の圧倒的な優位性があった。服装については一般的に、西日本の方が厳しい学校が多いと言われる。

53――今となっては超個性派なファッションの方や音楽関係者などにしか見られない、鼻ピや唇ピアスだが、初期のギャルには結構開けている人がいた。

54――ブリーチというとものすごく明るい髪色にしている人がする行為に思えるかもしれないが、それ以外で暗めの色に染める人でも、地毛が白っぽい金髪じゃない限り、ブリーチをしてからカラー剤を塗ったほうが圧倒的に微妙な色合いが綺麗に出るので、髪が丈夫ならオススメです。髪が弱いとブリーチをした時点で髪がビニールひものように引っ張ると伸びるようになってしまい、ベリーショートにして出直す必要があります。

55――もうご高齢だからか以前ほどは見かけなくなったが、80～90年代はメディアに頻繁に登場し、作品よりご本人が有名な作家の代名詞だった。

56――そのホストの指名客の中で、毎月一番お金を使う人の呼称。多い人は毎月300万円、誕生日やイベントがある月はさらにプラスして使う。エースがお金を使うおかげでそれなりに売り上げランキングで良い成績を残すが、そのエース以外にあまり客がいないホストは「一本釣り」と呼ばれて客数が多いホストにやや小馬鹿にされる。そしてそのエースが切れてしまうと売り上げがなくなってしまうので、何とか繋ぎとめようと、多くの場合、同棲などして繋ぎ止めている。

57――顔が白くて髪も明るい、いわゆる白ギャルのルーツは浜崎あゆみの「LOVEppears」の頃のスタイルにある。

セルフィーって自慰行為グッズを連想するんだよね

2015.11

雑誌さんやテレビ番組さんから女子高生の時の写真を貸してくださいとか言われると、私は私の人生の中で最も輝かしいランキングベスト3（ほかの2つは、小5と19歳である）に入るあの頃〜♪　とくとご覧あれ〜♪　って気分になり喜々として実家のアルバムなんかを探すのだが、毎回毎回、記憶の中にある「あの2年生の夏休み明けにチャペル[58]前でリカとユミコと写ってるやつ」と、実際に出てくる「2年生の夏休み明けのリカとユミコと写っている」写真が、イマイチ一致しない（というか思っていたより自分が美しくない）ことにやきもきする。そして毎回今の写真と見比べて思う。私って昔ブスだったんだな……。

ちょっと違う。確かに私が最近せっせとSNSにあげている写真と女子高生の頃の写真を比べると、メイクや髪は洗練され、随分と可愛くなっているように見えるのだが、それは勿論、私自身が女子高生の頃より綺麗になった（というのも勿論ちょっとはあると信じたいけど。一応15年間毎日してりゃ化粧の腕もあがるし）というより、「今の写真やプリクラ」が「女子高生の頃の写真やプリクラ」より数倍綺麗に写してくれているのである。

私が女子高生の頃というのは雑誌「egg」[59]の全盛期であり、普通の女子高生が登場する雑誌として名を上げた同誌は「女子高生カメラマン」などと銘打ち、女子高生が学校や放課後の何気ないヒトコマを写真に収め、これもまた素人ちっくに「ミルキーペン」[60]などで落書きした写真を毎月何ページも掲載していた。同時代の女子高生たちは、気分は女子高生カメラマン、みんな使い捨てカメラにシール貼ったり落書きしたりして鞄に忍ばせ、或いはキティちゃんのイラストがついてる「写ルンです」[61]とかを片手に学校の廊下を徘徊し、しょっちゅうなんの記念でもない写真を撮っていた。

ただし、当然「写ルンです」で撮った写真は、目をつぶっているとか二重あごが目立つとかなんか写りが気に入らないとかっていうことは写真屋で現像が仕上がるまで神のみぞ知るのであり、仕上がってみたら構図やポーズはすごくいいのに目が赤く光ってる[62]とか、ちょうど後ろにものすごく気に入らないハゲの教頭が写っちゃったとかは日常茶飯事であった。そして何より、基本的に写真というのは1シーンにつき1ショット勝負なのであった。だって使い捨てカメラって女子高生にとってはまあまあ高いし、基本的に24枚くらいで使いきりなわけだし。全員が目を開けてて全員が割と納得の写りの5人集合写真なんてまさにそれが奇跡の1枚、カメラひとつにつき1~2枚あれば十分だった。

32歳のおばあちゃんは近頃の女子たちのブログやツイッターを見ながら思うのです。人生とか人間って大体そんなものだろうと。素晴らしい瞬間や素晴らしい側面なんてそうそうないし、二重あごのかっこわるさも、目をつぶった後悔も、赤目の悲しみも、全部受け止めながら歩いて行くべきなんじゃないかと。おそらく30枚近く撮った自撮り写真のうち一番写りがいいやつ以外は消去し、集合写真は都合よくビューティープラスやラインカメラで加工し、あらを削りまくって思い出の綺麗な綺麗な上澄みだけを集めたって、実際の人生は、反目で二重あごで歩くのだ。それをせめて写真の中ではより魅力的にするというのなら、それはフィクションが担う役割に思える。

58——白金という場所柄か、プロテスタント系というルーツからか、名前が青学風だからか、ちょっとおしゃれでインターナショナルな香りがする明治学院高校は、実はもともと男子校だったし、都心部にある校則が自由な校風だし、校舎はかなり汚く、先生たちはほぼジャージで、夏には非行に走りすぎないように山登りさせる山中湖合宿があった。でも白金校舎の敷地にはチャペルがあって、それだけはとても美しい。卒業生がごく稀に結婚式をすることもある。

59——95年に創刊され、2014年に一時休刊となった、ギャル雑誌の金字塔。創刊時から何度か大きな変化を経ているものの、渋谷で遊ぶ等身大のギャルたちに焦点をあて、プロのモデルではなく人気の可愛い女子高生を多く扱った。特にガングロギャル流行時には、あくまでも可愛さを失わない他のギャル雑誌に差をつけて、本当にアフリカ系より黒く日焼けしたマンバギャルたちを表紙にするなど、男目線を気にせずギャルを盛り上げた功績がある。

60——ギャル雑誌「egg」で初期に人気を集めたページ「女子高生カメラマン」は、モデルどころかカメラマンとして「写ルンです」などで撮った日常の風景をそのまま雑誌に掲載していた。当時写真は使い捨てカメラで撮って現像に出すため、現在のような補正技術やカメラに映る自分の姿を確認する術すらなく、「盛る」という行為ができない。その代わりに、現像された写真を彩っていたのはポスカやミルキーペンでなされた落書きである。

61——レトロな雰囲気の写真が撮れて可愛いなどの理由でリバイバルで人気が出ている、という話もあるが、当時の女子高生は少なくとも週に1~2個の使い捨てカメラを買って、写真を撮っていた。普通の店で買えば1000円近くするため、結構な出費となる。女子高生の写真人気を受けて、可愛い柄のついたカメラも登場したが、現像に出してしまえばカメラはもう戻ってこないので、なかなか刹那的な魅力だった。

62——特にフィルム現像の時代、フラッシュをたいた時など特に起こりやすいトラブルの一つに、黒いはずの目が赤く光ることがあった。赤目現象・赤目効果などと呼ばれ、フラッシュが網膜に届くとかなんとか。

いい店ヤレる店? そりゃ風俗のことだろう

2015.12

寒いと食欲わきますよね? え? そうでもないですか? 体型に似合わず超寒がりの私は、ヒートテック[63]とかホッカイロじゃ飽きたらず、身体の内側から温かくなりたい。藤沢にある大学に通っていた頃、課題やるために冬に学校に泊まる時は、毛布とカップラーメンで暖をとっておりました。女子って寒がりのほうが可愛いんじゃないかという下心がゼロとは言わないけど、非モテフードのカップラーメンを頬張るほどに、私の冷え性は深刻なのですよ。

この時期に街ぶら番組なんて見ていると、水炊きやらモツ鍋やらとっても魅力的に映るので、グルメなんて全く興味なく、味噌汁とご飯と明太子でもあれば何の文句もない上に、レストランの内装なんて見てもいない私でもうっかり「今度ちょっと行こうかな」なんて思ってしまいます。鍋って、焚き火の要領でそれ自体が暖房器具になるわ、食べる内容も最後までアツアツだわで、私の中では神フード。ホームパーティーの定番メニューでもあるけれど、私はどちらかというと鍋はお店で食べたい派。我が家のように至る所にただでさえ汚い、青春の残骸と言うべきシャネルが無造作に放置してあるような家でうっかりキムチ鍋なんてすると、結構ザンネンなことになる。

で、クリスマスにどこのレストランで食事するとかっていうのは、古くは「Hot-Dog PRESS」[64]とか、まあ「東京カレンダー」[65]とか、お洒落雑誌やらテレビ番組の定番企画でもあります。やっぱりいくら美味しくてもモツ鍋屋さんとかではきまりが悪いらしく、ジビエ料理とかフォアグラとかのおフランス系か、お洒落イタリアンなんかが定番なんですかね。あえてのお寿司とか、あえてのホテル中華とかはありそうですけどね。あえての逸脱が甘い！　とつっこみたくなる。

女子には2通りの人種がおります。いや、正確に言うともっと人種はいるんだけど、それなりに可愛い東京ガールも2種類に分けられます。流行やオシャレに敏感で、話題のレストランがあればチェックし、流行の歌を歌いながら代官山や表参道を闊歩するタイプ。もう一方は、辛うじてソトミはオシャレピーポー[66]ぶってはいても、流行の店にわざわざ交通費払っていくより家で漫画読んでたり、代官山のクラブ行くより歌舞伎町で飲んでたり、青山のイタリアンより牛タン「ねぎし」[67]に行きたかったりするタイプ。当然ワタシは後者だし、このエセ可愛いガールは実は結構多いのであります。

そういう人の前に出されると、おフランス料理は「長い」、お寿司は「寒い」、イタリアンは「パスタ来た時点でお腹いっぱい」という評価になるので、別に店に恨みもないし美味しいものを食べたら嬉しいは嬉しいけれども、そんな状態で彼にドヤ顔されても引く。知る人ぞ知る西麻布の隠れ家和食[68]に連れて行ってポイント稼げるのはあくまで前者を口説く時だけ。そういうところでクラッとくるのはよく言えば真からオシャレ意欲のある素直な娘、悪く言うとミーハー女だけなのであって、後者の現実主義女たちは別に口説けないし、早く帰りたいと思われるのがオチです。美味しいと感じるところと恋してると感じてるところは脳の中で隣の位置にあって云々かんぬんというこの時期いろんな場所で見るコピーが、日本オシャレレストラン組合の陰謀的なものだと疑ってかかっているのはワタシだけじゃないはず。何の話かって、冬は黙ってモツ鍋連れてけよ、ってことだ。

63——ユニクロがメジャーになる前、そして同社が保温性に優れたインナーであるヒートテックシャツを発売する前は、ババシャツと呼ばれて出来れば着ていることを誰にも悟られたくないものの代名詞だったあったか下着。ババシャツの呼称は当然ババアがこぞって着ているから付けられたものだが、当時はVネックに微妙なレースなどがついた、デザインからしてババくさいものが主流だった。それでも、スカートを短くして素足をだす女子高生にとって冬のババシャツはせめて上半身だけでも温めてくれる貴重なアイテムだった。

64——79年に創刊された、若い男の子向けの情報誌。デートやセックスに関する指南書として多くの男性が参考にしたのだけど、結構微妙なアドバイスも多く、「Hot-Dog PRESS」を鵜呑みにしたが故の悲劇なエピソードを持つ男性は多い。

65——港区おじさんなどの呼称を広め、「パパ活」や「ギャラ飲み」などの日本のライト級売春再興に寄与した、もともとはオシャレな情報誌。

66——閉店したＡＩＲは、渋谷の神山町や六本木などクラブ激戦区から一歩引いた立地に、比較的客層の良い雰囲気が、おしゃれを気取りたい人に人気だった。

67——焼肉店でいうと、みんな絶対頼むけど結局前座に過ぎない「牛タン」。それのみにスポットライトを当て、定食屋として不動の人気を手にしたのが「ねぎし」。営業時間も長く、店舗数も多いため、場所によって客層が違う。歌舞伎町店は、それほど深刻ではない明るいホスト狂いや風俗嬢が多い。

68——芸能人や有名スポーツ選手はわかるけど、一般人で不倫しているわけでもない人たちが「隠れ家」と付く店に弱いのは、考えてみれば奇妙だ。何から隠れているのか。そして隠れたいなら西麻布なんていう都心も都心に来るなとも言いたい。そもそも最近はネットやブログの情報収集が主流となり、隠れ家和食なんて言っても一見さんだらけで、外国人観光客からすら隠れていない。

愛の才能なんて、ないの

2016.01

私は人生で一回もセフレなんていたことがなくて、いっつも不器用な全力の恋と愛の中にいる。「恋愛下手だね」という上から目線な男友達の言葉に120％同意しながら、でも果たして、駆け引きで男を翻弄させるような生き方が、恋愛上手ということになるのかについても疑問で、というか仮に恋愛上手という意味になったとしても、それが幸福かどうかの疑問が残る。そもそも、本来的な幸福なんていうものは、あの、ものすごく刹那的で短絡的で即物的な瞬間を除いて、一体どんな事態なのかも私にはよくわからない。

川本真琴のデビュー曲を深夜の音楽番組で聞いた時、私は中学1年生で、まだ恋やセックスというのは早い時間帯のテレビドラマと「別冊マーガレット」[69]が提供してくれるような正しさの中にあると思っていて、「若さ」より「さらに」もう少し下の段階にいた。その化粧っけがない不思議ちゃん風のルックスと、ジャカジャカしたギター音に惑わされて、彼女の不安や抵抗になんて大して気づかなかった。

愛の才能がない、と言い切る彼女は、「体で悟りたい」なんて強がってみたところで、「〝成長しない〟って約束じゃん」と極めて悲観的である。聞きようによっては、恋人らしきものがいる者同士が、肉体的な刺激を求めあう余裕な状況なのだけど、そのわりに小刻みなヒリヒリ感が漂う。後から思えば、岡村靖幸のプロデュースだった。

それは当然「別冊マーガレット」的な正しさを抜けだした後に私も経験することになる、「若さ」という圧倒的な混沌についての示唆なのであった。イケナイことを経験したいという当然の欲望と、簡単に手の届くそんな刺激では到底人生を全うできるほどの強さは得られない、という憶測が入り交じる。そこから強かなオンナになっていくことも、不器用になったり心を閉ざしたりすることも、全ては開かれた自由で、でもその未完成形のなかにこそ、見出せる幸福もまた存在する。

ヒリヒリ・ウズウズしている若さが、額面通りの幸せだなんて思う人はいないし、それはもちろん、幸福になっていく過程としてのシアワセでしかない。だから100%満足している必要なんてなくて、ガチャガチャな焦燥感と不安定さの中にいること自体が織り込み済みなのだよ、というのが「愛の才能」がない、というタイトルの意味だったのだと思う。川本真琴は幸福が最終的にたどり着くものではなく、むしろ靄がかかった前の方に常にぼんやり輝いていて、靄の此方側では常に生々しく汚い現実があるものだということを、「若さ」という武器を使って体現したのだった。

それからちょうど20年、今年33歳になる私はまだピンヒールを脱がない生活のまま、愛の才能と正しさのない混沌を背負っていて、でも、ローファーで駆け下りていた地下鉄の階段は、あの頃よりもずっと慎重に降りる。大抵、駅には知らない大人たちが何にも興味なさそうに何かの用事に向かって動いていて、そこに響き渡る、ハレンチでもなんでもないクラクションに私は、いつも少し、気が滅入る。女子高生が賑やかに通り過ぎたりすると、スカートとソックスの間の不可侵な領域と、正しい幸福ではない幸福を不安まじりに模索する幸福を、ちょっと恨めしくも思う。

69――ザ・少女漫画のセオリーを正統に体現する媒体として必ず名前が挙がる「別マ」の愛称でおなじみ集英社の少女漫画誌。別冊っていうくらいだから「マーガレット」のサブ雑誌としてスタートしたのだろうが、なんだか話題に上がるのはこっちの「別マ」の方が多い。連載されていたのは『イタズラなKiss』『オオカミ少女と黒王子』『ストロボ・エッジ』などなどいずれも正統派のラブストーリーが多く、『ホットロード』や『君に届け』など世代を超えて大ヒットしたものも多い。ちなみに本家の「マーガレット」の方で大ヒットしたのは『エースをねらえ！』など。

報われない気持ちはそう簡単に消えないけど？

2016.02

現金授受問題で閣僚辞任に追い込まれた大臣[70]が、日本国民（特に〝夜〟関係の人々）を深く悩ませているカード[71]を手に口ずさんでいる姿[72]が繰り返しテレビニュースに流れるわ、アーティストご本人の下半身問題で超人気者タレント[73]が休業するわで、なんかこれ以上ないほどケチがついてて面白いので、音楽に関してはこと腰の重い私も、最近ゲスの極み乙女。の例の曲を購入して聞いていた。曰くつきの曲って好きだ。白い～クスリ♪　と歌われた「碧いうさぎ」とか。瀬戸際の花嫁って揶揄された「瀬戸の花嫁」とか。発売した年の後半に妊娠と結婚が報告され、結果的に結婚を予期したようになった安室ちゃんの「CAN YOU CELEBRATE?」みたいに、幸福方面に綺麗に合致するのはちょっと出来過ぎている。

　で、「私以外私じゃないの、当たり前だけどね、だ～か～ら」である。私以外私じゃないし、あなた以外あなたじゃないし、ベッキー以外ベッキーじゃないし、ジョブズ以外ジョブズじゃない。ホッチキス以外ホッチキスでなければ、畳以外畳ではない。プリンに醤油をかけたり、スペリングをちょっと違えてチャネルって書いたりする人はいるにせよ、一応ウニ以外ウニじゃないし、シャネル以外シャネルじゃない。

それは、言葉がナニカをアイデンティファイする世の中では当然成立する文句なのだけど、そんな堂々と言われると、わざわざそんなことを口に出さなきゃいけない切実さが伝わってなかなか強烈である。

鏡台の裏に隠すほど冴えない日々を重ねて、報われない気持ちになることなんて、オンナだったら当然ある。特に、仕事して尊敬される私と、恋をしてかわいがられる私を、両方全うしなきゃいけない「女性が輝く社会」[74]の住民たちであるならば。愛されることに注力すればプロ意識がないオンナだと、職業人を全うすればオンナとして痛々しいと陰口を叩かれ、自己主張すれば暑苦しいと、黙ればつまらないと酷評される世の中で、私たち、なかなかバランスの落とし所は見つからない。ちょっと地雷を踏めば、人の気持ちを考えられない自分勝手なヤツだとか言われて活動休止させられたり、他の大女優にオトコをとられた[75]哀れなヤツとしてワイドショー史に名を刻んだり、夫がゲッソリして帰ってこないほどいやな妻だと言われたりするのだから。

「誰も替われないわ」なんて妙にポジティブにすぎるこの歌に、代替不可能というほどの仕事も恋愛もしていなければ、そもそもオシャレサウンドにそれほど興味のないワタシは、特に親近感を持たずにいた。ただし、私以外私じゃないから生きていたいの、なんていう言葉を必要とするほど女の子たちは満たされていなくて、そうじゃないと生きる気も起こらないくらい報われていないのかなんて思うと、なんか大変な世界だな、と単純に厳しい気持ちになったし、自分自身も実は結構無理してるんじゃないかと、鏡台の裏を覗いて溜まった埃と隠しているしんどさを、少し綺麗にしてみたくもなる。世の女性も、単純に励まされるというよりも、そんなこと言わなきゃいけないほどワタシたちって追い込まれてんだな、と少し救われているのだろうと思う。報われない気持ちなんてそう簡単に消えないけど、いずれにせよ、明日もどうせテレビもネットも煩い。

70——アベノミクスの宣伝塔でもあった甘利明経済再生担当相は、週刊文春の記事がきっかけで浮上した疑惑を払拭できず閣僚辞任した。

71——マイナンバーカードの導入で、風俗やホストクラブなどで荒稼ぎし、特に税務報告をしていない人たちに緊張が走った。しかし小賢しい経営者たちが、「うちの店はその辺の対策バッチリだから」と勧誘するのを見る限り、そうしたホストや風俗嬢からしっかり所得税を徴収するきっかけにはなっていない。

72——マイナンバーカード導入を説明するときに、当時ヒットしていた曲の歌詞をうまく制度の理念に重ねて口ずさんだあの会見は、多分甘利さんが自分で考えたわけではないだろうが、なかなかうまくできていた。

73——ゲスの極み乙女。のボーカル川谷絵音とベッキーの不倫報道があまりに話題になったからか、その後しばらく芸能人不倫スクープブームが巻き起こった。不倫女子の代名詞みたいに使われることもあったベッキーだが、復帰後に出演した映画『麻雀放浪記２０２０』におけるキャラクター俳優としての好演などにより、一皮向けてきちんと地位を確立している。

74——安倍内閣が掲げた「すべての女性が輝く社会づくり」。確かに稲田朋美、豊田真由子、昭恵夫人らは、鈍く輝いていた。

75——テレビでラブラブアピールした後、彼氏の歌舞伎役者が大御所女優と結婚した熊切あさ美は、一気に30代女の共感と涙を集めた。

オバサン・ドットコム2

2016.03

ワイドショーで加藤紗里[76]ちゃんの天より高い鼻を見ていて、もしこれから整形するとしたら誰の顔になりたいか、という思いを馳せ、やっぱり私の世代、安定の完璧顔は森高千里先輩であろうという結論に早々と落ち着いた。もちろん他にも好きな顔はあって、生まれ変わるなら篠原涼子の顔に安室奈美恵のカリスマ性と広末涼子の処女性と鈴木亜美[77]のモテをちょっとずつプラスしたエヴァンゲリオン級女子になりたいと今でも思っているのだが、その機微を美容外科の先生に理解してもらうのは難しすぎそうだし、整形するなら、何色にも染まれる美しさ、そして色褪せない美しさを手に入れたいわけです。

　森高先輩は齢23歳にして、半ば自虐的に女ざかりは19だと、この世の成人女性全員を敵に回すような宣言をしておきながら、47歳にもなろうという今年に至ってなお、結局「オバサン」にはならなかった。なんでこんなにオバサン臭くないのだろうかと、これからおそらくいくつものオバサン臭さの地雷のある荒野を歩き渡っていかなくてはならない32歳の私は知りたくって仕方がない。

　オバサン。なんか字面も汚い。私はオバサンには2種類いると思っていて、片方は見た目はそこそこ小奇麗、仕事は総合職、バリバリ仕事して飲めない酒も若い時分に無理してガブガブ飲んで強くなって、「いやぁ今回のプロジェクト、キミがいてこその成功だったよ」なんて上司の言葉に「今度おごって下さいね」なんてスマートに応える、キャリア婆。イメージで言うと絲山秋子みたいな。もう片方は、ルックス的にはちびまる子ちゃんのお母さん的なパーマスタイルに、昔で言うとカーラーつけたまま外に出られる面の皮の厚さで、育っちゃった息子のビンテージジーンズをうっかり洗濯しちゃって怒られている、オバタリアン婆。

　この2つの分類、自我のあり方は随分と違う。前者が、自分の勝ち取ってきたものに対する自信によってできているとすれば、後者は見た目や人生の内容に対するそれなりの見切りでできている。ただ、両者に共通するのは、他者の評価を気にして服を選んだり言葉を選んだりしないところ。両方オバサンはオバサンで、ギリギリ若いはずの私たち、ぜひどっちにもなりたくない。韓流にハマりがちなのも彼女らの共通点かも。北原みのりもうつみ宮土理も韓流にはまっていた記憶。

　森高先輩がそういった婆たちにならずに済んでいるのは、好きよりも似合うを優先するような配慮が端々に見えるからだろう。確かに持って生まれた顔面や備わっているスペックというものはあるし、何より、常に批評に晒される業界にいるという強みもあるが、それだけではない。美しくあろうという意識が絲山系キャリア婆のように、「若い頃に意識した成功後の私」に囚われておらず、心地よくあろうという意識もまるちゃんのママ系オバタリアンのようなだらしなさと無縁である。やっぱり女の価値がスカートの丈で決まるようなバブル期の海をクロールした経験に裏付けされているのだろうか。ではバブル期を泳がずに済んだ私たち、「聞かせてよ 彼との出会い 遠慮せず」なんて痛々しい強がりの恋愛をいくつも経た後、彼女のように非オバサン的年増女性になる道は果たしてあるのだろうか……。うーん。

76——この世にはスキャンダルで仕事が一気になくなる人もいれば、スキャンダルによって一気に仕事が増える人もいる。狩野英孝の何股目かの彼女として全国区の人気者になった加藤紗里は、いっときはバラエティやワイドショーを席巻し、荒稼ぎして去っていった。

77——モーニング娘。なども輩出したオーディション番組『ASAYAN』から小室哲哉プロデュースでデビュー。みんながちょっと忘れがちなので追記すると、99年ごろの男子高校生アンケートなどで、圧倒的に好きと言われていたのは鈴木亜美だった。

78——ペ・ヨンジュン主演の『冬のソナタ』ブームに端を発した日本における韓流ドラマブーム。今となってはBIGBANGや少女時代などアイドル歌手人気を支えるのは若者だが、当初の韓流サポーターたちのほとんどはオバサンだった。運動神経が衰えているのに追っかけたりするから、ヨン様来日の時には救急車が出動した。

企業の顔面偏差値

2016.04

春ですね。マルイ[79]とかでなんかあれも違うこれも違うなんていう顔をしながらデニムジャケットなんかを羽織って鏡の前に立ってみたり、ちょっとほかも見ますなんて店員に言ってフロアをぐるぐる回っていたりする若いオナゴを見ると、その、もしかしたら今日買うかもしれないジャケットはマジで1年後とかにはいらなくなるし実はクロゼットにすでに似たようなの2着くらい持っているだろうし流行に敏感な女子が思うほど男子は女子のお洒落ネスなんて興味がないのだし、買わなくてもいいんだけど、そうやって女子力の高い女子でいようとする努力をもし怠って、いらない服とか買わなくなったらそれはそれで人生終わりなわけだから難しいわよね、と肩をポンと叩きたくなる今日このごろです。

私もかつて、そういうマルイでいるもいらないも気分次第みたいな服を漁ってそれを飽きもせずに毎日身に纏い、大学や飲み会に通っている若いオナゴであった。いや、というかもう若いオナゴであることが何よりも自分にとって重要な自意識であって、狂ったようにCanCam[80]服を買って狂ったように合コンばっかり行ってそしてこれは本当に狂っているんですけど、ＤＪオズマの「な〜な〜ななな」というコーラスを振り付きで大企業の若手社員や若い医者やスポーツ選手と踊っていたわけである。

合コンというと靄のかかったぼんやりした見通しの先にカップル成立という主たる目的があるのだろうけど、それは結構口実でしかなくて、若いオナゴにとっては、自分を色分けする服を買ってそれを披露するための場でしかなくて、その夜がその服の値段くらい楽しければ何も成されなくてもそれでよし、なのでありました。「アプ[81]のワンピの上にもバーバリーのコート合わせちゃう質の高さ」とか「ピンダイ[82]着てても心はドルガバ」とかいう細かい分類の中に、生きる道を探るのが、言ってみればその年代の醍醐味なわけですから。

でも一応そういう不毛なファッションショーを夜ごと繰り返している中で、Ｊリーガーは当日ヤリたがるとか、電通オトコは帰りのタクシーで「はっちゃける俺」と「仕事にはアツい俺」のギャップアピールをしてくるとかいう法則性も見えてくるわけで、日々の飲み会で得る知識と事例を総合的に評価しながら、付き合うならこの会社、などと妄想を繰り返していたのが私たちです。日テレとＴＢＳだとＴＢＳのほうが女子的不快指数の少ないオトコが多く、物産と商事だとどう見ても商事のほうがイケメンである。そしてゴールドマン・サックスはどんなイケメンもなんか気持ち悪い人が多かった。ちなみに私は、野村證券の人としばらく付き合って、東京メトロの本社社員と結婚するのが、シアワセお得コースだと考えていた。

企業名なんて関係ないさと嫌みにつぶやく男たちをたくさん見たけど、私たちがマルイのショッパーや雑誌の背表紙で色分けされているのと同様、飲み会にくるオトコは企業という名のスーツと大学名という下着くらいでしか色分けされていないのです。オトコは、名刺ジャンケン的な企業偏差値以上に、そういうファッションとして纏っている企業名やら大学名をもっと自覚的に活用したほうがいい。ほんとに男っていつまでもロマンチストだ。

79——109やパルコに比べて、どんな服も気軽に買えて、誰にでも開かれている、という意味でこの上なく便利で、だからこそこの上なくダサいイメージのあるファッションビル。今では店舗によって全館改装したり名前を変えてみたりしているが、便利なものはオシャレじゃない、という思想がある限りジレンマに苦しめられそうな運命にある。でも大学生が最初に持つクレジットカードといえばマルイの赤いカード(現・エポスカード)だった。

80——82年創刊だが、エビちゃんこと蛯原友里、山田優、押切もえらがトップモデルだったゼロ年代には最高発行部数が80万部となった。当時のキーワードは「めちゃモテ」ファッション。「JJ」「ViVi」などと並ぶ赤文字系ファッション誌だが、そのどちらとも根底に流れる思想はだいぶ違う。

81——アプワイザー・リッシェの略。いわゆるエビちゃん系ワンピなどを展開するブランドとしてCanCamブームの折に急に有名になった。

82——PINKY&DIANNEも女子大生人気の高いブランドだったが、他のマルイ系ブランドよりちょっと海外風でセクシーなラインもある。アプなどよりは息の長い人気を誇る。

笑って〜許して♪

2016.05

気が長いので有名な私は、必然的に気の長さを強要されるようなシチュエーションに多く遭遇するというか、つまり、フツウのオンナだったらとっくにサジを投げているであろうオトコとなんだかんだ長く続いたりするので損であります。ただ、悪いことするオトコって、ゴメンネの温度が絶妙だったりしてそれはそれで女の子宮の琴線を奏でるので、あんまり謝るようなことをしないオトコよりも実はよかったりする。男っぽいオトコが、たまに言ってくれるゴメンネとそれに付随するキスから始まるミステリーは、女子にナミダとシアワセと二葉亭四迷だったら「死んでもいいわ」と訳しそうな感情を巻き起こすじゃないですか。と、ここまで書いて、なんか文字にして書くとDV男といつまでも離れられない人の典型例みたいな雰囲気出てきたので私の性癖の話はもうやめましょ。

なんの話かって、気も長いしあんまり怒らない私でも、ゴメンネの魔力はよく知っているわけで、別にタクシー運転手が急ブレーキして謝らなかったとか、名前間違われて謝罪が遅かったとか、そんなことで怒りはしないけど、「ゴメン〜」って言われたら確かに幸福度はあがるというか、さらにお詫びの品なんかもらった日には、いえいえ〜！　そんな〜脚踏まれてむしろラッキー♡くらいに思うのもわかる。

だがしかし。最近、テレビのワイドショーなんかで、有名人の謝罪を比較、とか、謝罪の仕方に賛否両論、とかいうことをしきりにやっているのだけど、私は渋谷の街角で、「ベッキーのはいまいち」とか「奥さんまで一緒に謝るのはやり過ぎ」とか言ってる人たちの気持ちも、それを代弁するコメンテーターさんたちの気持ちもよくわからんのですよ。大抵、不倫のいくつかと甘利大臣とキヨハラ元選手とショーンK[83]とかいう整形顔の香水くささそうなオジサンが並べられているのだけどさ。

政治家のごめんなさいはわかる。選挙で選ばれているから、何しても一応謝らなきゃいけないのはなんとなく。キヨハラ元選手もまだわかる。いや、別に私自身は、どこの誰がマンモスラリピー状態でも直接的な迷惑も被害もないけれど、というか薬物って売春と並んで2大被害者なき犯罪と呼ばれるくらいだから勝手にやって勝手に廃人になるものなんだけど、有名人が覚せい剤とかやって捕まったら周囲のビジネス関係者やらなんやらはスケジュールの変更などで死ぬほど迷惑被るわけだから、その人達に向けてごめんなさいということなんだろうと。

不倫。これは本当に謎なんです。そもそも謝られても困る。別に、ベッキーさんが既婚者に恋しようと、乙武さんが下半身の大満足っぷりをバラされようと、イクメンが赤ん坊以外のものを抱いていようと、知ったこっちゃない。いや、正確に言うと、知りたいんだけど。面白いから。でも、別に何の迷惑もかかってないし、一向にかまわないし、それで「いやん、そんな人だったなんてゲンメツ」と思って嫌いになるのはまたこっちの自由なわけで、そもそも不倫ははっきりした被害者ある罪なわけで、その人に謝ってよと本気で思う。謝られるよりは、最初はこうやって誘われてその後はここで盛り上がって前から横から後ろから……という話をしてくれたほうがよほど不謹慎に笑えて面白いんですけど、あれって謝られて幸福になったり、満足したりする人、いるんですかね。

83——学歴詐称報道によって姿を消した元タレント。日本人が海外の大学名などを出されることに弱く、ハーフ風の顔にも弱いことを巧みに利用した。

脇役でイケることこそ本物

2016.06

読書の秋なんていう前近代的なコトバはあるけど、エアコン使い放題の現代においては梅雨とか夏とか真冬の方が余程部屋で本でも読んでやり過ごしたいのであって、秋は運動会でもしていればよいと思っている鈴木です。

　ということで読書の梅雨を前に、私が日本3大少女漫画のひとつに数える咲坂伊緒センセイの『ストロボ・エッジ』[84]（ちなみにもう2つは矢沢あいセンセイ『天使なんかじゃない』[85]とジョージ朝倉センセイ『ハートを打ちのめせ！』[86]なんだけど）を、何年も歌舞伎町に揉まれてスレにスレた35歳のオネーサンに薦めたところ、「少女漫画の枠、というものがこの世に存在するのだとしたら、その枠を1ミリも出ることなく、しかしその枠目いっぱいに広がる作品だね」と、言い得て妙なんだけど、漫画を貸した友人に話すにしてはちょっと大仰にすぎる感想を頂いた。

　なぜ『ストロボ・エッジ』が超良質な少女漫画か。そこには、少女漫画が少女漫画たる所以のカギが隠されている。ごくフツウのヒロインが超かっこいいお相手とどうにかなる、というのが多くのオトナが考える少女漫画らしさというもの。それはそれで真理なので、『ストロボ・エッジ』でもまたごくフツウの（という設定だけどその辺の女子高生よりは余程かわいい）ヒロインが超かっこいい蓮くんとどうにかなる、そのどうにかなるまで、が作品化されている。しかし、ヒロインのお相手のファンタジックさというのはまぁ大して驚くべきものではない。

　現実の高校生男子なんて臭くてダサくてブサイクばかりなのだが、ごくたまに超かっこよくて万能、という、イメージで言うと一時期のハンカチ王子みたいな人というのは存在する。で、少女漫画の中の人はせいぜい夢に出てくる程度だが、現実にいる超かっこいい人というのは、触れたり舐めたりできるので、ソッチのほうがいい。というわけで、私たちが少女漫画に夢中になる理由というのは別にそのお相手のかっこよさではないわけです。

『ストロボ・エッジ』が優れて少女漫画的ファンタジーであるのは、蓮くんではなく、ヒロインの周りをうろちょろする、その他の男子、『アメトーーク！』[87]風に言うと「じゃないほう」男子がこぞって魅力的であるところです。これもまた多くの人がイメージする通り、少女漫画では、ヒロインは優しくて自分のことを一番に想ってくれて楽しい幼なじみやクラスメイト、つまり漫画的には脇役たちの気持ちに気づかない体を装って、冷たくて魅力的な蓮くん的なものに惹かれ続ける。

現実と少女漫画を激しく、確実に隔てるのはこの脇役たちです。現実の「じゃないほう」男子、つまり、超かっこいいハンカチ王子を追いかけるヒロインを側で見守る男子というのは、いいやつだが、ブサイクで服もダサくてしゃべりもつまらない。そして、漫画内の男子が、ヒロインの片思いを横から見つつも、やさしい気持ちで見守ってくれるのに反して、現実のダサ目な男子は、自分の気持ちを無視するヒロインを逆恨みしたり、あるいはもうちょっとスペックの低い女子とサラッと結婚したりする。

ヒロインのお相手のカッコよさより、脇役のカッコよさこそ、アラサーになって少女漫画的な夢など胸に抱かなくなった私たちでも悶え読める漫画の醍醐味なのである。ちなみに、テレビドラマでも女子が悶え見るものというのはこの法則に則っていることが多く、私の中での3大悶えドラマは『美男ですね』[88]『華麗なる一族』[89]あとはもちろん『花より男子』[90]なわけです。

84――07年に連載が開始した、「別冊マーガレット」系少女漫画の比較的新しい世代の金字塔。同作者によってその後発表された『アオハライド』とともに正統派少女漫画として人気を集め、両方実写映画化された。

85――集英社「Cookie」で連載して異例のヒットとなった『NANA』を体調不良で休載している作者の、比較的初期の傑作。掲載誌は「りぼん」。『NANA』に比べると性描写などは少なく正統派的ではあるが、ファッションの描き込みや複雑な友人関係、登場する大人たちなどは「りぼん」の他の漫画に比べて大いに大人受けする内容でもある。

86――「別冊フレンド」で漫画家デビューした作者が、「Zipper」や「FEEL YOUNG」で発表した連作短編漫画集。主人公たちは中学3年生で、傷だらけの青春と荒々しい若さを描く。同作者のその後の代表作『溺れるナイフ』とともに、若年層のセンシティブな内面が絶妙に表現された作品として一部に熱狂的ファンがいる。私とか。

87――テレビ朝日で15年以上放送されている人気トークバラエティ。当初はゲストを招いて雨上がり決死隊としゃべる普通のトーク番組だったが、その後お笑い芸人が「〇〇が好き」「〇〇部出身」など何かしらの括りで複数人集まる現在のスタイルに。2019年の闇営業問題以降、雨上がり決死隊の片方が一人だけで司会を務めている。特に支障はない。

88――韓国でヒットし、その後日本や台湾でもリメイクされたテレビシリーズ。チャン・グンソクの出世作。

89――山崎豊子の小説で、何度か映像化されているが、07年にTBSが制作・放送した木村拓哉版が抜群に有名。木村拓哉の使い方はフジテレビよりTBSのほうが巧みだ。

90――「マーガレット」で10年以上連載されていたヒット漫画を原作に、嵐の松本潤が主演してドラマも大ヒットした。小栗旬や松田翔太が一気に人気者になった作品でもある。

愛しのキミの進化形

2016.07

人の不幸は蜜の味、というが、私は良心的な人間なので友人たちは勿論、道を歩いてるその辺の人にも全力でシアワセになってほしいと思っている。今日、職安通りですれ違った整形しすぎて加藤紗里を通り越してマイケル・ジャクソンみたいな鼻のホストも、難しいとは思うがぜひシアワセになって頂きたい。ただ、こと友人に関してはあんまりスムーズにシアワセになられても話題性と面白みに欠けるというか、そもそも経過のシアワセと結果のシアワセって全く関係ないというか、経過の不幸が功を奏することは多々あるということに最近になってようやく気づいてきたので、みんなそれなりの経過の不幸を経て、結果的にオーライになってほしいなと勝手に思っている。面白いから。

　高校時代の友人にR子というオンナがおりまして、最近彼女と私の間でちょっとしたブームになっているのが東村アキコ[91]の『東京タラレバ娘』という漫画で、別に漫画の内容と直接関係はないのだけど、もしもあのオトコと別れなかったら、もしもあの時ビビらず告白していたら、などとタラレバ話を夜な夜なしている。

　高1の時、色白茶髪の清純派ギャルだった私と、ガン黒金髪の強めギャルだった彼女は、なんとなく趣味が合い、というか私は彼女の、ゴダールも岡崎京子[92]もディカプリオも相川七瀬[93]も平坦に語れる心意気が好きですぐ仲良くなった。直後、彼女は私と同じA組にいたH田という、DA PUMP[94]のISSAに似ていなくもない男子と付き合い、でも彼女の浮気癖のせいですぐにフラれ、「私、H田より色白になれたらまた告白する！」と、当時微妙に流行っていた漫画『ピーチガール』[95]の主人公に感化された台詞を吐き、頑張って「脱・日サロ」をしてまた告白、しかしH田はMさんという浮気しそうにない女子とすでに恋仲でR子はあえなく撃沈した。そもそも日焼けとフラれた理由はおそらく全く関係ないのだけど、そこはまぁ思春期の女子特有のアレである。

　で、その後、彼女はB組のI村という男子に恋い焦がれ、最初はI村もなんとなくR子を気に入っているような素振りを見せていたものの、I村はあまりにアルアルな日本人男子、つまりちょっと遊ぶのなら派手なオンナがいいけど実際に付き合うのはダサくない清純派、というタイプで、結果、同じC組のA美という編み物が似合いそうな女子と付き合いだし、フラレR子は退学になるその日まで彼を陰で思い続けていた。

と、美人の割には辛い失恋の青春時代なのだけど、その後の愛しのキミたちと言えば、H田は何故か割と有名な大手（と言うのか知らないけど）新興宗教に入信し、今はアジアの某国で布教活動をしている。I村はというと、急にラップ[96]に目覚めて「俺」をテーマにしたラップをたまにクラブで披露するニートになっている。そして、将来「自分博物館」をつくるという目標のもと、ゴミ屋敷に住んでいるらしいという噂。

R子が「私、フラレたほうがいいオトコにちゃんと毎回フラレていて、自分の失恋の歴史に感謝しかないわ」と呟いていたのがあまりに説得力があって、私もSNSなどで捕捉出来る限りの元カレや昔好きだった人の現在を笑い、現在の自分を肯定するという、とても非人道的な遊びにハマっている。

91――同作のほか、オタク地味系女子を扱った『海月姫』や、既婚者だと嘘をつく売れ残り女の恋愛を描いた『偽装不倫』などユニークな目の付け所と社会への皮肉と批評眼が抜群の漫画家なのに、ヒモ男子を扱おうとした『ヒモザイル』がクレーマーや嫌がらせなどにより打ち切りになるという惨劇もあった。

92――『pink』など伝説的な作品を多数描きながら、交通事故により休筆した漫画家。休筆後も『リバーズ・エッジ』『ヘルタースケルター』などが映画化されている。『ハッピー・マニア』の安野モヨコは元アシスタント。

93――95年に織田哲郎プロデュースでデビューしたヤンキー風ロックが特色の女性歌手。当時のギャルブーム直下の女子高生のメンタリティと合致したのか、カラオケで歌われることが多かった。

94――安室奈美恵でお馴染みの沖縄アクターズスクール出身の男性ダンス&ボーカルグループとして96年にデビュー。当初は固定の初期メンバー4人で活動しており、「ごきげんだぜっ！」「if...」などヒット曲を多数リリースしたが、06年からメンバーの脱退や活動休止、新メンバー加入なども経て、現在はメインボーカルのISSA以外は途中加入のメンバー計7人で再び活動中。18年にジョー・イエロー「U.S.A」のカバーが大ヒットし、再び全国区の人気に。「いいねダンス」のアレである。

95——97年から「別冊フレンド」で連載。作者は上田美和。水泳部出身で、ギャル風に日焼けして塩素で髪の色が抜けている、ももちゃんが主人公。見た目のせいでスレて見えるけど、実は純粋な処女、色白美人を目指しているという設定。中身は少女漫画的なキャラだが、表紙の見た目がギャル風なので当時結構ギャルが読んでいた。

96——ギャルブームの印象が強く忘れられがちだが、ゼロ年前後は実はかなり大きなヒップホップブームも同時到来していて、当時はまだ男子はギャル男よりBボーイ風のチャラ男のほうが多かった。たぶんローリン・ヒルやDragon Ashなどの人気が高まった影響で、基本はダボッとした服が流行していた程度だが、こじらせた人はダンスやラップなどにも手を染めていた。

汝、何を恥と思うか

2016.08

夏の日差しよりもSOLE[97]の日差しのほうに親近感を感じる83年生まれの鈴木です。ちなみに私は、顔焼きはそこそこ、身体はしっかり、というタイプだったので、スーパーベッドよりスパゲティベッド[98]派でした。

ま、私にとって制服で日サロに通っていた頃の話なんていうのは、それなりに若気の至りではあるものの、封印したい黒歴史というほどではない。どちらかというと、都会のギャルに憧れて、でも鎌倉の山奥ではどうもその雰囲気は出しづらく、駅前のおばあさんがやっているような薬局で、当時アムロちゃんがCMに出演していたシーブリーズ[99]を万引きしようとして怒られ、カラオケオール[100]をしようとしたら大船のカラオケは24時間営業ではないことを知った中学1年の頃の自分のほうが余程恥ずかしい。あとは自分と同じ高校の先輩が載っている「東京ストリートニュース！」[101]を広げてあたかも自分のツレのように友達に自慢していた高校入学直後とか。

しかしまあ、ある人にとっては、特に彼女が現在ものすごく上品で色白な生活スタイルを謳歌していたりすれば尚更、日サロの過去というのはできれば人様に知られたくない黒歴史であったりするわけで、何を恥と思うかは人それぞれ、そしてその後の人生によって大きく左右されるわけです。私の15年来の友人で、中学2年まではコテコテのオリーブ少女[102]、中3でギャルデビューして、ガン黒メッシュに私服はKANI[103]の上下というヤンキーとギャルの融合みたいなスタイルで高校に入学し、オヤジ狩り[104]がバレて高校を退学になり、その後大阪に移住して歳をごまかしてキャバ嬢を2年間やり、一念発起して有名大学に入ったかと思えば、DJ[105]のカレシに監禁されたのを機にメンヘラ[106]と摂食障害をこじらせて2回ダブって退学し、その後数年の潜伏期間を経て婚活パーティーで知り合った商社マンと結婚した猛者がいるのだが、彼女とこの間、歌舞伎町の「お通」で雑炊をすすりながら話していたところ、彼女にとって、糞ヤリマンだったギャル時代は生真面目な旦那には勿論隠し通したいところだけど、世間的にはむしろ私ってすごい時代の寵児だったの的な武勇伝として語れるらしく、メンヘラ摂食時代のことは高校の友人にはあまり言って欲しくないが、メンヘラからの婚活術の出版計画があるくらい逆手にとれる類のことらしい。で、自分ヒストリーの中での最も黒歴史と位置づけているもの、つまりは自伝を書くときにも書かずに葬ろうと思っているのはオリーブ少女であったことだと言う。

私にはその感覚が実はよくわかる。私たちオンナは、自分の絶頂期の感覚と記憶を色濃く保存している。私や前出の猛者の人生の絶頂期は確実に独身アラサーや節約商社妻の今現在ではなく、時代を謳歌していたギャル時代なわけで、ギャル時代に感じていた、ギャルデビュー前の、シーブリーズを探していたり、オリーブ的な思考をしていたことが何よりも恥ずかしいという感覚を今でも引きずっている。言い換えれば、ガン黒ギャル時代を恥と思う人間にとっての絶頂期はおそらく、今現在のFOXEY[107]を着てプリウスでリンコス[108]に通う瞬間なのであって、それは非常に羨ましいことなのかもしれませぬ。

97――女子高生の日焼けブームの折にはその高めの値段から、ブラッキーやイリオスに比べて人気がなかったが、きちんとした運営が功を奏したのか、その後、他の日サロが閉店や店舗縮小をしていった中、根強く都心部で生き残っている日サロ。今も新宿などに店舗がある。当時のイメージでは、カラオケで言うとブラッキーが歌広場、SOLEはカラオケ館といったところ。

98――お察しの通り、日焼けマシンの名称。身体全体を均等に焼く。スーパーベッドは顔を中心にしっかり焼く。

99――塗るとスースーするローションが有名で、シャンプーなども展開する化粧品ブランド。もともとは米国のブランドだが日本で資生堂が販売しヒットした以外、そんなに海外で見ることはない。

100――徹夜で夜通し遊ぶことをオールナイト、略して「オール」と呼び始め、一般に広めたのは90年代の女子高生。

101――学研が発行していた普通の高校生をフィーチャーしたストリート雑誌。ギャルも個性派もBガールも登場する異例のジャンル横断っぷりで、当時の高校生はこれに載ることがステイタスだった。芸能人になる前の忍成修吾や妻夫木聡、弓削智久らも登場。ただ、当時はあえてタレントにならないでストニューに出て有名になることのほうが評価されていたので、タレントになると女子高生の評判は落ちた。

102――マガジンハウスが82年から03年まで発行していたお洒落な人が読む女性ファッション誌が「オリーブ」。サブカルチャー系少女文化の発信源だった。「ポパイ」あってのネーミングだろうが、オリーブを読んでいたある種のジャンルの女子は「オリーブ少女」と呼ばれてギャルと対角にあるその位置を誇っていた。

103――蒲田などのヤンキーがよく着ていたシャカシャカしたジャージ上下などを展開するブランド。

104――流行語にもなった、サラリーマンなどのおじさんを襲って金品を奪う少年犯罪。要は強盗。

105――Bボーイブームとともに大量発生した職種のひとつ。

106――掲示板サイトである2ちゃんねるにあった「メンタルヘルス板」に集う人たちを呼ぶネットスラングだったが、精神疾患のカジュアル版として多用されるようになった。呼び名としてもカジュアルだし、呼ばれる対象の症状もガチな心の病気よりもカジュアルな場合が多い。当初はもう少し本来的な意味で心を病んでいる人たちを呼んでいた気がするが、最近は彼氏にフラれて落ち込んでいる程度のこともメンヘラと呼ぶことがある。

107――品の良いOLや主婦に人気のファッションブランド。浅田真央が公式な場で着ていたことも。

108――タワーマンションなど高級なところに住む人が好むスーパーマーケットのひとつ。

ミッキーが光合成したらそれはそれで面白い

2016.09

「それはお前を食べちゃうためだよ～ガオー」と、おばあちゃんの巧みな声マネで食料確保を図ったのは例のオオカミさんでしたね。いつの時代も人気だけど、最近特にモノマネ芸人さんたちが輝いているように思う。もう赤ずきん的には食われて本望ってな具合にテレビの前でゲラゲラ笑っています。山本高広[109]とミラクルひかる[110]がすき。

洒落た笑いは少なからずブラックであるというのは定石ですが、モノマネは存在自体がブラック。そもそも真似ってするだけで超マイナスポイント、怒られるわ、お金とられるわ、ダサい人認定されるやつじゃないですか。

中学生時代に、ミルキーペン[111]とかいう代物が大流行しまして、その当時って、誰かが買ったものを次に別の誰かが買うと「パクった」とか言われて人じゃないような扱いを受けるわけで、いや、そんなこと言ったらミルキーペンなんて日本全国で何百万本とか売れてたのにそこに真似っ子も第一人者もあったもんじゃないにもかかわらず、クラスで最初に買った子はいつまでも「私が最初にいいな、と思ったのにユキノが真似したせいでみんなが買いだして超ムカック」と訴え続けていました。アムラー[112]が大ブームだった時代に真似る真似ないってアンタ何言ってんだかって感じですよね。でも中学生だった私たちにとってはそれくらい、クラスの中だけでしか成立しないようなけなしのオリジナリティって大事だったわけです。

ミルキーペンごときでそんな魂の訴えと仲間割れと戦争がおこるくらい、人間は真似っこに厳しいわけで、でも実は人間、好きなモノは真似せずにはいられないのも一面である。某自民党のセンセイなんて未だに聖子ちゃんカット[113]だしな。私もいまだに美容院でのオーダーと口紅の品番は「篠原涼子のそれ」だしな。

そういう、人間の根源的な欲、しかし恨み・蔑みとも背中合わせなそれを、芸にまで昇華するというのは、ある意味では暴力的である。その辺のホストがキムタクの真似して前かがみで口を歪めたようなしゃべり方をしたら、「キムタク意識している……イタい、イタすぎる」ですが、芸人さんが「ちょっと待てよ」と言ったら鉄板の大笑いです。高校3年生の時にドラマ『アンティーク』[114]が流行って、逆にうちのクラスのタカギくんは「パティシエの学校行くつもりだったのに、非常に行きづらい」とぼやいていました。「タッキー意識している……」となるのが嫌だったんでしょうね。

パクリとパロディーとあこがれとモノマネと。境目は「これは真似です」と申告しているか否かという違いである。パロディーやモノマネは、見ている人が元ネタを知っていたほうが面白い。パクリは、周囲が元ネタを知らないほうが好都合。人はそして、在り方をさりげなく模倣される時になんとも言えない不快感を表す。ホリさんとキムタク（キムタクをさん付けするべきなのかどうなのか迷うんだけどキムタクはキムタクですよね）は表面上どんなに似たって生き方は全く違うわけで、ミルキーペンを買う中学生は、二番目も三番目も存在の仕方を真似しているととれるわけです。生き方を真似されると、尊厳が傷つく。ってことで、中国のミッキー[115]とかも、夢を与える、みたいな本家のミッキーの在り方を真似しないで、ストレス発散のはけ口となる、とか、CO_2を下げる、とかなんか違う生き方を見つけていたら、本家のネズミにも恨まれなかったかもしれませぬ。

109——織田裕二のモノマネでブレイクしたモノマネタレント。この人の登場で「世界陸上」の織田裕二がお決まりの興奮の仕方を抑制するようになったと見るむきもある。

110——宇多田ヒカルのモノマネだけでなく、多種のレパートリーを持つ美人モノマネタレント。

111——つるつるした写真や黒い紙に文字が書ける！　ということで女子高生や女子中学生の間で入手困難なほどヒットした文房具。その後はクリーミーペンなどの類似商品も登場した。これで写真に落書きをするのが、まだ携帯アプリなどがなかった時代の女子高生の思い出の作り方だった。ただ実際は、黒い紙なら書きやすいが、写真に書こうとするとやや書きにくい。しかし黒い紙に文字を書く機会はあまりなく、ふつうのルーズリーフに書く手紙などで使用する場面が結構あった。ミルキーな白混ざりの色のペンなので、白い紙に書くと読みにくい。まとめると、そんなに使いどころがない。

112——安室奈美恵の真似をしたファッションを身に纏う、ギャルの前身とも言うべき人たち。ただ、人の真似なのでちょっと蔑称でもあった。

113——いよいよ見なくなってきたが、80年頃に当時超絶頂人気アイドルだった松田聖子がしていたセミロングを外向きにブローした髪型。

114——原作はゲイを描くことが多い漫画家よしながふみの『西洋骨董洋菓子店』。滝沢秀明主演でドラマ化された。

115——上海や香港にある本家のディズニーランドとは別に、石景山遊楽園という北京市にある遊園地では、ミッキーやハローキティを模した、クオリティの低いキャラクターがある意味で名物となっていた。各国の批判が集まったことが原因かどうかは定かではないが、模倣キャラは徐々に撤去されたらしい。

アンリーマイラブ

2016.10

とあるホスト好きのおねーさんの話。数年前に指名してたホストKくん、とっても好きだったのだが、最終的にはなんとなく喧嘩したまま残っていた売掛金[116]も払わず連絡をとらなくなってしまった。その後、おねーさんは結婚、妊娠。ある日大きなお腹に薬指にはリングというイカニモな装いで新宿駅東口を徘徊していたら、そのホストKくんに出くわしてしまった。げ、やばいあの時のお金請求される、と狼狽えていたらＫくん、真面目な顔して寄ってきて「あの時はごめんね！　あんな未熟なホストじゃ売掛飛ばれて当然だよね。シアワセになったみたいでよかった！」とまさかの台詞。おねーさん涙目。

　これが、私がホストの売掛がらみで聞いた唯一のいい話である。歌舞伎町周辺にはそっち方面の話題が転がっているが、大抵はもっとろくでもない。そもそも、現金を出すのが不粋であるとかいう理由じゃなくて「来月までに頑張ってこれだけ稼ぐ」という意味でツケ制度を利用しているのだから、トラブル頻出は必至。稼いだお金で飲んでるのがオトコで、飲んだら稼ぐのがオンナ。この点では珍しく男のほうが賢く偉い。内実はホストクラブのあまりに暴利と言える原価率を見てわかる通り、売掛金って弁護士に頼むと結構脆いものなのだけど、ホストへの溢れんばかりの好き♡が残っている限り、自己破産でも解決できないほど強固なものなのである。

　で、話が変わりますけど、先日、元売れないグラドルで現在絶賛風俗営業中の女子Ａと話していたのだが、風俗で最も値がつくのが業界未経験の女子の初出勤日、つまり完全素人状態の女の子だとしたら、ＡＶで最ももてはやされるのは元○○なオンナであって、レースクイーンとか読者モデルとか『恋のから騒ぎ』[117]に出てたとかから始まり、看護師でも客室乗務員でも、３日でも職務経験があればパッケージにはキラキラとその肩書が躍ります。Ａが言うには、実際に触るなら変なプライドがない「手付かず」がいいが、画面越しに見る分には普段存在は知っているが裸を見ることのない○○があんなことこんなことをしているというのが男性を興奮させる。

　で、当然そのトップオブ元○○は、みんなが顔も知っているような所謂芸能人なのだけど、ま、みんなが顔も知ってるくらいの人になるとＡＶまで落ちなくても何かと収入源があるのでそういう話はめったにない。よくある「現役アイドル」などの肩書はＡＶプロダクションがＡＶデビュー前の女子のためにわざわざいくつかのグラビアやネットＴＶなどの仕事を事前に仕込んで無理やりつくられた芸能人だったりするわけです。
何を言いたいのかというと、ＡＶに出る理由がホスクラの売掛金だとしたら第三者から見ると「飛んじまいな」程度の大した理由じゃないけど、好き♡が溢れている限りは他が何と言おうと止めるのは不可能ですし、世間一般、特にワイドショー周辺で叩かれて「堕ちた」なんてレッテルを貼られても、よく顔を見ていたタレント、しかも大物女優の娘[118]なんていうオマケまでついた新人は、ＡＶ業界に入ればヒエラルキーのトップオブトップで超偉い人になるので、ワタクシ個人的には心で「ドンマイ！」と気軽にエールを送っている次第であります。

116――ホストクラブが危険と言われる大きな理由の1つがこの売掛、つまりツケのシステム。銀座のクラブなどで常連に対して昔から採用されている、その日に飲んだ分のお会計を当日に精算せず、後日振り込みなどで回収する方法だが、銀座が常連のしるしやお金をいちいち出すのが無粋などの理由で採用しているのに対し、ホストクラブの売掛は大抵、本当にその日にお金を持っていない、クレジットカードはそもそも持っていない、といった客を相手に借金させるため、するほうもヒヤヒヤ、させるほうもヒヤヒヤな行為である。しかし多くのホストの大きな売り上げは売掛で支払われている。飲んでから稼ぐこの女性たちのスタイルは、風俗業界に鬼出勤や保証付出稼ぎなど様々な文化を生み出した。

117――94年から15年以上、日テレで放送されていた明石家さんま司会の人気バラエティ番組。タレントではない20代の女性が毎週自身の恋愛体験などについてオフェンシブに話す。毎年メンバーが替わり、年末にはその年のＭＶＰが決められる。出演後にＡＶに出るのとかはダメらしいけど出た人はいる。当時の女子大生やＯＬにとっては読者モデルのように芸能人にならずに有名になれるという意味で、『恋のから騒ぎ』に出演したい、と思っていた人は多い。

118――坂口良子の娘である坂口杏里のＡＶデビューは、クスリで捕まった後にＡＶに出た小向美奈子以上に大きな衝撃で報じられた。ホストクラブに出入りしていたことは歌舞伎町住民だった私は知っていたが、ホストに通い、お金がなくなり、ＡＶと風俗に転じる、という一般女性ではアルアルな構図を全国に名前の知られたタレントがやってみせる、という意味でとても新しかった。

逆毛の王子様たち

2016.11

「栗原康さんという若手の政治学者が最近、伊藤野枝伝を出版したんですよ。もうほんと書き方も愛があって独特で、野枝がほんと淫乱でわがままで自己中で、絶対鈴木さんが読んだら面白いですよ。何かに役立つかも」と知り合いの編集者さんに熱心に薦められて栗原氏の著作『村に火をつけ、白痴になれ』を読んだ。面白かったけど、淫乱でわがままを強調されて薦められる私ってどうなんでしょうね。

野枝さんは言わずと知れた、というか私はほとんど知らなかったけど、知的な人はおそらく知っている、甘粕事件で殺された戦前のアナキストである。そして非・知的な私はアナキストというと左翼インテリというイメージしかなくて、さらに言えばセックス・ピストルズの「anarchy in the uk」でジョニーが「I am an anti-Christ, I am an anarchist」と歌っている記憶しかなくて、さらにピストルズというと漫画『NANA』の主人公ナナが崇拝していたバンドという印象しかない。ふう、ようやく話題が私の地平に降りてきた、やれやれ。

それで、そういえば『NANA』って完結したんだっけと思い立ち(結果として作者先生のご体調などの都合で連載が途中でストップしている状態だったのだが)、LINEマンガという便利なアプリで最新刊まで一気に読んでみた。

少女漫画の醍醐味がどこにでもいる何者でもないワタシがどこかの誰かに愛されることで唯一無二の存在になる、というプロットであるとしたら、『NANA』もまた極めて正統に少女漫画的であることは間違いない。ヒーローの位置に女がいるというのも実はそれほど珍しくない。なんといっても作者はあの涼美世代のバイブル、「りぼん」の『天使なんかじゃない』の矢沢あいさんである。『NANA』が「りぼん」連載の少女漫画に比べて特異な印象があるのは、セックス描写が露骨なところと、登場人物のルックスなのだ。そう……人物のファッションはものすごく異質である。首にベルトとか巻いてるし。現実にいたらドン引きである。実は大学時代、『NANA』オタクらしき同学年の男性がいたのだが、常に登場人物の実際つけているヴィヴィアン[119]のアクセなどつけていて、常軌を逸していない素敵女子たちはドン引きしていた。安全ピンとかついてたし。しかしなぜか『NANA』の中の彼らはあまりに魅力的で、常軌を逸していない普通のCanCam女子たちも夢中になっていた。

私は彼らにものすごく似た種族をＪＲ新宿駅の東口を出た椎名林檎の庭で度々拝見する。歌舞伎町ホスト軍団である。無駄に長い毛足に無駄に飛び散った毛先、必要以上のゴッゴッしたアクセに破けた服、チェック・ヒョウ柄。10年位前、ホストがワイドショーを賑やかしていた頃、彼らの逆毛だった髪型は「少女漫画のヒーローのよう」と評論家をして言わしめた。ヒーローにしてはゴテゴテしすぎて下品なのであるが、その少女漫画から派生したらしいホスト髪を逆輸入したところにNANA髪はある。普通ならドン引きな髪や服であればあるほど女子たちを夢中にさせるという点でも両者は似ていて、女子たち、どうやら現実とはコードの違う美の中で夢を見たいらしい。つまるところ『NANA』は極めて高度に（歌舞伎町方面に）発展した進化形ネオネオ少女漫画なのであって、死ぬまでにどうか完結を見たいという目標ができたという意味でも、伊藤野枝伝は私の人生に具体的に役に立った。

119——パンク・ファッションのデザイナーとして圧倒的人気を誇るヴィヴィアン・ウエストウッドだが、日本ではヴィジュアル系バンドのファンなどがこぞって愛用したことから、やや安っぽいイメージがついた。さらに、ライセンス系のバッグなどが微妙にダサい。最近は半生が映画化もされた。

トンネルを抜けると欠陥住宅だった件

2016.12

聖路加で生まれてすぐに千葉県市川市の母の実家の近くの祖父が所有していたマンションに2年、その後中央区月島のマンションに移って、小学校入学と同時に鎌倉市、小5〜6年はロンドンのハムステッド、で、また鎌倉、大学生だった19歳の時に家を出て横浜の桜木町に1年、隣の関内に1年半、下北沢に1年、シロガネの男の家に半年、港区芝浦に2年、新橋の男の家に10ヶ月、乃木坂に半年、西麻布に半年、広尾の男の家に半年、西麻布の同じマンションの別の部屋に戻って4年、現在の西新宿にもうすぐ2年。ということで私、引っ越しで言うと15回、住んだ家の数は同じマンションの別の部屋をノーカウントにしても14軒も経験していることになる。現在33歳で、別に転勤族の家に生まれたわけでもないことを思えば、結構な数だ。

基本的に服が好きなわけでもないが服を買い漁る性格の私は、買い物や引っ越しそれ自体が好きなのであって終わってしまえば服は袋に入ったまま放置し、家はインテリアや掃除に凝ることもなくただ住むのであるが、どこか性格が優等生的でもあるので、大学や会社に行くのが便利だとか、実家に帰りやすいだとか、その時ハマっているものに近いとかそういう大義名分を見つけて家を探す。西麻布は新聞記者だった当時、国会にも霞が関にも大手町の本社にも行きやすかったしクラブ遊びばっかりしていた頃なのでそういう意味でも最適化された場所だったし、桜木町は勤め先のキャバクラに歩いて行けて大学までも地下鉄1本であった。

そんな中で1軒だけ、なんの脈絡もなく住んだ家というのがあって、それが下北沢のおしゃれなドッグカフェと美容院が1階に入ったオシャレなコンクリ造りの3階建ての低層マンションなわけである。下北沢には夢と希望と文化系男子が詰まっている。私は夢と希望と文化系男子が大っ嫌いである。ヴィレッジヴァンガード[120]の自意識過剰なPOPも、スズナリ[121]の前でチケット探している女の子の何か特別なものを見に行く感も、ライブハウスの前にたまってるみゅうじしゃんたちのみゅうじしゃんぽさも嫌いである。

下北沢はなんかほんのちょっとだけ何者かでありそうで、実は当然のごとく何者でもない人たちの街である。その次に住んだ芝浦は、何者でもなさを有りがたいことだと理解したオトナの街だったし、渋谷は何者でもないのに根拠なき自信に溢れてる若者が多い。私はソッチの方がどうしたって心地よい。当然シモキタもバカではないので、自意識で感じる自分の素晴らしさと世間的な評価の齟齬は当たり前だとわかっているし、さらに自分が思っていたほど自分は大した人間じゃないというのも結構わかっているので、あの古着のチェックシャツとゲバラTシャツ[122]の隙間になんとなく悲壮感があるのだ。

ザンネンなことに、そうやって言葉で説明してしまうと、私の状況と事態というのはとても下北沢にマッチはしていた。幸い、私の住んだヴィレッジヴァンガードから茶沢通りの方にガードを抜けたところにあるオシャレな3階建ては、住戸の玄関の雨漏りがものすごくひどくて、雨の日に靴を靴箱にいれずに脱いだままにしておくとびしょびしょになった。私はシモキタへのせめてもの抵抗として「ジミーチュウ[123]が濡れちゃうから」という理由を思いついて更新期の前に引っ越したのである。

120——名古屋で1号店が開業されてから、徐々に各地へ広がり、現在はルミネにまで入居する「遊べる本屋」。もともと本と雑貨を陳列していることで有名だが、大手商業ビルに入っている店舗は雑貨色が強い。下北沢の店舗は雑貨も家具も置いてあるがまだ本屋的要素が強く、本棚には手描きの独特なポップが付けられている。本のセレクトも独特で、いまどき澁澤龍彦コーナーなどがあったりもする。今はカフェなども展開する有名な企業となった。

121——正式名称は「ザ・スズナリ」。下北沢が演劇の街と呼ばれるようになった最初の小劇場で、同じく下北沢にある比較的大きめの本多劇場とはおなじ系列。

122——なぜか未だに日本で結構着ている人の多いチェ・ゲバラの写真がプリントされたTシャツだが、どうやら着ている人の思想とはあまり関係がないらしい。アンディ・ウォーホルのモンローモチーフみたいな扱いで着ているとみられる。

123——日本でも大ヒットした米ドラマ『SEX and the City』で主人公が履いていて一気に世界的になった英国発の靴ブランド。それまでは知る人ぞ知るブランドだった。日本では靴が一部の米国セレブ好きな女に流行した後、星モチーフのファッション小物が輩やホストに流行したせいで、お洒落な人がちょっと持ちにくくなった。

不機嫌なコギャルたち

2017.01

昨年末とか風邪引いたあとにぎっくり腰になるわ、MCの芸人さんののっぴきならない事情[124]で出演した番組が撮り直しになるわでちょべりばって感じでした。今年もどうせ超ムカつくし常にMK5[125]なんだけどとりあえずよろしくでーす。

石頭楼[126]で開いたアラサー忘年会の冒頭で話題になったのは、年末に発表された「grp by CROOZ」のギャル流行語大賞。1位から5位までを見てみると「沸いた」「よき」「らぶりつ」「リアタイ」「最&高」とある。そりゃアラサーなのでうち3つくらいは意味がわからなくてグーグル先生に相談したのだけど、それは別に問題じゃなくてむしろギャル語なんて知らないアラサーの方が人生うまくいくのは歴然なのである。私の知人の中で「つらたーん」とか「パリピ♪」とか言ってる30代は明らかに人生遠回りしすぎなタイプたちである。

だから石頭楼でグーグル見ながら「らぶりつのりつって率じゃないんだ!」とか言ってる私たちは別に

いいんだけど、それにしてもよくもトップ5全てポジティブな言葉が出揃ったものだと感心する。ここ数年ずっとギャル語として流行するものは「アゲアゲ」「てへぺろ」などニコニコマークが似合うものであって、しいてあげれば数年前に流行った「激おこぷんぷん丸」が怒りマークではあるものの語尾がかわゆすぎる。「ちょべりば」[127]「ムカつく」「ウザい」「キレる」と不機嫌を連発したギャルたちはどこ行った。「ギャル時代、あんなに怒ってたのにね」と石鍋をつつきながら私たちは感慨深く振り返った。

そもそも、コギャル発生当時の女子高生にとってギャルという事態はファッションのジャンル以前に生き様のスタイルであったわけで、だからこそ「egg」にしろストニューにしろハイセンスなスタイリストのコーディネートなど一切載せずにひたすら制服姿や私服姿の読モのカバンの中身やら休日の買い物の中身やら日常スナップで埋め尽くされていたわけである。ちなみに忘年会を石頭楼に指定してきた友人はストニューにパンチパーマ[128]の彼氏とツーショットが載った黒歴史があり、私は「Popteen」[129]の100均愛用コスメ特集にポーチの中身の100均コスメを晒した黒歴史がある。当時のスタイルを一言で言えば「めっちゃだるいけど109最高〜」[130]である。現在のギャル誌など見ると服装もメイクも余程洗練されてはいるが、怒りや闇は微塵も感じられない。

しかし考えてみれば、「殴る」「奪う」「吸う」とネガティブに逸脱したそれまでのヤンキーとは逆の、「買う」「踊る」「めかす」とポジティブな方向に逸脱するのがギャルだったことを考えればこの進化は正当性があるようにも感じられる。超ムカつくとか言ってた私たちはまだまだ発展途上の未熟者で、最&高な今時のギャルこそ進化形。経済も政治も1999年当時よりもずっと絶望的な状況だけど、とりあえず「よき」。ただ、問題はギャルと表と裏の関係にあったヤンキーだって今時流行らないわけで、とするといわゆるジェームズ・ディーン[131]的な若者の反抗や怒り鬱憤ってどこに行ったのでしょうね？ ネットストーキングやJKビジネス[132]がそれを吸収しているとすれば、ギャル語の健全化は社会の不健全化と比例しているような気がしないでもない。

124——ノンスタイルという漫才コンビのツッコミで、ナルシストキャラでもある、とある芸人さんが、タクシーとの接触事故で一時的に謹慎となった件。

125——90年代に流行したギャル語。もともとは多分広末涼子の「MajiでKoiする5秒前」の頭文字をとったあたりで始まっているが、実際に使われていたギャル・スラングとしての意味は「マジでキレる5秒前」。

126——六本木にある牛肉を使った中華鍋の店。六本木の店舗はマンションに入居していて見つけにくいことこの上ないが、美味しい！　こんなの初めて！　なこところこの上ない。

127——流行語にもなったギャル・スラングの代名詞で「超veryバッド」の省略形。だから正確な発音ではチョヴェリバとなるべきだが、そこは所詮日本ですから。

128——ゼロ年代初頭は都心にもまだ髪型をパンチにしている古き良きヤンキーがいた。『池袋ウエストゲートパーク』がドラマ化されるなど、チーマーに続くギャングがヤンキーの進化形として認知されていく中で、ヤンキーファッションは泥臭さを失っていった。

129——古くは益若つばさ、最近では藤田ニコルなどを輩出したギャル系ファッション誌。90年代はもっと著名な芸能人が表紙になることが多かった。ギャルブーム時に流行を牽引した雑誌のひとつだが、創刊は80年。色々イメージの変化を経ているため、ギャルとともに生まれギャルとともに去った「egg」などに比べるとギャル臭がきつくない。そして「egg」やストニューに比べると、一応ファッション誌としての体をなしている。

130——いわずとしれた東急系のファッションビル。ほとんどの場合、渋谷にあるSHIBUYA 109を指す。ギャル・女子高生全盛期に聖地として崇められ、セール期間中には中の階段が行列で埋まり、店員が福袋を投げて販売するような光景も見られた。インディーズブランドに小さい区画を比較的安い賃料で提供し、そのブランドが全国区になっていく、という109スタイルは、多くの現在では若者ファッションに欠かせなくなったブランド誕生を後押しした。私は日経の記者時代、109前が一番似合う記者として、東急の社内広報誌にインタビューされたこともある。

131——映画『理由なき反抗』が代表作の50年代の米国の俳優。自動車事故で24歳で他界。

132——ブルセラや援助交際が流行したのは90年代だが、その20年後、もっと巧妙に法律の隙間を縫った女子高生の性商売が登場。中には折り紙を折る女子高生のパンツを見る、など何が楽しいのかもわからなければどういう理由で取り締まったらいいのかもよくわからない形態などもある。

メンヘラの極意

2017.02

今まで、ツイッターにしろインスタグラム[133]にしろ私の自己顕示欲を満たしてくれる発信機としてしかあまり興味を向けていなかったのだが、最近は書くより読む方が余程面白いことにようやく気づいて、時間があればツイッターサーフィンをしている。そして別に自分のキャラがどうのこうのの問題ではなくやっぱり夜のお姉さん、それも有名キャバ嬢[134]や有名ＡＶ嬢ではなく、匿名のユーザーのアカウントばかりフォローしてしまう。すずみ的、名前のない女たち。

死にたいなんてほざく女は新宿周辺には腐るほどいるので、それ自体は何も思わないが、ファッションメンヘラ[135]なんていうイカれた言葉が流行っている昨今、メンヘラを自称しているＳＮＳユーザーはたくさんいる。もちろんそちらも好物だが、それより「ちょこっと病むこともありつつ基本的にはリア充素敵女子[136]を演出している」キャバ嬢や風俗嬢のツイッターなんかが面白くてしょうがない。私は性格が悪いので、そういった人を見つけると少なくとも半年くらい遡ったところからツイートを観察し、この辺りで好きな男の連絡がつかなくなった↓連絡がついた↓お金を引っ張られた↓ヤケになって他のホストクラブに飲みにいった↓なんだかんだ女友達と鍋&カラオケでサイコー！　みたいな流れを楽しんでいる。

逆にデパス[137]をアイコン写真に使うくらいにメンヘラそれ自体をウリにしている女の子は、実は低空飛行で安定しているというか、たしかに本当に病んだ人間なんだろうが、対世間の自分デプロマシーは一貫しているので半年遡ろうが1年遡ろうが言っていることがものすごく変わるわけではないし、テンションも比較的一定である。ツイキャス[138]やブログまで飛んでみると案の定、とても頭が良く常識的な人間だったり、情の深い発言が多かったりして、そっちは読み物としては楽しめるのだけど、やはり人間としてものすごく興味をそそるかというとそこはまた違うのである。

で、リア充素敵キャバ嬢の方はというと、もっとこう劇的である。ちょっと目を離したすきにアカウント自体が消えて無くなっていたり、名前もアイコンも変わって過去のツイートがほとんど削除されてしまっていたりと、油断も隙もない。「好きぴ[139]」とか「かれぴ」「担当ぴ」と、酒井法子もびっくりな呼称で呼ばれる男とのラブラブ生活っぷりばかりがツイートされたかと思えば、女友達と日本酒とカラオケと焼き鳥の画像ばかり登場し、「なんでもかんでも適当が性に合ってるの」なんて呟き出す。で、精神が安定しているときは高級ブランド目白押しの化粧ポーチの中身大公開、メイク動画などがアップされ、やや変なテンションになって露悪的な整形報告が始まったりする。

正直、その辺の「メンヘラ」ツイッタラーや「メンヘラ」ブロガーよりこっちの方がよほど「ヤバイ」感じである。情緒不安定だし人格の七変化も甚だしいし若干虚言癖もあるし逃亡癖の香りもする。ただ、こちらの方が多分リアルなのである。常に低空飛行していたり、或いは常にステキだったり賢かったりする人間はパフォーマンスはうまいのだろうが、実際の女の子なんて情緒不安定で多重人格で虚言だらけである。女の子ってそもそもが結構ヤバイのである。私は男に冷たいので、自称「メンヘラ」風俗嬢のブログの方をやばいとか言っているうちはオンナに振り回されまくって苦しめばいいとほくそ笑んでおります。

133――インスタ映えを気にする若者が、食べもしないスイーツを注文したり、無駄に大盛りを注文したり、すぐ食べずに延々と写真を撮ったり、そんなアホみたいな現象は日本だけかと思いきや、結構各国で見る。

134――かつてキャバクラ嬢というのはどんなに売り上げがあっても、業界内や男性客の間で有名になるくらいで、カレンダーなどを作っている店こそあれ、男性向けコンテンツの域を出なかったが、キャバ嬢をモデルとして採用した雑誌「小悪魔ageha」のヒットやSNSの登場が後押しし、女子に人気のキャバ嬢が急増。キャバ嬢のインスタやツイッターを見ると、あきらかに女性ファンに向けた発信が多い。まるでモデルなので、女子中高生が憧れの職業として挙げるのも無理はない。

135――メンヘラは、そもそもは心を病んでいたり言動に整合性がなかったりする人に使われていたが、一般化していく過程で病んでいる人のほうが思考が深淵に思えるのか、人に注目してもらうのに良い方法だからか、自称するのがちょっとかっこいい、というような意味を一部帯びて、精神は極めて健全でもSNSなどでメンヘラを自称する人は増えた。

136――ネットでのみ伸び伸び生きる人に対して、学校などリアルな世界がちゃんと充実している人への褒め言葉として生み出されたが、その後はSNSなどで素敵な毎日をアピールしたり、必死に予定を入れて友達と繋がったりする人を呼ぶことも増えた。

137――不安や緊張を和らげるとして鬱病の治療薬などとして使われるエチゾラム。歌舞伎町のクリニックなどではデパスを処方して欲しいと受付で頼んでいるホストや風俗嬢をよく見かけます。結構処方してくれる。睡眠導入剤として使用する人も多いらしい。合法薬物依存の代名詞みたいなくすり。

138――PC、スマホ、タブレットなどで、誰でも簡単にできるライブ動画配信。

139――流行語になった際には「好きなピープル」の略だとされていたが、当初はただの彼氏の別称だった。〝ぴ〟は可愛くするためにつけただけ説が濃厚。こういう、流行してからきちんと意味が定まっていく言葉というのは多くて、90年代後半に登場した「イケメン」も、当時は「イケてるメンズ」を指す説と、「イケてる顔面の男子」を指す説とあった。

スズミの知らない2.5次元の世界

最近、右胸だけちょっと大きくなった気がするので、多分女性として何かに対して最後の雄叫びを上げているんだと思います。とあるネットTVの番組の収録で私が相変わらず胸の谷間だけを人格として認めてもらっているような服を着てスタンバイしていたら、隣に胸も二の腕も太ももも隠れる服を着た可愛らしいボブ頭の若い女性がいて、聞けばその人はその世界で知らない人はいない上に国際的知名度まである人気声優ちゃんだという。

声優好きというクラスタがいるのは知っているが、私は声優にも無縁であり、声優好きにも無縁である。そもそもまだ俳優ならわかるが、アニメ映像に合わせて声を出す声優のファンって声が可愛いとか感情表現が巧みだとかそういうことだろうか、と訝しんでおりました。でもたしかに横に座っているボブ頭さんを見ていたら、俳優さんともモデルやアイドルとも違う不思議な魔力があるような気もする。最近は声優も顔を出して踊りを踊って紅白にまで出場するのだから、アイドルとの境界も難しい。でもたしかに何か違う。

その私の感じた不思議な魅力を、ボブ頭ちゃんは「最近は2.5次元というんですよ」と教えてくれた。なるほど、たしかにこの違和感は、アイドルの生々しさとアニメの無機質さの間にある。なんか、ギリでトイレは行きそうだけど生理はなさそう、とかそのくらいの。生身の肉体がそこにあるのに現実味がない。それはかつてのアイドルの偶像っぷりやPerfume[140]やきゃりーぱみゅぱみゅ[141]の非現実味ともまた違い、別に遠い存在すぎて神々しく見えるわけでも、制御されすぎて機械的なわけでもない。それに、別に顔が非現実的なほど整ってるわけでもない。むしろその辺にいそうなレベル。

そういえば私が小学生くらいの頃に、周りには一定数「声優になりたい」と言っている子がいた。「チャレンジ」[142]や「小学三年生」[143]みたいな雑誌で紹介される女子でも「将来の夢は声優です」という類の女子がいた。子供がアニメ好きだという事情も多少はあるだろうが、私はそのいやらしさがものすごく嫌いだった。タレントより女子アナになりたいという強かさは好きだし、女優ではなくAV女優になりたいという謙虚で銭ゲバな女も、モデルより読者モデルを目指す現実的努力家も好き。

でも女優や歌手ではなく「声優になりたい」とするその根性はなんか批判を受け付けられない弱さと、それでもスター誕生しようとする浅ましさが透けて見えるというか、芸能人になりたいって言ったらブスのくせに無謀とか言われる程度の微妙な顔の女子が、その怖さに真正面から向かおうとせず、むしろあわよくば「声優にしては可愛い」に甘んじようとしている感じが嫌だった。ちょうどその直後に椎名へきる[144]がLUNA SEA[145]のメンバーとデュエット曲を出したり『ミュージックステーション』[146]に出たりしていたわけである。

スポットライトが当たるのが嫌で声優になったのに勝手にスポットライトが当たっちゃった♡テヘペロ。生身でありながら生々しくない、声優アイドルの微妙さってこの辺りと関係していそうだ。最近、ＳＮＳやブログが一般的になりすぎてすっかり「遠い存在すぎて神々しい」というアイドルの特性は崩れているが、それをアニメの中の人が代替するというのもなんか安易すぎるような気もするのでございます。

（テレビブロスにこの原稿を出したところ、本当にたまたまその号の表紙が人気声優だったため、未掲載）

140——安室奈美恵を育てた沖縄アクターズスクールの広島の系列スクールで育った3人組テクノポップユニット。中田ヤスタカがプロデュースで、声にエフェクトがかけられ、カクカクしたダンスとともに限りなくバーチャルっぽく見えるが、しかしどこまでも実存があるという点で特徴的。

141——「つけまつける」が大ヒットして有名になった女性歌手。シノラーの流れを汲むようなちょっと特徴的な裏原宿系ファッションや長い名前が印象的だが、顔はロリータ風、特に目元の化粧は白ギャル風でもあり、篠原ともえと比べるとモテを放棄していないその個性で男性受けも悪くない。

142——かつての福武書店（現・ベネッセ）の持つ学生向け通信講座「進研ゼミ」のテキストの名前。未就学児向けは「こどもちゃれんじ」、小学生向けが「チャレンジ」、中学生向けが「Challenge」と芸が細かい。

143——小学館の学年別学習雑誌。「チャレンジ」などと違い、普通の書店で購入できる。

144——一般的に認知度の高いアニメに代表作があるわけではないが、当時人気のあった声優。

145——一旦活動休止していたと思われるが、いつのまにか再開していた日本のロックバンド。デビュー当時はヴィジュアル系色が強かったが、ボーカルの河村隆一としてのソロ活動以降は化粧っけはあまりない。ヴィジュアル系バンドが大量生産される前に人気を集めていたことから、音楽はわりと本格派の印象が強く、根強いファンは多い。でもブサイクばっかりだったら違う結末だったように思う。

146——「Mステ」の愛称で知られる86年から続く生放送の長寿音楽番組。タモリが司会になったのは87年から。かつて日本の中学生はみんな見ていた。特に近年はジャニーズの出演が多めだが、J-POP全盛期を牽引したまっとうな番組である。

オザケンなんて聞かないで

2017.03

アマゾンのレビューは自作自演です♪　なんていうオシャレなシャレを飛ばしている「イロイロあった」ASKA[147]のニューアルバムの存在感が霞むほどに、涼美さんの周りは浮き足立っている。当然、相変わらず歌が下手っぴーにしか聞こえない東大卒の（確か今年49歳になる）おしゃれボーイが日本の音楽シーンに帰ってきた[148]という理由である。

高校時代の親友で、日焼けサロン「ブラッキー」の名誉会員を名乗っていたヤマンバギャル[149]のリサさんという人がいる。制服姿なのに首からルミカ[150]を下げていたり、色が黒すぎて唇が白すぎるという理由でチャペルでの朝礼を追い出されたりする愉快なオネエさんであったのだが、彼女の難点は隠れオリーブ少女の過去があることだった。そう、繊細で、綺麗なものが大好きなのに、頭の中はまあまあ暗い、アレである。

彼女はその繊細で綺麗で暗い内面を守るためにギャルという大掛かりだけれども手軽な材料でできる武装をし、ピンク色のチークもパルコの世界観も日焼けとme Jane[151]のどぎつい柄のパレオ[152]の下に隠して歩いていたのだが、やはり所々に怪しさが垣間見えるものである。カバンの中を見ると、ラブボートの鏡と夏ピカのタンニングジェルの下に「ガロ」[153]があったりだとか。特に私と二人で暇つぶしにカラオケ歌広場なんて行くと、その片鱗が前面に出てきて「モナムール東京」[154]とか「ラブリー」[155]とか歌いだすのである。

私は「寝癖みたいな髪の毛でガリガリのヘタウマお兄さんのどこがいいの?」と幾度となく彼女を問い詰めたが、いつも「ミドリーナ（涼美さんの本名）にはわかんないよ」と返される。ああ確かにわかりませんよ。そもそも私にとって「渋谷系」[156]なんていうのは「原宿系」の対義語なのであってラフォーレ[157]に対するマルキュー、竹下通り[158]に対するセンター街[159]、ジッパーキューティー[160]に対するエッグポップティーン、ベティーズブルー[161]とスーパーラヴァーズ[162]に対するロキシー[163]とアルバローザである。脱力した吐息で歌う海外っぽいメロディーではない。

で、私とリサさんの確執はしかし、私たちが10代から猛スピードで20代を駆け上がり、時代もまたゼロ年代を爆走していく過程で、ギャルの渋谷もミュージックシーンの渋谷も霞んだとともに色あせ、二人ともゾゾタウン[164]で季節ごとに必要なかわいくもなんともないものを買い足す30代になり、リサの繊細で綺麗で暗い内面、簡単に言えばめんどくさいところも徐々に角がとれ、私の刹那主義っぽいところ、つまりは浅はかな若いオネエチャンらしさも消えてしまった。
昨年「私に、星野源[165]好きでしょって言ってくるやつらのわかってなさがムカつく」とか言っていたリサに言わせると、星野源には「謙虚さとソツのなさ」があるために、逆に本当に興味がないらしい。なるほど確かに私が中学生の頃にMステや『HEY!HEY!HEY!』[166]で見かけた寝癖頭の色白の彼には何かそういう人としての巧みさのようなものが決定的に欠如していて、だからこそ現代社会の住み心地の良さを否定したいオリーブ少女たちは熱狂したのかもしれないとも思う。と、なると、彼がこのタイミングで日本のかつてより余程ソツのない少女文化に馴染めない、ソツだらけの女の子たちに対して持つであろうインパクトが恐ろしい。ということで草の根の運動として私は今月から窓を開けてジェイソウルブラザーズ流します。

147――CHAGE and ASKAの超人気ボーカルでアジアでも有名だったが、ASKAのほうが覚せい剤取締法違反で逮捕された。ミュージシャンなのでそれほどイメージが損なわれたわけではない。

148――参照：宇野維正『小沢健二の帰還』(岩波書店)

149――ガングロギャルの最終形。「egg」に度々登場した「あこ吉」や「ブリテリ」など、コンガリを通り越して真っ黒に化粧して、髪の毛を金髪やエクステンションで派手に盛り、マジックで目の周りを塗った姿が山姥のようだということらしい。男性目線を気にしないというか、ある意味清々しく無視または拒絶し、目立つファッションで堂々とセンター街を闊歩するその精神性はあっぱれだが、いかんせん日焼けと化粧やファッションが尋常じゃなく濃いので誰がやっても似ているため、個人的に「目立つ」のは至難の業。

150――パラパラ全盛期のクラブでみんなが振っていた光る棒状のもの。首から下げてクラブにいくのが基本スタイル。

151――109の地下1階でかつて日本中の女子高生の熱い支持を受けていた南国系ショップ。当初はアルバローザやティアラなどの商品を扱うセレクトショップだったが、途中からオリジナル商品メインになった。椰子の木があしらわれたビニールのショップ袋は、持ち手が小さく不便なのにもかかわらず、女子高生のサブバッグとして学校ではそこら中で見かけた。やや高かった価格設定もあり、袋だけが欲しくて友人から1000円程度で売ってもらう子もちらほらいた。

152——99年の夏にギャルに流行した、ただの布を身体に巻いて、ワンピースとして着るリゾート風ファッション。当然、ものすごく無防備かつ露出度が高いが、色が黒いとあまりエロくはない。普通に街やクラブにその格好ででかけた。他の国ではビーチなどで腰に巻くあの布である。

153——青林堂が刊行していた漫画雑誌。つげ善春、みうらじゅん、ねこぢるなどなどサブカル色が強い。

154——ピチカート・ファイヴの楽曲。筒美京平がいしだあゆみに提供した「太陽は泣いている」インスパイアの曲と言われる。

155——小沢健二の楽曲。これで初の紅白出場をした。

156——フリッパーズ・ギターやピチカート・ファイヴなどの音楽ムーブメントを渋谷系サウンドと称して愛でる人がいる。渋谷の名称を独占しないでほしい。というか、渋谷を舐めないでほしい。

157——ギャルのメッカが109であるならば、対極にあった個性派のメッカ。かつてラフォーレ前には髪の毛を変な色に染めた、可愛くない女の子たちがたむろしていた。

158——中学生に上がると同時に足を踏み入れる原宿の魅惑のストリート。かつてはタレントの生写真屋などが多かったが、それはインターネットの普及とともにどんどんなくなっていったし、特に何があるというわけでもない。モデルプロダクションなどが原石の中学生をスカウトしに訪れる。

159——時代とともに主役は変化するが、ギャルの前はチーマーがうろうろしていて怖かったのでギャルのほうが無害だった。いろんな意味で印象を向上しようと、「バスケットボールストリート」という名称に変えたが誰も使っていない。

160——個性派の女の子たちが読んでいた二大雑誌「Zipper」と「CUTiE」。

161——フランス映画とは無関係で、自分を個性的な何かだと信じたい女の子が着ていた、冷静に見るとパレオ一枚より常軌を逸したキャラクターの絵などが描いてあるシャツなどを扱うファッションブランド。

162——こちらも90年代に流行した、自分はギャルなんかよりもっと複雑でかっこいい存在だと心のどこかで信じる女子たちのブランド。

163——サーフブランド「クイックシルバー」のガールズライン。eggモデルだったあきちゃんがトレーナーを着用して、ギャルたちの間で大ブレイクした。ロコ系のギャルにはその後も愛されたが、もとのサーフブランドとしての価値を再認識したおかげで、ギャルブーム去りし後もちゃんと日本で売れている。

164――前澤友作が創業したファッション通販サイト。色々と話題になることが多かったが、前澤退任後は話題にもならなくなった。
165――16年のシングル「恋」のヒットで全世代に知られることとなった俳優兼ミュージシャン。
166――ダウンタウンが司会をしていたフジテレビ系の伝説的音楽番組。放送開始当初は松山千春や井上陽水、アン・ルイスなどなど大御所を迎えて長いトークをする番組構成だった。

非アイドルがモーニングコールして

2017.04

2年間で可愛さが倍増しましたと自負する道重さゆみ[167]を見て、この2年間でGカップはEカップに、デニムサイズはなぜか24から26に、顔は順当に劣化して地道に老け続けてる鈴木は純粋に羨ましいとため息が漏れます。もし私が2年間で可愛さを倍増させるとしたら、メスを使った根本的な改造が必要となるでしょう。そんな私の話はどうでもいいとして、道重さゆみがモーニング娘。史上最も長く在籍していたというのは初めて知ったし結構びっくりした。安倍なつみ[168]とかかと思っていたけど、調べたら全然違いますね。というか、なっちより矢口真里[169]の方が長いというだけで充分意外である（そして福田明日香が最短ではないというのもまた意外）。

当然『ASAYAN[170]』視聴世代の鈴木さん的に、モー娘。と言えば加護ちゃん辻ちゃん[171]が加入したあたりまでが、漠然と把握しているモー娘。で、その後ももちろん歌番組で目撃したり、バラエティ番組に出ている女性アイドルを見て「ああこの子ってモー娘。なんだ」と思ったりしたことはあるが、自分が歳をとると同時に一気にアイドルブームが到来して他のアイドルグループとの違いはかなり薄れて見えてしまう。ファンから怒られそうだが、こういう人はかなり多いんじゃないかと思う。

その辻希美以前くらいまでのモー娘。は素人目から見ても大変個性的なアイドルグループだった。ブスとは言わないが大変微妙な顔面偏差値のメンバーがいるという意味ではAKBなどにも通じるが、それが脇役や汚れ役に徹するわけでもなく、国民の多くがほとんどすべてのメンバーの名前を知っていたという点ではどちらかというとジャニーズのグループに近い。なっちがキムタク、みたいな感じで。そして年齢不相応な艶かしく暗い歌詞を吐息交じりで歌うところは山口百恵的だし、と思ったら急にお祭りソングが大ヒットしたりする。そこは順当にシャ乱Q[172]を踏襲している。

それはおそらくモーニング娘。の複雑な生い立ちに関係している。初期メンバーに選ばれた女の子たちは「シャ乱Q女性ロックボーカリストオーディション」にエントリーしたんであって何もアイドルにならんとして集まったわけでもなんでもない。ボーカリスト志望の寄せ集め、しかも合格した平家みちよに及ばなかった人たち。だから、おそらく揃いのチェックのミニスカートで「モーニングコーヒー飲もうよ」と歌うとわかっていれば応募しなかったであろう人たちすら巻き込んだグループとなった。私は歴代メンバーで抜群にLUNA SEAのドラマーと結婚した石黒彩が好きなのだけど、彼女もおそらくアイドルグループのオーディションを受けるタイプではなく、それが良かった。

アイドルと銘打たずに集めた参加者から結成されたというのは明らかに異色な経歴なわけである。その後のモー娘。がつんく♂プロデュースの特色は残しつつ、なんとなく他のアイドルグループに埋もれている感が否めないのは、おそらくモー娘。がアイドルとしての確固たる地位を築いてから、それに入ろうと思って狭き門をくぐってくる女の子たちで構成されているからだ。

私は彼女たちの歌で「サマーナイトタウン」が好きなのだが、あの全く夏らしくない夏ソングの不安定さは年齢も描くものも全く違う人たちが一堂に会しているからこそ実現したものなのだろうなぁと思う。歌詞など見てみると「わがままなんかは言わない」と悲観的なのであって、ものすごく絶妙な音程の「何か変な感じ～」に当時のモー娘。の本質全てが詰まっていたと信じているのだけどそう思う人いませんか？

167——元モーニング娘。のメンバー。自分のことを可愛いと言うキャラでバラエティでヒール的人気に。
168——結成当初のモーニング娘。で男子から圧倒的支持を得ていた正統派アイドル顔のメンバー。途中で急に太るなどしたが、それでも清純派愛好家たちには神的人気があった。
169——旦那の留守中に男を連れ込んでいたら旦那が帰ってきて離婚、という漫画みたいなスキャンダルがあったものの、もともとはモー娘。で唯一ギャル系ファッションが似合う、ミクロな身長の人気メンバーだった。
170——ナインティナインと永作博美が司会で、モー娘。のほか鈴木亜美やCHEMISTRYなども輩出したオーディション番組。
171——当時のモー娘。最若手コンビとしてそのロリータ的魅力でダブルユーとしてユニットデビューもした。似たような背格好に仲良しの印象が強かったが、その後の運命の分かれ目はWink並みに対極だった。
172——90年代に音楽ファンだけでなくお茶の間でも大変な人気を誇ったロックバンド。いろんな意味で大阪っぽいキャラクターで、髪などは染めてボーカルは化粧もしていたが、ヴィジュアル系とは違ってド派手、トークはお笑い芸人風、曲はものによってはかなりコミック色がある。

SMAPがなくとも世界はまわる

2017.05

ワタクシ自身は極めて常識的で良識的な一般人だと思うのですが、私のごくごく親しい女たちは、どうも変な人が多い。特に男の趣味に関しておかしな嗜好の人が多い気がする。

高校時代に一番仲が良かった子は昔からラテン系のイケメンにしか興味がない、いわゆる「外専」オンナで、その執念だけでＵＣＬＡの大学院を出て国連機関で働いている。二番目に仲が良かった子はガン黒ギャルだったのだが、ガン黒と制服を脱ぎ捨てたあたりから拠り所がなくなったのか精神を病み、最近は開き直って湯浅誠の追っかけをしている。大学時代の2人の親友の彼氏はモロッコ人とセネガル人だったし、もう一人仲が良かった同級生はＶ系バンド[173]とホストにしか興味がない。

　ということで、標準や流行というものを知るのに、私は「自分の周囲を見る」という方法を絶たれている。ＥＸＩＬＥを好きという人を見たことがないし、星野源のファンも知り合いに一人もいない。先日、何かの用事でテレビ局に行った際にマネージャーから、今日は何代目か知らないブラザーズが出演した番組が視聴率すごかったらしいよ、と言われて「ヘーブラザーズ人気者なんだ。ところで、それ誰」と言って白い目で見られた。だって実態が見えないのだから知らない。ちなみに私が好きな芸能人は今も昔も松方弘樹[174]と柳葉敏郎[175]、浜田雅功の3強なので、こちらもあまり時代に乗ってるとは言えない。

　ただ、もちろん変な集団である私の周辺でも、露出の多い芸能人くらいは把握しており、「綾野剛ってかっこいいよね」「菅田将暉はあり？」とかそういう会話くらいできる。しかし、どいつもこいつも自分の領域に真の好みを発揮させているため、あまり議論に花が咲かず「ああ、うん、綾野剛ね、かっこいいよね」くらいでお茶が濁るので、そんなに面白くない。別に、芸能人なんてみんなそこそこかっこいいし。

　そういう意味で、どうでもいい女子議論に花を咲かせる存在であったＳＭＡＰを、私たちは喪失したんだな、と今更思う。どんなに外専だろうとホスト好きであろうと左巻きの知識人しか愛していなかろうと、私たちはＳＭＡＰのメンバーそれぞれのキャラクターを理解し、共有していた。そしてその共有している知識を前提として「絶対、中居くん！　草彅くんはない！」とか「意外とキムタク嫌い。慎吾くんがいい」とか言いながら遊べた。嵐やＥＸＩＬＥでその議論がイマイチ盛り上がらないのは、別に私の周囲が30代前半であってまさにＳＭＡＰ世代だからという理由だけではないように思う。

正直、ＳＭＡＰのＣＤなんて小5以来買っていないし、フジテレビの長寿番組もザッピング中くらいしか見ていなかった。解散と聞いたときにものすごく喪失感があったかというとそうでもなく、最後のテレビ番組を見てもああ森くん[176]懐かしいなくらいで涙したわけではない。テレビを見ていてぽっかりと空いた穴を寂しく感じることもあまりなく、むしろ何の違和感もなく世界は回っている。島田紳助がいなくなった時の方が寂しさがあったくらいだ。それでも男のステレオタイプ累計をとてもエンタテイニングに提示し、どんなジャンルの女にも開かれていたＳＭＡＰなき世界は、前よりちょっとつまらないなと最近思う。

173——MALICE MIZERあたりからV系バンドのファンとホスト狂いは往々にして重なるようになり、「メンズスパイダー」など両方にフィーチャーした雑誌も登場した。またリストカットなどをするいわゆるメンヘラ系にもV系バンドの追っかけは多い。

174——近年だと、やしきたかじんの後妻は百田尚樹のトンデモ論小説などで有名になったが、松方弘樹の死に様もなかなか考えさせるものだった。

175——若年層には『踊る大捜査線』の警察官僚役のイメージが強いかもしれないが、一世風靡セピアで一世を風靡した後は、Vシネマのヤクザ役がどハマりしていた。それにしてもヤクザになったり警察官になったり俳優は大変だ。

176——結成当初6人だったＳＭＡＰからいち早く脱退し、バイクレーサーになった長身イケメン。

おそらく次のアイドルはオムツをして登場する

2017.06

『奇跡のロマンス』に出演していた頃の葉月里緒奈[177]が20歳だったと気づいて私はガクガクブルブルしている。20歳といえば今のにこるん[178]の1個上、こじるり[179]の3個下、指原の4個下である。その直前に、真田広之との不倫が報じられているわけだが、ゲス不倫騒動の時のベッキーが31歳だから、それより11歳も若かったということになる。驚愕だ。大学院生時代に、サザエさんが24歳だと意識した時より驚いた。

その頃の葉月里緒奈の「色っぽいおねえさん」感はすごかった。山城新伍[180]が「葉月里緒奈を見て興奮しない男はいない」的なお墨付きコメントをしていたのを見るまでもなく、当時小6の私も、大人の色気とはこういったものだという深い納得のもと、彼女を眼差していた。実感のない今の若い人向けに言えばまぁ壇蜜[181]的な？「小学生の頃見る20代なんてものすごく大人に見えるが気づけば自分も大人の自覚なきままその歳になっていてびっくり」というしょうもない話をしているわけではない。そういった次元を超越している。

葉月里緒奈が特殊かというと、当時の20代の人気女優というと大塚寧々[182]や和久井映見[183]、中山美穂[184]、鈴木杏樹[185]、飯島直子[186]などなど幼くてあどけなくて子供みたいな印象の人なんていなかった。「ブルーベルベット[187]」の頃の脂の乗った大人の工藤静香[188]も今の菊地亜美と同い年だ。最近のアイドルや女優が明らかに年齢より若々しく見えるのは、もちろん美容整形や良い化粧品の発達もあるにはあるだろうが、そもそも20年前は若く幼く見えることなど別に価値のあることではなかった気がする。江戸時代の20歳と比べているわけではない。つい最近、平成になってからの話である。

日本人男性のロリコン趣味がそうさせた部分ももちろんあるだろうが、興味深いのは実は男性の方がよりこの傾向が露骨なことである。ロンバケ[189]の時のキムタクが24歳で今のHey! Say! JUMPの山田くんや知念くんとほぼ同い年、ヘイつながりで言うと『HEY!HEY!HEY!』の放送が始まった頃のダウンタウンが31の年で今の三四郎・小宮とかみやぞんよりちょっと若く、今のフット後藤より10も若い。ダウンタウンは確かに登場から群を抜いたカリスマ性だったとはいうものの、それにしたって今のあばれる君の歳の時にはすでに堂々の大御所感で、ミュージックチャンプにくる松山千春や矢沢永吉や井上陽水を小突いていたわけである。

95年に浜ちゃんとキムタクがダブル主演したドラマ『人生は上々だ』[190]はつまり、今でいうとみやぞんとHey!Say!JUMPがやっているような感じである。昔の60代に比べて今の60歳なんてほとんど若者、年寄りくさくなくてびっくり、なんていうことはマスメディアが肯定的に使う表現だが、それにしても90年代の30歳は大人だったのに今の30歳にあるのは若々しさというよりワカテ感である。男女ともに大人になる年齢があまりに露骨に、あまりに急速に上がっている。

これは責任能力のない若者がだらしないのだ、とパラサイト・シングル[191]を責めたくなるのだが、おそらく年寄りのせいである。輝く高齢者は歓迎したいところだが、やはり上にいつまでも人がいると、人は親分感や大物感を取得しそびれる。妹キャラに甘んじていないで下から上の世代を狙撃するつもりでいないと、いつまでも小物のままですよね。

177——ハタチ前後の頃から異様な色気を放っていた超美人女優。真田広之との不倫やイチローとの恋愛などで魔性の女とも呼ばれた。98年には篠山紀信撮影でヌード写真集を出し、ベストセラーとなる。女優としては休業状態が続いていたが06年には人気シリーズ『相棒』に出演した。

178――藤田ニコル。「Popteen」のモデルとして女子高生の人気を集めた後、バラエティタレントに転身して成功。にこるんビームなどおバカで明るいキャラクターだったが、本人としてはバカ扱いが不服なのか、ちょこちょこ真面目アピールもする。

179――小島瑠璃子。多数のおじさんタレントにバラエティの天才と呼ばれる、気づかいや愛嬌が抜群の人気タレント。

180――今でいう梅沢富美男のような芸能界のご意見番的な印象が強いかもしれないが、梅宮辰夫主演の『不良番長』シリーズや、『仁義なき戦い』などに出演、なかなかの名優だった。09年没。

181――30歳でグラビアデビューし、エロを強調した芸風でバラエティで人気を博す。19年に漫画家と40直前滑り込みで結婚した。

182――PHSのCMなどで見せた美貌で女性からも人気だった女優。98年には一時失踪騒動のようなものがあった後に三代目魚武濱田成夫という名の不思議なマルチ活動家と結婚したが離婚し、02年に人気俳優の田辺誠一と再婚してことなきを得た。

183――『ピュア』というタイトルからして男子が好きそうなドラマなどで主演。『高校教師』主演の桜井幸子と並び、白くて清楚で上品な女が好きな日本人男子の好物。

184――80年代に大人気だったアイドルだが、本格派女優となってからもたびたびブレイクした。93年にはWANDSとのデュエット曲が大ヒット。

185――ドラマ『あすなろ白書』でブレイク後、抜群の美貌と品の良さで90年代の好きな女優ランキングに必ず入っていたが、その後はおよそ20年間務めた音楽番組『ミュージックフェア』の司会の印象が強すぎる女優。

186――現在でも大人気のヤンキーと色気の融合体。

187――シャ乱Qのギター担当はたけが提供した楽曲。コテコテの劇画チックなサウンドと歌詞。

188――おニャン子クラブ出身の歌手。声の出し方から何から芝居がかっていて独特な色気を放つ。しかしYOSHIKIとの交際に続いてキムタクと結婚するという偉業を成し遂げたビッグな存在であるのは確か。若い時も「くちびるから媚薬」など名曲が多いが、「きらら」など、ある程度歳とってからもヒット曲は多い。

189――元祖月9の伝説的キムタクドラマ『ロングバケーション』。山口智子、松たか子、稲森いずみ、竹野内豊など超豪華な顔ぶれであるだけでなく、久保田利伸の歌ったテーマ曲「LA・LA・LA LOVE SONG」もミリオンセラーとなるなど各方面でセンセーショナルな社会現象となる。月曜日はOLが街から消えると言われた例のドラマがこれ。最終回の視聴率は36・7%で、キムタクがピアノの先生の役だったためピアノを習う人も増えたが、別にピアノを習ったところでキムタクになれるわけでも会えるわけでもない。ドラマの中で広末涼子がピアノでシャ乱Qの「My Babe 君が眠るまで」を弾いたのも印象的。

190——同じ曜日に同じ局でこのドラマに続いて22時から放送されていた野島伸司脚本、いしだ壱成主演の『未成年』が大ヒットし、浜崎あゆみが出ていたことなどからその後も語られる機会が多いが、21時から放送されていたこちらもキムタクと浜ちゃんのほか飯島直子や石田ゆり子などが超ハマり役で登場するなど隠れた名作である。

191——学芸大助教授時代の山田昌弘が同名の著作で提唱した、30歳を過ぎても親と同居して自立してない若者を指す言葉。

こじはるも来年30歳だし

2017.07

ただでさえ悪天候によるイベント中止でピリピリしていたであろうＡＫＢ選抜総選挙[192]で、推しメンバーが結婚するなんて発言しちゃって発狂している方、ほんと、心中お察しします。昔、自分のイベントのシャンパンタワーの前で結婚報告したホストがいるらしいんですけど、その日にシャンパンやらブランデー[193]やら注文させられた客たちはまさにそんな気分だったでしょうね。ただホストは一応その後、指名客ひとりひとりのテーブルを回らなければいけなかったわけだし、お見送りもしなければいけないわけだし、これまで自分には彼女なんていないと信じて散々貢いでくれた客の恨み辛みや発狂っぷりを全身で受け止める義務を負っていたわけですから、観客のいない会場で好きな人ができました♥テヘペロってやるよりは、若干卑怯さには欠ける気もする。

ＳＰＥＥＤ[194]や初代モー娘。くらいまでは、彼女たちの歌やダンスや衣装や化粧を魅力的だと思って真似したりダサいと思ってこき下ろしたりしていたが、正直、最近量産されている地上地下含めたアイドルグループを見ても、このうち何人が数年後ＡＶデビューするかなぁくらいしか思わなくなってしまった。別にＡＶデビューしようが主婦になろうがアナウンサーになろうが自由だ。そもそも彼女たちの多くは10代や20代前半で、彼女たち以外の10代や20代前半なんてほとんどがまだ何者でもなく、ＡＶや主婦や学者など含めた未来への無限の可能性がある。というか無限の可能性があるという以外は特に何も持っていない。

　重要なのは女なら30、男なら40を超えて、つまり「まぁまだ若いしね」という許され方をしなくなった時に、若い頃色々あったけどとりあえずどんなキャラで生きるかは固まった、或いはせめてどんなキャラで生きたいかは固まった、と自分で思えているかどうかである。正直、20歳の時に大舞台で結婚報告して炎上した[195]とか、アイドルから女優になれるほどは才能がなくて脱いだとか、脱いだところから変な男に捕まったとかいうことも、キャラの土台として消化してしまえば、多分大したことではない。

　ところで、キャバクラにしろホストクラブにしろ、店舗によって大々的に公表するかしないかの違いはあるにせよ、月ごとの売り上げ順位と指名本数の順位の両方を作成するのが通例となっている。当然、売り上げ・指名本数ともに1位をとるのが本当の売れっ子ということになるが、ひとりの太客に月末に何百万円も使ってもらって売り上げ1位となった人が指名本数ではランク外、ということも勿論よくある。ちなみに指名本数が飛び抜けてたくさんあるのに、売り上げはイマイチというキャストは、おそらく性格がいい。

　私は前々からこのシステム、ＡＫＢの選挙にも是非とも導入してもらいたいと思っていた。今の選挙は言わば売り上げランキングだけなのであって、ファンに頑張らせる、という意味では大変良いシステムだとは思うけれど、例えば貧困層に人気のメンバーは順位を上げづらい。いくら注ぎ込まれたかと共に、何人に支持されたかを可視化することで、これもまた一つキャラと立ち位置の獲得になりそうな気がする。

192――女性が男以上にランキングや政治が好きだ、ということをキャバクラ以外で初めて立証した行事。ＣＤに封入された投票券で投票するため、キャバクラと同じでいかに資本力に恵まれたおじさんを籠絡させるか、が重要。

193――ホストブーム時、レミーマルタンの高級ブランデー「ルイ13世」を世界で一番売り上げたとして歌舞伎町の某ホストクラブがレッドカーペットを歩くイベントに招待された。現在のホストクラブでは1本120万円などで提供されるが、当時は80万程度だったとはいえ、締め日やイベント時に何本も注文する客がいた。当然、売り上げのための武器なので誰も飲まないし、時にはタワーによって大量に廃棄されるため、レミーマルタンがこれを表彰すべきだったかは微妙。

194――今井絵理子が国会議員となり、しかも不倫スクープなどされたためいわくつきとなったが、デビュー当時は安室奈美恵とスーパーモンキーズの妹分として沖縄アクターズスクールの名を一気に有名にするほど人気も実力もあった。

195――グループで恋愛禁止がうたわれているにもかかわらず、ＡＫＢ選抜総選挙の舞台で結婚宣言した須藤凜々花は一時物議を醸したが、ＡＫＢには珍しい超美少女級の見た目と、アイドル界で類を見ない知性で日本国民を黙らせた。イカす。

私の血はりぼんとＪ-ＰＯＰでできている

2017.07

母が死んで少ししてから、月に一回は父の暮らす鎌倉の実家に帰って、遺品整理や掃除をしつつ、父親と食事をするという習慣を続けている。田舎の家は広いし、母はただでさえあまりものを捨てない人だったので、掃除のやりがいはある。で、今月は母の書斎を整理することにしたのだが、立て付けの収納具の一角は私の小学生時代からの制作物だった。日記、作文、文集、成績表などに交じって、かなりの分量のスケッチブックがある。

母は私の描く絵が好きで、どんな小さな落書きも保存していたが、おそらく私の描く絵が好きなのは、この世で母一人であって、私には生まれつき絵心がない。小学校低学年の頃には絵画教室なども行っていたのだが、「坊や、一体何を教わってきたの？」と聞きたくなるほど上達とは無縁である。しかも小学生に上がると落書きのほとんどは「りぼん」[196]の『姫ちゃんのリボン』[197]や『ママレード・ボーイ』[198]の真似をしたもので、個性も独創性もない。ちなみに高学年になると、どうやら漫画らしきものが描いてあるのだが、それもほとんど『パッション・ガールズ』[199]か『ご近所物語』[200]のパクリに近い模倣であり、しかも真似できるほどの画力がない。私がいかにルーブルの美術品よりも「りぼん」に学んで大きくなったかがよくわかった。

　中学生になると、家でお絵かきなどしなくなったのか、保存してあるのはほぼ全てが美術の時間に作った作品で、これもまたイメージ上で作りたいものに技術が追いついていなくてどうにもダサい。しかも、おそらく「絵本を作りましょう」という時間に作った、漫画っぽい絵にJ-POP歌詞の抜粋がついたものが出てきたり、しかもさらにそれに自作らしいポエムがついていたりしてなかなか生き恥状態である。私が死ぬ前に発掘できて本当に良かった。J-POPの歌詞は華原朋美[201]「I'm Proud」、安室奈美恵「a walk in the park」[203]、globe[204]「FACE」と小室祭りに加えて、LUNA SEA「END OF SORROW」と当時の趣味が大変わかりやすくうかがえる。まぁ中学生なんて基本的に好きな歌手のことしか考えていない低能な人たちである。私がいかにその中でも群を抜いて没個性的で何も考えていなかったかがよくわかった。

　高校生になるともはや美術の時間に作ったものも家に持ち帰らなくなったのか、あまりものが残っていない。その代わりに、大学に入って一人暮らしを始める直前までは私も住んでいた家なので、当時の私の服やバッグなどの持ち物は結構そのまま化石となって保存されている。プラダのリュック[205]、アルバローザのニット、ココルル[206]のショートパンツ……これもまた2000年前後の女子高生のワードローブとして博物館に展示されそうな陳腐なものである。高校生はセックスとファッションのことしか考えていないバカだが、私の思考停止っぷりは多分ここでも群を抜いている。

睡眠時間が短く、食事も超不規則で運動不足な私の肌がこれだけ潤っているのは「純粋にストレスが少ないからでしょう」と皮膚科に言われたことがある。確かにストレスの少ない人生だった。時代とも流行とも一切戦っていないからである。ストレスが少なく、恥の多い人生だった。

196——集英社の発行する少女漫画誌で、『ちびまる子ちゃん』『天使なんかじゃない』『こどものおもちゃ』が連載されていたのも同誌。

197——アニメ化もされ、小学生以下の女子たちに圧倒的人気を誇っていた水沢めぐみの漫画。男まさりの主人公が大きなリボンを授かり、鏡の前で「パラレルパラレル」と唱えると1時間だけ別の人になれるという設定。

198——ある日突然両親が別のカップルと夫婦交換をすると言い出して、2家族が同居しだすところから始まる吉住渉の少女漫画。斬新な設定だが、実は両親の都合で突然イケメンと同居することになるのは少女漫画の定石。台湾で実写ドラマ化された。

199——藤井みほなによる漫画で、派手な高校生モデル2人が主人公。2人のファッションはどう見てもジュリアナ系ＯＬのもの。

200——矢沢あいが『天使なんかじゃない』の後に「りぼん」で連載していた、ファッション系専門高校を舞台にした漫画。矢沢あいの服飾好きが全面に出たお洒落作品で、主人公の幼なじみの名前の由来になっているのは、ＮＨＫ「みんなのうた」の「山口さんちのツトム君」。

201——小室哲哉の彼女兼ミューズとしてファミリー内でもクオリティの高い楽曲を提供されていたと思うけど、その後の破局や自殺未遂など、スターの辿る足跡としてはある意味一番正しいところを裸足で歩いた。当時、朋ちゃん節に夢中になった女子たちはしかし、永遠に彼女の味方である。

202——「いつからか自分を誇れる様になってきたのはきっと　あなたに会えた夜から」という歌詞が田嶋陽子センセイの逆鱗に触れテレビで怒ってらしたが、そんな批判はものともせずミリオンセラーとなり、自身の代表曲ともなり、今でもカラオケで（少なくとも私に）歌われ続けている。ＰＶでは小室哲哉と共演。

203——長いシャギーヘアに飽きたのか、変なお団子頭で歌番組に登場し、大仏ヘアなんて言われた安室奈美恵が「CAN YOU CELEBRATE?」で自身最大ヒットを叩き出す直前のシングル。

204——長い年月を経てボーカルのKEIKOと小室が結婚したり、YOSHIKIが加入したり、マークの奥さんが捕まったりと色々な変化を遂げた小室哲哉参加のトリオ。

205――グッチのバンブーリュックとともに、プラダのナイロンリュックは女子高生が身体を売ってでも欲しかったアイテム。別になんてことない無地のシャカシャカしたリュックなのだが、持っていた青春と持っていなかった青春は大きく意味が違う。

206――99年頃、世界で日本だけベルボトムのデニムが再流行し、それを海外で穿いて大恥かいた高校生は結構いるとおもうけど、戦犯はココルル。柄の入ったシャツも大流行した。

にこるんビームに殺傷能力はあるか

2017.08

7月に自分の誕生日があったので、自分へのご褒美として顔と二の腕に好きなだけ脂肪溶解注射[207]を打ったら（ちなみに去年の自分へのご褒美はボトックスだった。一昨年は痛くない全身脱毛だった）、マネージャーさんとテレビスタッフさんに薬物疑惑を持たれた涼美です。30代になったら顔の脂肪は落とさない方がいいですよね、よくわかりました。

そんな私もかつて、顔も乳もぱんぱんに張った19歳だった。19歳というと安室奈美恵が「SWEET 19 BLUES」[208]を歌い、瀬戸朝香[209]が不倫ドラマで世のおじさまを籠絡し、葉月里緒奈が魔性の女と呼ばれ、浅田真央が銀メダルを取ったような年齢であり、最近ではにこるんこと藤田ニコルが「Popteen」を卒業したらしい。90年代の19歳に比べて今の19歳はあどけなく若々しいのはもちろんだが、にこるんはついに一度も怪しいオーラを背負わずにギャルのカリスマを全うし終えたと思うとなかなか時代の変化が感慨深い。

90年代後半に花開いた女子高生文化、その中でもギャル文化と言えばそもそもは、かなりプロテストカルチャーのけがあった。ギャル語の古典といえば「ちょベりば」（超ベリーバッド）であって、当時「egg」

や「Popteen」の表紙を飾っていた有名女子高生や読モ的な存在の人はにこるんたちに比べると不良臭が強い。もちろん、ギャル文化における不良臭とは、ヤンキー的な意味、つまりＮＯという意思表示のための奇抜な格好ではなく、明るく楽しく得してラクして可愛く生きていくためであるというのが当時は新しかった。ヤンキーか真面目かの二者択一から10代を解放したギャル文化は総じて明るく楽観的で、そういった点ではにこるんやみちょぱにも通じるのだが、その可愛さや楽チンさ、思考停止っぷりにはかつて不景気やつまらない授業に中指立てる意味が込められていたということは最近では結構忘却の彼方にある。

　悪い子っぽかったギャルたちがなんとなくいい子っぽくなった背景にはどんな変化があるのか。かつてギャル文化と時を同じくしてワイドショー的な意味でのブームとなったのが援助交際[210]という言葉だった。単なる個人売春なのであるが、ギャルブーム前夜のブルセラ[211]ブームなどとも相まって女子高生の性の乱れ的な説教をかます色気のないおばさんたちがいっぱいいた。別に、当時実際にがっつり売春をしていたのは茶髪ミニスカＪＫの１割もいないだろうが、とりあえずそういった説教にもまた心中で中指を立てつつ、楽しく生きてきた。真正面から戦うのではなく、無視して。

　要するに私たち90年代ギャルは結構な割合でモラル的なものがハザードしている存在だったのである。良識もなく、常識もない。だから全く美しくないレベルで日焼けもしていたし、そういった倫理の欠如は明らかに表紙モデルたちの顔をやや下品に、そして何かを超越したように力強く見せていた。私たちに欠如していたモラル、倫理、良識、常識などを兼ね備えた今の19歳ギャルモデルたちは、一般的な意味で私たちの１００倍正しく、そして１００倍つまらなく見えて、正しいけどつまらない道徳に振り回されて、ＳＮＳを炎上させる今の時代にとても似つかわしい。

207――BNLSと呼ばれるもの。なんの努力もせずなるべくそれほどお金もかけずに痩せたい人が目を輝かせて打ちまくるが、当然そんなに効かない。

208――アルバムのタイトルにもなった安室奈美恵の楽曲。初めての踊らないシングル曲で、歌唱力を見せつけ、「だけど私もほんとはすごくないから」の歌詞は、すごい私も本当は普通の女の子なの、というギャップが好きな国民たちに刺さりまくった。しかし普通は彼女のようにすごくないので、逆に特別になりたかった普通の女の子がカラオケで歌うと幾重にもシュールである。

209――シャ乱Qが主題歌を歌ったことでも印象的なドラマ『Age,35 恋しくて』で、30代のサラリーマンを籠絡させる役を演じて大ブレイクした女優。当時19歳。現在はV6イノッチと結婚している。

210――流行語大賞にノミネートされたのは96年。現在は「パパ活」と呼称が変わったが、経済的に劣位にある若い女性が年配の男性と金銭を介して交際することで、簡単に言えば売春及びそれに準ずる行為。デートをするだけでセックスするわけじゃない、と言い張る女性も多いが、ほとんどの場合はセックスを要求されるので、セックスしてないとしたら美人局かお金の持ち逃げをしたかのどちらかであることが多い。

211――語源はブルマとセーラー服だと言われるが、女性の使用済みの下着を売る業態。マジックミラーを挟んで生で脱いだ下着を渡す店舗もあれば、ポラロイド写真と下着をセットにして売る店もあったが、いずれにせよ指一本触れずに性を売る、女子高生と資本主義の最大公約数。

魅惑の1Q83

2017.09

最近のマイブームといえば上西小百合議員[212]のインスタグラムをチェックして若干悪口の入った批評コメントを言う（独り言で）くらいで、あとは過ぎ去りし夏を思ってちょっと切ない気分になりつつ順調に暮らしている鈴木です。

ちなみに、上西小百合さんと私は83年生まれの同い年である。というか、私がちょっと気になったり気がかりだったりする女は結構な確率でこの83年生まれが多い。別に同い年のよしみで気にしているわけではなく、偶然にそうなのである。一時期そのギリギリな感じにすごく共感していたソニンも83年。私だけでなく日本中がその行く末を心配していた小保方晴子[213]さんや矢口真里さんもそうだ。ちなみに最近は本人というより不倫彼氏が心配で仕方ない今井絵理子さんもそうで、残念なことにベッキーは84年の早生まれ（学年は一緒なので惜しい）だったりする。ということで特に最近のスキャンダルで渦中の人となる場合が多く、ネット記事などでお騒がせ世代と括られるのも無理はない。

さて、このお騒がせ美女たちの生きた「世代」というのはどういう年であったか。大まかにいえばポスト団塊ジュニアであり、渋谷ギャル世代であり、援助交際真っ盛り、キャバクラ嬢が大ブームという卑猥な世代でもある。あるのだが、83年に焦点を絞ると実は結構惜しい感じでずれている。渋谷ギャルの象徴であるeggモデルやゴングロ3兄弟は大体1〜2歳年上だし、いわゆるブルセラブームや援助交際論争は私たちがまだ中学生で微妙に処女だった頃が一番盛り上がっていたわけだし、神戸連続児童殺傷事件や秋葉原通り魔事件も1つ年上の人たちによって起こされた。時代の寵児を真上に見つつちょっと外れている。いわゆる「ゆとり世代」を生み出したとされるゆとり教育は私たちが高校を卒業した年に始まり、草食男子は私たちの多くがセックスに飽きてから登場した。

東京ディズニーランドが開園し、米国が作った夢の世界が米国の外にも足がかりを作った年、任天堂がファミコン[214]を発売し表計算でも文章入力でもないコンピュータの可能性を確かに示した年、レーガンがソ連に向かって敵意むき出しにしただけでなく善と悪を持って自分らと彼らを隔てた年、私たちは生まれ、小学校5年生の終わりに阪神・淡路大震災と地下鉄サリン事件が起き、高校3年生の時に米同時多発テロが起き、30歳を間近に控えて東日本大震災を見た。当然の如く続いていく、そして続いていくことが最大の憂鬱だった日常は案外あっけなく終わることを知り、しかしあっけなく終わった後に驚くべきことにさらなる日常が続いていくことも知った。

結構盛りだくさんなことを見てきた気がする。しかし常にイマイチ当事者ではなく、ものすごく近くて絶妙に遠い位置から色々と目撃した。ソ連にもいなかったしアメリカ産のネズミでもないしファミコンは多くの場合男の子たちのものだった。それが女としてはやや賞味期限ギリギリの年になって、なんだかすごく目立ち出したんだとしたら、それはそれでなかなかいじらしい。蒸し暑さの残る東京で、夏を思ってちょっと切なくなりつつ、コアラのマーチ（これもまたちょっと惜しい84年発売）を食べながらそんなことを思っている。

212――本人も何かとお騒がせな橋下徹がサジを投げるほどの問題児議員。化粧が下手なのかスッピンより醜悪な姿で記者会見などに顔を見せていた。大阪都構想が失敗に終わった一因とも言われる。

213――リケジョ流行のきっかけをつくった「ＳＴＡＰ細胞はあります」で有名な理化学研究所の元研究員。割烹着で研究にいそしみ、研究所のおじさんたちを御している姿が新しい時代の働く女性としてワイドショーで度々クローズアップされたが、博論などに不正が発覚して、一転疑惑のひとに。

214——ゲーム&ウオッチで一躍有名になったもともとは花札つくってた会社が開発した家庭用のゲーム専用機。日本のものづくりが確かに世界に存在感を示していた時代の代表的作品。

ボディはフィールズエグジットしてこそ

2017.10

安室奈美恵が引退の意思を公表してから、久しぶりに街中でTKサウンドを聞く機会が増えた。と同時にいわゆるTK英語のめちゃくちゃ具合を思い出話がごとく話す人にも数人会った。確かに、やれ目的語がないとか時制が一致していないとか突っ込み出すと結構色々ある。ただ、そもそも日本で日本語スピーカー向けに売られているCDが、懇切丁寧な英語を使う必要などない。教材じゃあるまいし。そんなこと言い出したら全てのJ-POPにおいて日本語の歌詞にちょこちょこ英語を入れているスタイル自体が変といえば変だ。ルー大柴[215]じゃあるまいし。サザンオールスターズ[216]の「津波のような侘しさにI Know 怯えてる」とか。あと、どちらかというと英語がちょっと変な時よりも、日本語が変な時の方が気になる。PUFFY[217]の「白のパンダを どれでも 全部 並べて」とか。

ということで「CAN YOU CELEBRATE?」が変とか別に私は気にならないし、TK本人も気にしていないだろうし、TOEIC970点を取って米国籍の友人の点数を上回った私が気にならないんだから本当は日本人の多くが別に大して気にしてはいないだろう。そして多くの人が必ず突っ込む「Body Feels EXIT」[218]とはどんな事態か、という問いも全くワカッテナイ話である。もちろん意味などなくて良い。むしろあの熱狂全体が、大いなる無意味の中にあったことこそ、意味のあることなのである。EXITは確かに意味不明だが、同曲の日本語歌詞を見ても「都会のビルの 谷間の風を 強気で明日に向かせて走るよ こんなに夜が 長いものとは 想ってもみない程 寂しい」と同様に意味などない。

確かにあの頃までは無意味であることを恐れない態度がありふれていたように思う。合理的で優しい次世代たちは、会社の部下としてはとても都合が良いが、どうも何事においても意味を追求しすぎて困る。明石家さんまの「意味ないジャーン」[219]のせいなのか（これももう割と古いけど）、「意味なくね？」というぼやきをよく耳にする。私の7個下の妹分は、私のニットについてる飾りボタンにまで「これ何のためにあるの？」と意味を求める。アマゾン[220]のせいで小規模な都市ではまともな本屋がないことも増えたし、ファストパス[221]のせいでディズニーランドで仲を深めるというカップルの儀式もなくなりつつある。理にかなうということを追求すると大抵ろくなことなどないのだ。おそらく、物事の判断基準が嘘くさい道徳に偏りがちなのも、クレームと謝罪訂正がほとんど挨拶のように横行しているのも、意味を追求することで直面する根拠なき価値の問題を皆が放棄した結果だと私は思っている。

やたらと物事を相対化し、やたらと合理性を重視する輩が溢れるこの街にTK的思想が再び息を吹き返しているのは、極めて重要な啓蒙になりうる。20歳やそこらじゃ人生のモチベーション身についたら気分もしらけるだけだし、人間のアタマは合理的になりすぎないために物忘れなどの都合の良い機能が初期設定されている。今こそ、ボディでフィールズエグジットして、泣きたくなるほどみじめなゲームで人生ではじめてのとびきりのBAD TRIPを許すくらいには、正しさから離れた無意味な時間を取り戻した方がいい。

215――ルーは本名「とおる」の末尾をとったもので、日本のタレントだが「トゥギャザーしようぜ」など英語混じりの言葉を使うのが特徴。90年代に短くブレイクしたのち、ゼロ年代後半にその英語混じりの話し方「ルー語」が再び人気となる。「藪からスティック」「寝耳にウォーター」など、90年代よりもギャグ色が強いフレーズが有名。

216――青学の同級生で結成され、70年代から何度かの活動休止を経つつ今でも人気をあつめるロックバンド。コミックソング風の歌も、シリアスなラブソングも両方売れる。無冠の帝王と呼ばれていたが結成から20年以上経った2000年に「TSUNAMI」で日本レコード大賞受賞。

217――96年に奥田民生プロデュースでデビューした女性デュオ。当時はメンバー2人が同じTシャツを着て似たようなワッフルヘアにして歌っていた。歌が下手で立ち姿もやる気がないルーズな雰囲気がウケてどんどんビッグになり、アメリカでアニメ化までされた。

218――安室奈美恵にとって初の小室哲哉プロデュースの楽曲。名義はすでに安室奈美恵単独だが、この曲と次の「Chase the Chance」まではまだスーパーモンキーズ、つまりのちのMAXがバックダンサーとして参加している。

219――ゼロ年前後にフジテレビ系で放送されていた『明石家マンション物語』の中で連呼されていたギャグ。大日本意味なし教の教祖に扮したさんまが世の中にある意味のないものを探す設定。

220――世界中を席巻するECサイトですが、設立当初は書籍の通販サイトだった。そもそも本屋や図書館、古本屋などで探すのに手間暇がかかっていた本や漫画が、自宅にいながらワンクリックで手に入るという事態は当時の市民には超便利で、一気に本屋や図書館に足を運んでランダムに本にあたるという行為が廃れた。

221――アトラクションごとに長蛇の列ができるディズニーランドが、効率的に遊んでもらうために2000年から随時導入を始めたシステム。長らく、ホテルとセットの特殊なチケットを購入しない限り、アトラクションの前に行って発券しなくてはいけなかったが、最近では公式アプリから取得できるようになったらしい。同様のものを有料で提供するUSJに比べて、貧民や子供に親切なシステム。

SWEET 29 BLUES

2017.11

座間9遺体事件[222]の容疑者がスカウト[223]なんてやってたせいで、最近会う人によく「鈴木さんの知ってる人?」って聞かれるんでまとめて答えておくと、知りません。ただ、スカウトマンの知り合いは多いし、人種としてのスカウトマンのことは好きです。なぜって、普通の女の子だってアイドルやモデルくらいは色々悩みや相談や慰めて欲しいことがあるけど、普通の女の子にはマネージャーがいないからです。20代の女の子なんて、前から抱っこされて後ろから抱っこされて初めて2足歩行できるくらい不安定な生き物なのに、20代の男の子は大抵前から抱っこするので精一杯で、だから彼氏ではない何か別の存在が、街で気軽に捕まえられるというのはとても心強いことなわけです。

20代の女の子はよく泣き、よく間違える。肉体的にも精神的にも成長痛が治らない10代の頃は、痛みがあっても確実に時間が解決してくれるし、そもそもどっちも好きなら選ばないでいいよと言われているようなゆるさがあるのに、20代になった途端、どっちに行くの何が大事なの何が欲しいのどう生きるの、と吉野源三郎[224]的な質問攻めにされて、しかも期限はすぐそこに迫ってるよ、と常に脅されるからだ。人は幸せじゃないよりも、幸せかもしれないけど一番幸せじゃないかもしれないよいつまでも幸せじゃないかもしれないよと言われる方が嫌いなので、焦りと強がりを反復しながら、正しい選択をすることよりも自分がした選択が正しかったと言い張ることに時間を割いて20代は終わる。

ただ、そんなふうにどっちがいいか悩んで恐る恐る選んで選んだら選んだで強がっている不安定さなんて、実は30歳になった途端丸ごと取り上げられてしまうのであって、取り上げられてから、実はダイジナモノもジュウヨウナモノもその不安定さそれ自体であったことに気づく。安室奈美恵は小室時代の名曲

「SWEET 19 BLUES」で、荒々しい20代が始まるちょっと前の、ギリギリごまかせる痛みを名残惜しく歌ったが、事態は19歳より29歳の方が当たり前に名残惜しい。少なくとも女であることの楽しさなんて、不安定さと不安と一緒に29歳最後の日に8割方失われてしまうからだ。

　時々「女の子の読書マストリスト」のようなアンケートの依頼がきたり、「大学院生の時ってどんなものを読んでましたか？」なんていう質問がきたりする。『毛主席語録』[225]も『白痴』[226]もキルケゴール[227]も太宰治[228]も、時間が余ったら読んでおいたらいい。でもドストエフスキー[229]は10代で読んでも30代で読んでもドストエフスキーだから、全て失う5秒前にそんな分厚い本読んでるくらいなら、スカウトマンに後ろから抱っこされながら、ビービー泣いて時間を浪費していた方がいいと私は半分本気で思っている。この原稿を書いている最中、歌舞伎町のローソンの前によく立っている30歳のスカウトマンから「ライザップ[230]通おうか迷ってるんだけどどう思う？」なんてＬＩＮＥが来て、今の私にとって最早必要がなくなってしまったこういう人は、20代の頃の私にとっては全く意味の違うものだったことに改めて気づき、やっぱり色々失う5秒前にドストエフスキーどころじゃないよ、と半分よりももう少し多めに思った。

222――17年に神奈川県座間市のアパートの室内で9人の遺体が見つかったことで発覚した連続殺人事件。ツイッターで「一緒に死のう」などと呼びかけて被害者を誘い出していた手口や、かつてスカウトマンとして働いていた過去などが話題を呼んだ。

223――歌舞伎町を歩くとドラクエの村人のように次から次に話しかけてくるあの柄の悪い人たち。AV、風俗、キャバクラ、パパ活系交際クラブなどを紹介するほか、風俗嬢向けの不動産や美容整形の割引を紹介することもある。漫画『新宿スワン』で有名になった職業。夜職の女の子たちにとっては、マネージャー的でもあり相談役でもありビジネスパートナーでもあり時々彼氏でもある。

224――昭和の知識人。最近では代表作『君たちはどう生きるか』が趣味の悪い漫画にされて天国で泣いている。

225――マルクスと並ぶ学生運動な人たちのバイブル。

226――ドストエフスキーの代表作のひとつで『罪と罰』に比べるとドラマティックさに欠けるが通好みの作品。

227――絶望を「死に至る病」と呼んだデンマークの哲学者。自分からプロポーズしておいて婚約破棄したのにその後も未練たらしく手紙を送ったり相続人に指定したりしていた話が有名。

228――文化系男子女子たちが「太宰が好きって言っておけばとりあえず文学少女っぽいっしょ」と言わんばかりにこぞって好きな作家に名をあげがちな、自殺未遂や心中未遂を繰り返した、昭和を代表するメンヘラ。タイトルがキャッチーな『人間失格』の累計発行部数は600万部を超えるらしいが、ちゃんと読んでいる人は少ない。

229――『罪と罰』の作者であるロシアの小説家で、死刑判決を受けて執行直前に減刑になるなど、名前だけじゃなくて経歴もいかつい。

230――糖質制限すると痩せる、という当たり前のことをさせて大量のリバウンド者を出しつつも、センセーショナルなCMで有名になり、サラダまで監修する商売上手なジム。

冬とデートと愛について書きたかった

2017.12

女の子が冬を越すのに必要なもの。拭き取り化粧水、保湿力高めのボディクリーム、クリスマスコフレ、貼るホッカイロと貼らないホッカイロ、UGGのブーツとデニール高めのタイツ、シャンパン、彼氏、パーティー。それから、セックスしないで一緒にいてくれる彼氏じゃない誰か。どれか一つでも欠けたらその冬は失敗だ。

という書き出しまで考えて、その気いっぱいで出かけたお台場は、暴風の影響で観覧車のライトすら消えているし、コンコースを歩く人のコートの4割くらいはユニクロのダウンだし、とてもシャンパンとかコフレとか言える感じではなかった。90年代初頭、耳障りの良い言葉と都合の良さそうなものを集めてつくるはずだった臨海副都心の、2017年末の姿は、世の中の都合の悪いことばかりが目について、かつて虹の名がつく橋が架けられたところとも、ガンダムが降り立ったところとすら全く別のものになっている。

自由の女神、ダイバーシティ、フロンティア、パレット。そんな文字が連なる地図はほとんど皮肉で、ただ、私たちの住んでいる2010年代の東京というのがそもそも大いなる皮肉のようなものなのだから、それをどうこう言ってもしょうがない。政府は女性活躍社会を推進するし、政党は希望を掲げるし、保守は急進を求める。「こんなはずじゃなかった」と「中身は空っぽなんだけど」を繰り返し唱えて、若者たちは「不平を言っても始まらない！」「僕らが考えるこの国の未来！」とシニシズムすら忘れた、のっぺりとした貧乏くさい正義を振りかざす。

ただ、どれだけスマート&シニカルな言葉でこの都市の現状をうたってみたところで、あるいは都合の悪いものに目を瞑るために、時代遅れのシャンパンやコフレを並べてみたところで、世界はもっとずっと一所懸命で、みんな必死に子供を叱ったりサウナの席を奪い合ったり、あるいはぬるいお湯や薄いハイボールに文句をつけたりしている。そして皮肉も狂乱も、彼らの前にはすっかり無力だ。

殺伐としたお台場で、あるいは東京で、私たちはどうサバイブしていくのか、と聞かれれば、結局はシャンパン抜きでも笑えるくらいの脳内麻薬を出しまくって、コフレ抜きでも頰が火照るほどドキドキして、ボディクリームなしでも潤って、ホッカイロなしでも温めていくしかないじゃないですか。人生のとてつもなく長い時間の隙間隙間をすてきに埋めるのが女友達とのナイトアウトだとしたら、どんなに時間がなくても死ぬ気で隙間を作って出かけるのが男の人とのデートなわけで、それはどんなにお台場や大江戸温泉物語が殺伐としていても、そんなに変わらないいんじゃないかな、と素直に思った年の暮れ。

紅白の歌声、君に届け。

2018.01

竹原ピストルに「君だけの汗をかいたらいいさ」と言われ、Sexy Zoneに「本当の君でいいじゃん」と言われ、WANIMAに「進め君らしく」と言われ、安室ちゃんに「今までの君のまま進めばいいから」と言われ、駄目押しでゆず[231]に「迷わずに進めばいい」と言われ、全体的に国民が、どれだけ肯定されりゃいいんだよ、そしてどこへ進むんだよ、となった紅白見ました？　私は見ました。そんなに可愛くないAIと渡辺直美[232]が「泣き虫だっていいじゃない」と歌っているのに、「可愛くないわ 笑わなくちゃ」と歌う可愛い西野カナ[233]がよかったですよね、空気読んでなくて。

ところでやはり気になりましたよね、流行ってるんですかね、「君」。最初の2曲も「君」、「キミ」ときて、8曲目の竹原ピストルから30曲目の乃木坂46[234]までずっと二人称が「君」。その後、平井堅とか松たか子とかちょっと「あなた」頻出ゾーンがあり、高橋真梨子がねっとりと「あなたが欲しい」と持ち直すんですが、特別ゲストの安室・桑田はやっぱり「君」。両組のトリは「さよならあなた」の石川さゆりと「君の心へ続く架け橋」のゆず。全体的に見ると「君」で歌ったのが17組、「あなた」が9組、「お前は走り出す」のはX JAPANのみ。こんなに多かったっけ？　夜中の3時に一人で数えた私を誰か褒めてくれ。

別にそれほど不思議な結果ではない。なんてったって我が国の国歌は「君が代」。映画『君の名は。』[235]だって「あなたの名は」じゃ和訳みたいでよそよそしいし、「お前の名は」じゃ絡まれてるみたいだし、「そなたの名は」だと時代背景変わってくるし、一人称と二人称が大量にある日本語の中でも「君」はとても使いやすい。ただ、私はあんまり好きじゃないんですよ。そもそも日常生活で「君」なんて使うのはよっぽど偉そうな大学教授とかそのくらいの人種じゃないですか？　私は父親に「君」と呼ばれるんですが、もし彼氏が「君」とか呼んできたら私は途端に心を閉ざします。

古語辞典など引いて見ると、「君」や「お前」は君主・豪族・貴人の尊称敬称なのだけど、「あなた」は「(隔てるものがあって手の届かない) 向うの方」だとか「(話し手の心の中にある境界の) 遠方」だとか出てきて (岩波古語辞典補訂版より)、要するに貴方は彼方と同じ語源みたいですね。君やお前が敬称だったのになぜかちょっと見下したような言い方になったとか気になることはあるけれど、いずれにせよ「君」より「あなた」の方がちょっと色っぽい感じがします。

紅白が全体的にカラッと乾いた印象だったのは「君」の席巻、ひいてはラブソング自体の割合の少なさでしょうね。かつて松田聖子は「あなたに逢いたくて逢いたくて眠れぬ夜」と歌いましたが、西野カナが「会いたくて 会いたくて」震えていたのは「君想うほど」でした。そして両者とも今回の紅白では二人称が出てこない応援ソングを歌うっていう始末。やっぱり流行ってないんですね、恋愛なんて。二人称がない歌も20曲近く。確かに、「進め君らしく」がデフォルトの中で「貴方」に「私だけ見て」なんて言ってるE-girls[236]はちょっとワガママな印象。

恋愛が人を一般的な意味での正しさみたいなものから解放するものだとしたら、恋愛や「あなた」を抑制的にした昨年の紅白は、まさしく現代的な正しさを体現していたような気すらします。福山[237]が「トモエ学園」、星野源が「Family Song」と、色男対決も色気ゼロだし、演歌界のプリンスはズンドコ言ってるし。そんな中、やはり抜きん出ていたのは演歌の時代錯誤な歌詞。「女は心を込めて抱け」「女は嫁いで 男によりそって 留守を守って くらしてた」。最高。痺れます。

231――90年代終わりのブレイク当初から、ギャルでも個性派でもなく、普通であることを怖がらない普通の女の子たちが大好きだったフォークデュオ。そんな女の子たちの憧れの人だった北川悠仁は、女子アナの頂点にいたアヤパンを射止めた。

232 ブレイク直後は汚ギャル風のチャけたブリーチ髪だったが、その後さらに太ったと同時にどんどんお洒落になり、ぽっちゃり体型向けのファッションブランドを展開したり、インスタの女王と呼ばれたり、「VOGUE」でメイクがクローズアップされたりと、日本のポップなカワイイを発信するミューズとなった稀有な巨漢。

233 08年から10年ほど活動し、高校生ら若い女性に人気を誇った歌手。平均的な顔立ちに平均的なギャルメイクをしていたため、白ギャルの平均値的な仕上がりでわりと誰でも真似しやすい見た目とは裏腹に、音楽は実は結構高度でカラオケで歌うには難しい曲も多い。自身で作詞をおこなうが、その世界観は伝統的な少女漫画と演歌の融合で、森高千里的な斬新さはない。安室奈美恵や浜崎あゆみに比べると社会現象になるようなアイコン的存在でもないため、いろんな意味で位置付けるのが難しい存在だったが、色が白くて美人すぎない童顔なので男性受けは他の女子のカリスマたちより抜群に良い。

234 ＡＫＢ48と並ぶ秋元康プロデュースのアイドルグループで、他のグループより若干顔面偏差値が高く、清楚な雰囲気がウリ。

235 16年公開の新海誠監督アニメ映画。「入れ替わり」というある種のアニメ愛好家たちの間ではティピカルな設定だが、異様にヒットして世界での日本映画の興行収入がまさかの『千と千尋の神隠し』を抜いて1位に。アニメーションは新海作品らしく綺麗だがものすごく面白いかというと微妙。

236 ＥＸＩＬＥと同じ事務所に所属する女性グループで、ダンスはかなりしっかり踊れる子が多いのだが、それほど男性人気があるわけではなく、男性はやっぱり踊りが下手なＡＫＢのほうが好きらしい。

237 俳優としてもミュージシャンとしても認められている福山雅治は、なぜか男性受けも悪くないので、好きなタイプと聞かれて答えるのに日本一無難に適した対象。ドラマ『ひとつ屋根の下』での演技をモノマネする素人が多い。

しずかちゃんよりドラミちゃんになりたい派

2018.02

キャバクラなど夜職の世界ではニッパチ[238]なんて言われるんですが、とりあえずまだ全然寒いし、かといってイベントもうないし、豆なんて撒いても何にも楽しくないし、つまらない季節ですね。だからせめても労いとして、1年のうち2月だけ日数が少ないんでしょうか。そういえばオリンピックなんてやっていますが、身体のラインが見えない競技の多い冬季は、私的には夏季五輪や世界陸上に比べてイマイチそそらない。

　ということで、2月は基本的に漫画を読んでやり過ごすことにしている。高橋ヒロシ『続・クローズ外伝[239]』における武装戦線[240]4代目副ヘッド村田十三の「勝手やらかしたバツだ　このタコぶちのめせ！」という台詞に痺れているうちに2月も半分が過ぎた。

　アイドルなど、一応実在すると考えられている対象ではなく、漫画や小説・映画の登場人物に本気で恋する力は、圧倒的に女子の方が強いと思う。バーチャルなものに萌えるオタクというとアキバ系「男子」のイメージだが、男の場合、二次元にときめくのは所詮その絵面や声にであって、ワタクシたち女は、バーチャルに立ち上がるイメージに、ほぼ普通の人間に対するものと同じような恋愛感情や憧れを持つことができる。

　岡崎京子の漫画『くちびるから散弾銃[241]』で、登場人物の一人である女性が、望月峯太郎の漫画『バタアシ金魚』のカオルくんにキャーキャー言う場面があるのだが、基本的に私たちは四六時中あんな感じで存在もしないオトコ相手にキャピキャピしている。私の場合、古くは宮沢賢治『風の又三郎』に出てくる六年生の一郎、その後は雑誌「りぼん」に連載されていた漫画『姫ちゃんのリボン』の小林大地（つなみに当時作られた同作のミュージカルでは今を時めく、元・SMAP、現・新しい地図の草彅くんが演じていた。アニメ版の主題歌はSMAPの「笑顔のゲンキ」だった)。

どんなバーチャルなヒーローに憧れたか、というのはもちろんその女のフェティッシュを如実に表している。私の友人で『サイボーグ009』の島村ジョーや『あしたのジョー』の矢吹丈などにオネツだった女がいて、私はてっきりジョーという名前萌えなのかと思っていたが、『タイガーマスク』の伊達直人[242]も好きだという彼女は、施設育ちの孤児という生い立ちにキュンとくる性格らしい。マザコンの男にトラウマでもあるんですかね。

で、私はというと、この連載のタイトルで申し上げているように、基本的にお兄ちゃん的な立場に弱い。大地くんは弟を大事にする兄だし、一郎は又三郎が転校してくる学校の唯一の6年生、いわばみんなのお兄ちゃん役だ(村田十三は『WORST』に出てくる村田将五の兄)。今まで見た数多のテレビドラマで一番キュンときた台詞は、『夜行観覧車』[243]で関ジャニの安田くんが言った「どこにいるんだ? お兄ちゃんに言え」。

兄というのは基本的に子供にとっては、力で敵わない圧倒的な権力の象徴とも言える訳で、そう考えると私は権力が好きなのかもしれません。ちなみに学園ものの漫画やドラマで「兄」以外に私がぐっとくる肩書きは、部活の部長。出世競争に勝ったり選挙で当選したりして人の上に立つ人よりも、別に本人の欲望とはそれほど関係なく、あくまで行きがかり上、上に立っている人が好きっていうところが私の人間的ないやらしさを表していると思うのですが、とりあえず原稿書き終わったので『NANA』を1巻から再読してきますね。バンドのリーダーも好きです。

238——ニッパチやゴットウなど、水商売の世界で売り上げが伸び悩む月を指すスラング。ニッパチは2月と8月、ゴットウは5月と10月。特に年末年始で散財した結果、お財布の紐が堅くなる2月と、お盆であまり繁華街に人がいなくなる8月を指すニッパチは、夜の世界の住民にとっては縁起の悪い数字。

239——映画の基にもなった大人気ヤンキー漫画のひとつである『クローズ』。人気すぎて「外伝」だけじゃ飽き足らず「続・外伝」「その後のクローズ」などシリーズは膨らみ、同じ作者の次の連載『WORST』も『クローズ』の続編である。シリーズ通して女性がほぼ1回も登場しないのが特徴。男とはせめてメンタリティはこうあるべき、という手本が詰まっているので、各教育機関は迅速に図書館に揃えておくべき。

240——『クローズ』『WORST』シリーズに出てくるチームの名前。両作とも主軸は高校生同士の争いだが、そこに割って入る革ジャンのバイクチーム。高校生と同じ年代だが高校に行っていない者が多い。3代目を除いてヘッドは全て伝説的ないい男。

241——東京の23歳女子3人の女子トークの様子がひたすら描かれる岡崎京子初期の名作。その後に発表された『東京ガールズブラボー』は同作の3人の高校時代を描いたもの。

242——いわずと知れたタイガーマスクの主人公。2010年、児童相談所に伊達直人名義でランドセルを10個送った粋な大人を皮切りに、全国の児童養護施設に伊達直人名義の寄付が相次いで寄せられ、タイガーマスク運動というなんとも素敵な寄付行為が生まれた。

243——湊かなえによる同名の小説が13年にドラマ化された。高級住宅街での主婦たちの嫌がらせやお受験戦争の過酷な現実、子供の非行などいかにも社会問題って感じのモチーフが描かれる。主演は鈴木京香。

お兄ちゃんが欲しいと言い続けてみたけれど

2018.03

　高校生くらいから、下手したら中学生くらいから、女の子は大きく分けて姉御タイプと妹キャラに住み分け始めるわけですが、その後の長い人生を考えるとどう考えても姉御の方に寄っていた方が生きやすい。妹感が通用するのなんてせいぜい20代までで、アラフォーになって「すずみ、わかんなーい」「これやってー！」「なんで意地悪するのー？」「ぷんぷん」とかやってたらだいぶ辛いし、私だってできれば天海祐希[244]、せいぜい篠原涼子[245]みたいに生きたい。しかし若い頃の、特に高校の頃のキャラクターというのは亡霊のように張り付いているもので、未だに「お兄ちゃんが欲しい」なんていうコラム連載を持っている。

　私の高校生活は、というと、白金にある校則も偏差値も学費もゆるゆるの共学の私立校のチャペルで、顔が黒くて頭が黄色い同級生に「処女？」って聞かれて幕を開けた。初めて染めたメッシュの髪や、開けたばっかりでまだ渋谷の高橋医院[246]のピアスがついた耳の穴なんていうのはもちろん即席で、処女膜がしっかり張ってある下半身こそが本質だった齢15歳の私は、涼しい顔で「うん」とも言えず、なるべく可愛くて気まずくない返しを脳内で1秒間ぐるぐる考え、「男の子ってよくわかんなーい。そういうの、なんかこわい」と口にした瞬間、それまでLUNA SEAのINORANが好きで、中学の校則の関係でスカートは長く、眉毛を抜く以外の美容はどこから手をつけていいのかよくわからなかったようなダサい中学生は、ギャルグループで妹的なかわいがりを受ける気楽で楽しいポジションを手にした。

　90年代が終わる直前に高校に入った私のその後の3年間に何があったか、なんていうのは大変愚問で、当然のごとく高3の9月に米同時多発テロが起こるくらいまでは何もなかった。何もないなりに、ガン黒が流行り、援交が流行り、オヤジ狩りが流行り、小柳ゆき[247]がブレイクし、あゆがかつてアムロちゃんのいたポジションに座り、つんくが出世し、大平光代の本が売れ、ルーズソックス[248]が限界までボリューミーになり、ストニューの雑誌名が代わり、昭和第一高校[249]と法政二高[250]のバッグがなぜか人気で、マジックでアイラインを描き、それをニベア[251]で落として、me Janeのショップ袋に体操着を入れ、ラブボートの鏡にプリクラを敷き詰めるように貼って、3年間をやり過ごした。そしてテレビで飛行機がアメリカのビルに突っ込む様子を見ながら受験勉強をして卒業し、高校3年間なんてほとんどなかったかのように生きるはずが、結構強烈に引きずりながら30代を生きている。

退屈の悲鳴をあげながら終わった90年代が強烈だったのか、焼けてるを通り越して焦げていた黒ギャル文化が強烈だったのか、はたまた「処女？」の質問に答えて引き受けた妹キャラが強烈だったのかよくわからないけど、私は今でも安室ちゃんの原稿を書き、細眉[252]をなんとかパウダーで誤魔化し、ハイライズデニムは穿かず、ヴィトンはヴェルニ[253]が一番好きで、マルキューのトイレで化粧を直し、ガン寝[254]とかマジだとか言いながら、テレビブロスのコラムを書いて生きている。

それでも時代には時々、そろそろ先に行けよ、という合図がなされるもので、逆らって自分の全盛期にしがみついたところで、35歳で「すずみ、わかんない」と言っているような絶望しかないので、先に行くべきなのだろうな、とは思う。ハイライズデニムは穿かないけど。

244——元宝塚の男役トップスター。超最速でトップに上り詰めた宝塚のスーパー男役で、身長も１７０センチを超えることから、刑事役や弁護士役などかっこいい女の似合う女優の代名詞。でもこういうキリッとパリッとした女が女の子になる瞬間を見たいと思うのか、男性にも人気。

245——アイドルグループでデビュー、ダウンタウンのコントにレギュラー出演、小室哲哉プロデュースで「愛しさとせつなさと心強さと」が大ヒット、元祖天然ボケキャラ、などなど華々しいと言えば華々しい、散らかっていると言えば散らかっている経歴だが、そもそも素質があったのか、女優として本格始動してからは実力派女優として確固たる地位を築いた。

246 当時、渋谷近辺の高校生がファーストピアスを開けるためにこぞって訪れていた渋谷にあるクリニック。ピアスホールを開ける以外の施術をしているのか不明というくらいにピアス希望者で常に混んでいた。

247 「あなたのキスを数えましょう」で99年にブレイクした、見た目も歌い方も日本の歌手らしからぬソウルフルな感じの歌手。

248 非・多様性の時代のギャルにとってルーズソックスといえば「E.G.SMITH」一択だった。値段によってボリュームが違い、その値段がそのままボリュームの名称になっている。当初は1300、1400、1600といった展開だったが、どんどんボリュームが増え、1800、2000などがスーパールーズとして人気を博した。呼び方は1600がセンロク、1800がセンハチ。1400などはダサ目の中学生が最初に手を伸ばす代物で、すぐに穿かなくなる。

249 「SDH」と書かれただけの学生カバンが人気だった文京区にある私立の男子校。05年に共学になった。

250 ストニューなどで人気を集めた男子高校生は法政一高の者が多かったが、バッグは二高のほうが人気だった。紺色が主流のなか、グレーのデザインが目立つからだったとみられる。

251 顔や全身の保湿のほか、メイクまで落とせる超低価格の名品クリームはあまりに有名。伝統的なものは青の缶に入っていて、もともとドイツのブランドらしいが日本ではニベア花王が販売。

252 90年代に安室奈美恵らの影響で眉毛をほとんど抜き去り、ペンシルで細く描くのが流行したため、一部の世代の日本人女性は後年、男性の頭皮問題よろしく眉毛が生えてこない問題に悩まされている。

253 茶色のモノグラムなどが主流だったルイ・ヴィトンが98年にデザイナーにマーク・ジェイコブスを迎えたと同時に、突如として水色や明るいベージュでキラッと光沢のあるヴェルニシリーズを発表した。その後はカラーバリエーションもどんどん増え、ヴィトンの店舗に彩りを加えている。しかし同じくらい高価なのにもかかわらず茶色いシリーズより飽きがくるのも事実で、当初雑誌でヴェルニを推しまくっていた神田うのも、すぐに飽きたのか持たなくなっていた。

254 ガングロやガン切れなどとともに、いつのまにか使われるようになったスラングで、ガンは強調の形容詞と見られる。いや、ガングロは「顔黒」から派生したはずだから、顔黒から「ガングロ」ができ、ガンを勝手に「超」と同じような意味と思った人たちが、他の言葉に応用したのかもしれない。雰囲気で喋る日本語ユーザーには普通に通じる。というか、感じが出ているので良いと思う。

可愛くって
ずるくって
いじわるな
妹になりたい

第2章

ブスの話をしながら食べるのはいつも肉

2018.06

　こんにちは。鈴木涼美です。ふざけた名前ですがもちろん本名ではありません。色々な名前で生きてきましたが、ここ5年ほどこんな名前に落ち着いています。テレビブロスが月刊誌としてリニューアルされたということで、私も連載のタイトルを「（アタマ良くてカッコよくてセンスがいい）お兄ちゃんが欲しいっ♥」から大幅リニューアルしました。お兄ちゃんが欲しいとか妹になりたいとか言っていますが、私は34歳です。未婚ですし、高慢ちきで人を見下したような物言いをすぐにしますが、本人も別にいうほど可愛くはありません。でもまぁまだ死ぬほどこの世に絶望はしていない、というか割と未だに青春を楽しんで日々スキップしたりハイタッチしたりして生きています。

　さて、自己紹介もそこそこに別の話とか始めたいんだけど、今回のこの連載、毎回オンナについてグダグダ語る、っていう感じで進めたいと思っていて、私は今まで「おじさんの悪口[255]」と「若い男の悪口[256]」と「女の子同士の本音話[257]」と「私の素敵な友達（大抵ＡＶ嬢かキャバ嬢）の面白い話（これも大抵男の悪口）[258]」を書いて生きてきたので、会ったこともないオンナの悪口を言うのって結構緊張する。というか、別に悪口って決めてるわけじゃないけど絶対悪口が多くなる、というのは私は壊滅的に性格が悪くて、人のいいところを見つける13万倍のスピードで人のアラを見つけるので、あの人素敵ですね、あの人のこういうところって尊敬できます、なんていう話はしていても聞いていても面白くないのです。

　で、私は緊張すると顔が赤らんで可愛くなるくらいで別に支障はないので、緊張するのはいいんですけど、緊張するだけじゃなくて嫌われそうじゃないですか。なぜって、オンナは基本的に自分以外のオンナのことなんて嫌いだからです。オンナはオンナに厳しくて、オンナのいうことにはそう簡単に納得しないし、オンナ同士で悪口を言い合うとそこには闇しか残らない。オンナはオンナに怒られたり指摘されたりするのを、男にされる10倍嫌がるし、オンナにされた攻撃は墓に入ってなお怒っている。私はオンナにモテる人生よりはオトコにモテる人生を選ぶけど、オンナに嫌われる人生よりはオトコに嫌われる人生を選ぶし、女の執念やしつこさを知っている身としてはそんなにそこら中に敵を増やしたくはない。

　というわけで、連載第1回となる今回に限り、私は滅多に言わない私の悪口を言ってお茶を濁し、いろんな人からの攻撃に、いやいや私だってうんこみたいなオンナですからそんなに怒らないでくださいよーと返す言い訳としたい所存です。全然思ってないし、なんならまぁまぁ神的にいいオンナだと思ってるけど。波田陽区[259]でいうところの、ネタの最後の「切腹！」とかそういうやつですね。もう出てくるたとえが思い出歌謡ショーレベルなのもまた、ちょっとしたおばさんの自虐であって別に私が本当におばさんなわけではありません。知ってますよ、今流行してる和牛[260]とか。あと、あれとか。あれあれ。

　で、私のように先天的に自己愛性人格障害的な人は、自虐ってしようと思ってもなかなか出てこない。ので、知ってる人は死ぬほど知っている夜職系の総合掲示板「ホスラブ」[261]の「鈴木涼美」のスレでも見ながら、私がどんな人間か紹介します。ちなみにホスラブというのは私の本やエッセイで度々登場するのでこれから私のファンになる方はぜひ知っていて欲しいウェブコンテンツで、まぁ2ちゃんねるなんだけど、テレビに出てるあの芸人が、とか、最近うるさいあの評論家が、とか、そういう話ではなくて、最近指名してるあのキャバ嬢が、とか、昨日ホテルでエッチしたあのホストが、という話なので、攻撃性と内容のエグさは2ちゃんを上回り、オンナが偽悪的になる場所としては日本一。だと私は個人的に思っている。

　私について書かれた言葉で最も多いのは「ブス」、次が「婆」、次が「金づるオンナ」でした。最後の金づるオンナというのはつい最近までホストと同棲していたのだけど、それは「あんたのことが好きなんじゃなくて、あんたの金が目当てだよ！」というやっかみですね。愛されてた私から見れば正直、黙れブスどもって感じです。あ、一番多い「ブス」をすでに自分で使っちゃった。つまりひとは、実態の見えない、気に入らないオンナに対して安易に「ブス」と言う生き物なので、これもまた別に私の顔が造形的に優れていないというわけじゃない。むしろ角度と使う加工アプリによってはまぁまぁ神です。婆というのも日本人女性の平均寿命を考えれば、私なんてまだやっとクソガキを抜け出したレベル。全然ダメじゃん。みんな悪口言うならもうちょっと面白いこと言って欲しいですね。やっぱり自分の悪口より人の悪口の方が面白いね!

255——参照　鈴木涼美『おじさんメモリアル』(扶桑社)
256——参照　鈴木涼美『女がそんなことで喜ぶと思うなよ』(集英社)
257——参照　同上
258——参照　鈴木涼美『身体を売ったらサヨウナラ』(幻冬舎)、同『オンナの値段』(講談社)
259——「ギター侍」のネタで当時の人気番組『エンタの神様』に出演し、一世を風靡したお笑い芸人。一発屋芸人の代名詞だが、わりと憎めない雰囲気の人。
260——M-1グランプリで3年連続、最後の最後で2位に終わる実力派漫才コンビ。ツッコミがイケメン。
261——夜職の話題がメインのネット掲示板「ホストラブ」。最も見られているのはやはりホストクラブやホスト個人をネタにしたスレッド。なぜSNS全盛期のいまだに掲示板かというと、ホストクラブの常連客は店で顔見知りにはなるものの名前などがわからないので、そのホストクラブのスレッドで罵りあったり情報収集したりするしかないからです。人間はこれほどまでに偽悪的になれるのか、というほどネトウヨ顔負けの罵詈雑言が飛び交う。その後「de日記」というこれまた凶悪なコンテンツも生まれ、そこには写真付きでどのホストとセックスしたとか、どのホストに妊娠させられたとかを暴露する女性たちが集う。「ホスラブ」も暴露書き込みは多いが、ホストと同棲中の女の自作自演や、自作自演を使って情報を引き出そうとするライバルなどが入り乱れるカオスでもある。

ミーツー時代の生き方ハウツー

2018.07

女関係のいざこざが世間にバレて一発退場。財務次官[262]であろうと知事[263]であろうとベテランアイドル[264]であろうと一様に、という事件がここのところ続いている。一部でリーク元の「被害者」女性の素性が報道されているものの、それだけでものすごく説得力があるか、と言えば微妙で、では世の男性陣はどのような女にご用心なのかというとイマイチ不透明なまま、ご時世の厳しさに震えている。

私はこのご時世に権利の乱用ができそうなほど有利な「女性」側なので、別に怯え震えることもなく、どちらかというとザマアとか思いながらどや顔で生きているのだけど、それでも別にセクハラしたわけでも買春したわけでも未成年にわいせつ行為をしたわけでもない世の男性にはちょっと同情するところがなくはない。おそらく、ハニトラ[265]をかけられるような身分でも立場でもない男であっても、この世がハニトラと悪意にまみれた地雷だらけの草原のように思えているでしょうから。まあ実際そうなのだけど。

では世の中の男性は何に注意をすればいいのだろうか、と男たちが一番興味あるけどノーアイデアで困っている、ミーツー時代のハウツー的なことを、男に代わって女盛りの私が考えてみましょう。

襲ってきた男が怖くて警察に駆け込む、なんていうことは誰しも若い頃には経験しうることだが、男が家に入ってからその男について通報する、というのはそれなりに特殊なことではある。もちろん、山口元メンバーさんの場合は未成年というところがどうにもまずいわけで、何があっても未成年に近づかない、というのが正しい大人の流儀なんだけど、未成年ではなくとも警察にタレ込まれたら大分気まずい。

不快な言葉に気を悪くする、なんていうことは誰しも日常的に経験しうることだが、それをICレコーダーで録音して週刊誌に暴露する、というのはそれなりに特殊なことではある。もちろん、福田元事務次官さんの場合は圧倒的な権力の座にいたところがどうにもハラスメントなわけで、実るほど頭を垂れる稲穂が如く、上に立つ時こそ細心の注意を持って抑制的に話す、というのが正しい大人の流儀なんだけど、係長とか課長であってもセクハラ音源が公開されたら大分気まずい。

君は素敵だからプレゼントするよ、なんていうことは誰しも当然のように受けるべき権利とともに生きている言葉だが、合意の上で金品を受け取っておいて、その関係を暴露するというのはそれなりに特殊なことではある。もちろん、米山元知事さんの場合はしっかり現金渡してセックスしたのがどうにも買春なわけで、お金あげないと股を開いてくれない女を抱くならさっさと吉原に行く、もしくは現金に関して一切証拠が残らないように出会い系サイトよろしく「ホ別苺」的な暗号を使う、というのが正しい大人の流儀なんだけど、たとえ現金じゃなくて金塊とかであってもセックスの代償を支払ったなんていうことがバレるのは大分気まずい。

深刻なセクハラ告発や性被害の届出とは別に、週刊誌に暴露する女たちというのはどういう人種なのだろうか。別に悪いことをしていなくとも、例えば「こないだJリーグの○○選手と寝たんだけど超早漏で」とか「俳優の○○の家に行ったらめっちゃアイドルのポスター貼ってあって」とか、お股と同じくらいお口がゆるい女というのは昔からいる。そういう女の子たちの特徴は簡単で、①性経験が少ない、あるいは処女喪失が遅めで、②若くて、③日常的に多種の男に口説かれていないことだ。

男はバカなので経験の豊富さを競うようなところがあるが、女は基本的に経験を過小に見積もる癖があり、例えば私は経験人数15人を超えてからは常に経験人数は15人ということになっている。唯一経験を自慢していた記憶があるのは女子高生で経験人数がまだ3人以下だった頃くらいである。その頃は例えばストニューに載っている男とエッチしたらそれなりに情報漏洩をしていた記憶がある。それ以後は、うっかり誰かとキスしたりエッチしたりしても、どちらかというとオマンコの無駄遣い、そしてかき捨ての恥、という認識なので、相手にも黙ってほしいしこちらも黙る。

そして人生30年以上生きていると、それなりに色々なことがあるのでジャニーズの誰々がキスしようと迫ってきた、外でカッコつけてるのに近くで見たら普通のオヤジだった、みたいなことのインパクトは相対的に下がり、オバマ元大統領くらいに「オシッコかけて」って言われた、くらいのことがないと驚かなくなる。さらに、長い期間、偉い人や有名な人や金持ちに口説かれ続けているといろんな男の情けない、気持ちの悪い、しょうもないところを見続けているので、雑魚キャラのセクハラ発言なんて小鳥のさえずりもしくは地下鉄ホームの雑音のように、結構な音量でも聞き流してしまう。そもそも女は自分よりもスペックの低い男と寝た、なんていう不名誉なことは基本的に人に言わないので、多くの女が口を割るとしたら自分より年齢も社会的地位も知名度もある男と寝た時だけなのだ。

何が言いたいのかというと、セクハラとミーツーと暴露とSNSの時代の多くの問題は、若くて擦れていない素人が好き、という日本人男性のどうしようもないロリコン趣味に起因しているところが大きいわけで、みんなが経験豊富で口のかたい35歳以上で手練手管の、自分より地位があるような女を口説くようになれば多くのことが暴露されないままに終わる可能性が高い、と私は見ている。若い女の無垢な視線や肌のハリごときに踊らされているうちは、若い女の口の軽さや箸が転がっても大騒ぎするような大げさっぷりにせいぜい悩まされていろよ、という気持ちにしかならないんですよ。

262――テレビ朝日の記者が財務省の事務次官(当時)の発言を内密に録音し、週刊誌に暴露した事件。「胸さわっていい?」など、だいぶ恥ずかしいことばが明るみに出て、依願退官した。
263――新潟県知事(当時)が、金銭を介した女子大生との交際を暴露され、辞職した事件。医師免許と弁護士資格を両方持つ経歴が男性の嫉妬を誘うのか、恋愛が苦手そうで独身だったことを馬鹿にしてマウンティングに使うおじさんが続出。買春問題で辞職した割には女性受けが悪くない。

264——人気ジャニーズグループＴＯＫＩＯのメンバー（当時）が、酒に酔って未成年に猥褻行為をしたとして書類送検され脱退した。

265——ハニートラップの略。元々は女性スパイが色仕掛けで情報を引き出す行為を指していたはずだが、最近の日本では男性芸能人や政治家の失脚を狙って週刊誌に売り捌く目的で男に近づく行為を呼ぶように。情報を引き出すというよりは、売るための情報を作る行為ですね。

若い女には毒がある（ってだから何回も言ったのに）

2018.08

いかにも三流ミステリにありそうな「紀州のドン・ファン」[266]の不審死に日本中が注目している、かのように毎日毎日ワイドショーがしつこく報道している。でも先日とあるキャバクラで席に着いた21歳のキャバ嬢（仮名はユメちゃん）も、「ドン・ファン事件、犬掘り起こすってやばくないですか」と話題に乗っていたので、日本中が注目しているというのもあながち嘘ではないのかもしれませぬ。

さて、私は「紀州のドン・ファン」（めんどくさいので以下ドン・ファン）についてはお亡くなりになる前から結構気になって何度か週刊誌の記事などを拝読していた。職業柄、「いろんな女を抱いてきた」みたいなおじさんと対談するような機会は結構あるのだけど、いかんせんどのおじさんも総じてどうやって抱いたのか不明、という場合がほとんどで、いかにもモテるみたいな態度で来られても、少なくとも私や私の近しい友人だったら無料であなたには抱かれないんですけど、というツッコミを噛み締めながら生きている。ドン・ファンの何が清々しいかというと、彼はしっかり女を抱いたプロセス、というか飛び道具を恥ずかしげもなく公表しているところで、つまり「なんであなたと」みたいな苦笑交じりのツッコミをする余地なく、お金にものを言わせて女をものにしていたわけである。

私はそうやって「俺は別にお金払わずに女を抱いている」みたいな無駄なプライドや、「俺のことお金として見ているのか？」みたいな面倒臭い純情を持たずに、堂々としっかりお金を払うおじさんには大変好感を持っている。というか、全人類とは言わないけど、全おじさんにつべこべ言わずにお金払えよ、と思って生きている。そのため彼がどうやら20歳そこそこの自称モデルと結婚したらしい、という報道にも「絶対に向こうはお金目当てだけど、本当におめでとう」と心から祝福していた。若さと美貌はあるけどお金がない女と、お金だけはある老人、とても需要がマッチしている。そして、女が年上の場合に比べると、やはり子宝に恵まれる確率が圧倒的に高いので、そうやってみんなが「まさかアイツは俺の財産目当て……？」なんていう純情を捨てて自分の需要を受け入れて生きてくれれば、絶望的な少子高齢化社会にも歯止めがかかるってもんだ。

……と、ここまで書いてやはり私としては虚しくなる。そうやって自分の需要に正直に、お金を払うことを厭わず、持てるものはなんでも使って欲しい夢を手に入れよう、という男は多分、絶対私のようなすれっからしの34歳にはお金を払わず、頭と性格が少々悪い、ピチピチの21歳に払うというのが目に見えているからだ。そう。何十歳年下の妻と再婚！　みたいなものって男の夢。一昨年に妻を亡くしたうちの父親も、再婚するならお前より若いのとしてやる、と言っている始末。

そう、未成年とお酒を飲んだり未成年にキスしようとしたり未成年を部屋に招いたりしてスキャンダルを起こした芸能人の報道があるたびに、「ロリコン趣味を捨てないとロクな目見ないよ！」といくら注意喚起しても、男は若い女が好きだ。20代の男も20代の女が好き。30代の男も20代が好き。40、50、60代だって20代歓迎。つまり20代の女というのは存在するだけでこの世のモテを全て煮詰めて背負っているようなもので、当然女が20代の時にそこそこモテる、というのは、30代の独身男がモテるのと全く同じで本人の実力とは全く関係がない。20代だからモテるわけである。

自分のゴールデンエイジ、20代を思い起こすと、男で見栄を張りたい、しかし見栄を張るためにあからさまに金目当てで男を選ぶのは気がひける、と中途半端な良心を提げて、なんとか、お金持ちだけどお金以外にも魅力がありそうな人と付き合わなければ、と中途半端な電通マン[267]なんかとばかり無駄なセックスを重ねていた。お金持ちだけどお金以外にも魅力がありそうな人、なんていうゴールデンボンバーなカードを引いて許されるのはサエコ[268]くらいなもので、結局私は20代のモテにブツブツ文句をいう意地悪おばさんのポジションに落ち着いた。

私に「アイツ絶対金目当て」「お金のためだってあんなおじさん私には無理だわぁ」という後ろ指を無視する聡明さがあれば、つまりはドン・ファンの妻になった女のような肝の据わったがめつさがあれば、ドン・ファンとは言わないまでもどこかの結構なお金持ちとしばらく結婚し、そろそろ見送っていたんだろうと思うし、女の人生の選択として、そっちの方が圧倒的に賢いは賢い。男に「あの子ってもしかして俺の金や地位が目当てなのかな」という純情を捨てよ捨てよと教育してきた私だが、それに合わせて女には「あの子お金のためとはいえよくあんな人と」的な批判に対応するトンチを得て、お金をもらうことを恥じないという教育が必要なのかもなぁと勝手に思っている最近であります。ただいずれにせよ、実力以上にモテている20代の女になんて手を出すと、比喩的な意味ではなくハート（というかライフ）を奪われる可能性だってあるので、引き続き日本人のアホくさいロリコン趣味とは戦って生きたい所存。

266——遺産が13億円とも言われる富豪で、生前メディアでものすごい数の女を抱いてきた経験を語っていたおじいさん。18年に自宅で急性覚醒剤中毒で急死。

267——高収入かつ安定した社会的立場と、クリエイティブな雰囲気と両方をバランスよく取り入れたいと思っているタチの悪いサラリーマン。

268——タレントの紗栄子。ダルビッシュと結婚したが離婚、その後は元ZOZOの前澤友作と交際、それも破局。ダルビッシュとの子供はロンドンの寄宿学校に入れた。

おっさんにさよならしている場合ではない 2018.09

引退発表[269]と同時に舞い込んだいくつかの原稿依頼に真摯に応え、新聞社の安室奈美恵引退特集のインタビューにも応え、自分の連載でも何度も安室ちゃん愛を語ってきたのに、最後のコンサートツアーの抽選にことごとくはずれて行けなかった可哀想な私のために、別に普段はそんなに安室ちゃん愛など語らないのにたまたま旦那と応募したライブにちゃっかり当選して満喫してきた友人が、せめてもの情けなのかなんなのか、ライブTシャツとタオルを買ってきてくれた。正直もともとライブグッズを収集する癖はないので、大事にとっておこうという気は別になく、そんなわけで最近私は自宅で仕事をするときに、もっぱらナミエアムロTシャツを着ている。ちなみに今は深夜3時に歌舞伎町のルノアール[270]で原稿を書いているのでアムロTシャツではなくダイアンフォンファステンバーグ[271]の高い服を着ていますが。

先日、とある雑誌でAV女優の明日花キララ[272]特集をやるので何点かコメントをもらえないか、という依頼があった。私自身がAV業界出身とはいえ業界にいたのはすでに15年近く前であって、その後はあんまり関係ないところで仕事をしているので明日花キララさんと面識があるわけではないのだが、私の周辺の、歌舞伎町のキャバクラやホストクラブに出入りしているタイプの、要するにあんまりアタマのよろしくない、そしてそれを1ミリも恥じていないタイプの女子たちの間での明日花キララ信仰は目を見張るものがあるので、ちょっと興味もあるし、ということで快諾して「明日花キララは現代のアムロである」という暴論をふるってきた。

というか安室奈美恵がまだ引退していないし、そもそも現代の歌姫だし、別にキララさんと生まれた時代に大差あるわけでは無いので、私の言い分は基本的に的を得ていないのだが、それでも、ともすれば男性に向けていそうなセクシーさが、男以上に女にウケるという点では二人はちょっと似ている。そもそもアイドル歌手なんていうものはかつては基本的に男にウケることを目的としていて、それは今のＡＫＢその他もそうだと思うのだけど、それを女性が聖子ちゃんカットとか工藤静香前髪[273]とかいって横から真似していたわけである。ただ、安室奈美恵は確実に、少なくとも私が彼女を確認したときにはすでに女に向けて歌っていた。そういった意味で、ＡＶ女優という完全に男性向けコンテンツでありながら、今となっては歌舞伎町女のなりたい顔ナンバーワンとして、ＳＮＳなど見ても女に向けてファッションリーダー的な立ち位置に落ち着いている明日花キララに通じるものがある。

というか全体的に、最近は男性向けコンテンツであった女が女に向かって語り出す、という構図がお決まりになっている感じはある。キャバ嬢のツイッターやインスタグラムの多くは使っている化粧品やバストアップ商品、買った洋服のブランドなどが並んでいて、それは明らかに男性フォロワーよりよほど女性フォロワーの興味をそそるものである。キャバ嬢にしろＡＶ女優にしろ、そもそもは完全に男向けの世界の男向けの商品であって、ＳＮＳなどなければ女の目にすらつかない場所で生きていたはずなのに。

無論、アイドル的なポジションからしっかりと女子のカリスマの位置にポジションを移し、実際の顧客を女に変えていった安室奈美恵に対し、大量の女子フォロワーを誇る人気キャバ嬢でもＡＶ女優でも、基本的な収入は未だ男性向けコンテンツとしての本業にあるわけだから多少のハリボテ感はある。最近では人気キャバ嬢に会いに地方の女性ファンがお金を握りしめて歌舞伎町のキャバクラに会いに来る、という光景もしょっちゅう目にするが、それですら別に彼女らの売り上げのうちの微小な割合に過ぎないだろう。だから彼女たちは表面上ややアムロ化しているとはいえ、あくまで男性向けコンテンツのまま、女に向けた存在であろうとしているように見える。

それでも、例えば松田聖子やＡＫＢの髪型やしゃべり方を女が真似するのとはやはり異質であるように思えるのは、どんなに男性向けコンテンツであっても、女に対峙したときに、ひとかけらもダサくない、ということを彼女たちが心がけているからだろう。基本的に私たち女は、ダサくなってモテるか、モテをある程度諦めて冴えるか、というジレンマに悩まされて人生を爆走している。銀座のホステスに比べて歌舞伎町のキャバ嬢が圧倒的に女からの人気が高いのは、ある程度守備範囲の男性を絞って、つまり一般的な男性受けを放棄しているからだろうし、明日花キララが他のＡＶ女優に比べて女のカリスマとして確固たる地位を築いているのも、一般的なＡＶ女優に求められる、黒髪白肌おっとり清楚というセオリーを放棄しているからであろう。

安室奈美恵は、女子高生のカリスマという立ち位置にいた時でも、男性人気も高かった。でもさらに彼女が洗練されるにつれて、やはり安めぐみ[274]とか安田美沙子[275]に比べれば、一般的な男性が奥様にしたいという像からは遠く離れていった。安室奈美恵ほど女性向けに振り切らずに、ギリギリで男性からお金をもらいつつ女に向けて精一杯カッコつけるキャバ嬢やＡＶ女優たちが今の時代にウケるのは、私たちが抱えて爆走するジレンマの、一番ギリギリのバランスを見せてくれているからかもしれない、とちょっと思う。

269――安室奈美恵はデビュー25周年となる17年9月に、翌18年の9月に引退することを電撃発表。日本中があたふたした。

270――喫煙者フレンドリーな喫茶店として愛煙家のオアシスだった「ルノアール」も20年4月から紙巻きたばこの喫煙を禁止すると発表。多くのルノアールファンが涙した。

271――ラップドレスで有名な米国のファッションブランド。70年から始動したブランドだが、日本上陸は06年。ペラッペラなワンピースが多いが高級価格帯。

272――完全なる男性向けコンテンツだったAV女優を、女性のファッションアイコンにまで押し上げたSNS時代の超人気AV女優。歌舞伎町のキャバクラ嬢や風俗嬢の多くが明日花キララの写真を持ち込んで整形に勤しむ。武藤静香の展開するファッションブランドRadyのモデルとして起用されたことから女性人気にさらに火がついた。人気AV女優が多数参加した「恵比寿☆マスカッツ」のメンバーでもあった。

273――80年代「嵐の素顔」などを発表した頃の工藤静香のスプレーで盛り上げた前髪は、ファッション評論家たちが「ファッショントレンドは時代を超えて繰り返すものだけどあれはもう絶対流行らない」というほど今見ると異様。

274――かつて「お嫁さんにしたい女性タレントランキング」の上位常連だった、おっとりした雰囲気と白肌が特徴のタレント。お笑いコンビTake2の東MAXこと東貴博と結婚した。東八郎の次男でお金持ちのお坊ちゃんキャラであるものの、お笑いタレントとしては若干微妙なポジションな、要はお金はあるけどそんなに羨ましくない男と結婚したことで、前澤友作と付き合っていた剛力彩芽らに比べて、女性からそれほどやっかまれていないし男性ファンも失っていない。

275――京都弁と顔が可愛いグラビア出身のタレント。

勃起には困らないこんな世の中じゃ

2018.10

30歳になった時には全く気づかなかったことだが、先日35歳になって、私って結構もう大人なんじゃないかとほのかに思うようになった。周囲に同年齢独身の友人が大変少なくなっていることに気づき、高校時代に同じクラブで踊っていた仲間の子供が中学受験を意識して進学塾に入り、誰かの親が死に、そう言えば結婚披露宴なんてもう3年くらい出席していない。というわけで、高校の時に20人ぐらいの仲良しグループの中の一人にすぎなかった友人が、今や3人の親友グループになっていたり、大学時代のわらわらたくさんいるイベント仲間の中で特別仲が良かったわけでもない2〜3人の友達が、今や週に幾度も会うイツメンになっていたりする。そして独身同士で絵に描いたように傷を舐め合ったり開き直ったりして、結婚なんてしないでいいよね一緒にいようぜとか、裏切って結婚しないでよーなんて言いながら、絶対こいつらより先に結婚[276]してやる、と毎日心に誓う、とてもヒリヒリした毎日を送っています。若い女の悪口を言い、石原さとみの悪口を言い、石原さとみ風のメイクをして生きている。

　さて、そんなイツメンの一人、35歳の代理店の男が、最近こんなことを言う。「ほんと最近常に勃起するわけ。インスタとかティックトック[277]とか、ほんと勃起するだけなんだよね。可愛い女の子が、私可愛いでしょって言いながら、水着姿とかすっぴんとか風呂上がりとかショーパンとかミニスカとか見せてきて、俺に向かって、勃起して勃起してって言ってるようにしか思えないのよ」。

　彼の名誉のために言っておくが、彼は昔からいろんな女に勃起していたし、勃起した先の行き着くところまでも、しょっちゅう行っていた。別に女体は見慣れているし、揉み慣れているし、入り慣れているはずだが、そんな彼の、しかも35歳になって若き日よりはずっと反射神経の鈍くなったオトコの下半身すら日々勃起させるほど、インスタやティックトックは可愛い子で溢れている。確かに、別に可愛い子を選んでフォローなんてしなくとも、ティックトックで妙な手の動きをする女子高生は美女ばかりだし、インスタでナイトプール[278]でビキニな女子達も揃ってスタイル抜群の美女だ。日本人も、韓国人[279]も、中国人も。色が白くて目が丸くて足が細くて鼻が小さい。

　彼のようなことを言う同年代の男は多い。最近の若い子ってほんと可愛いよね、最近のAV女優レベル高すぎるよね、とか。確かにAVメーカーの新作一覧など見ると、石原さとみ顔負けの美女が並んでいるし、AV嬢のツイッターやインスタグラムは、ほとんどファッションモデルやタレントのそれと見紛う。

さて、そんな折、高校時代はグループの一員、最近となっては独身のかけがえのない親友である同窓生から「実家で断捨離してたらやばいの出てきた」と数枚の写真が送られてきた。池袋bed[280]の前で両手を広げてポーズを撮るギャルたち。教室でカメラに向かってピースする数人のギャルたち。ジョナサン[281]で微笑むギャルたち。アイラインの引きかたもままならないのに濃い色のアイシャドーを塗りたくり、肌は不自然に日焼けしていて、髪の毛は傷んだ茶髪、足は太くて目は腫れぼったく、鼻が低い。この人たち、ティックトックでフリフリする美女たちと同じ人間とは思えないが、紛れもなく同じ国に生まれた同い年の同じ性別の生き物である。そして、紛れもなく私と彼女の17歳の頃である。おそらく割と勃起のハードルが低い代理店男だって、こんなものには勃起しないであろう。

当然、別に人間の顔なんてそんな急速に変化したりしない。ネアンデルタール人に比べてティックトック女子は大変進化して可愛いが、彼女たちと同じくらい私たちだってネアンデルタール人よりは進化していた。街を歩いていて、本当にこの国は美女ばっかり！　なんて思うことはないし、AV女優だって別にVTRの中ではそんなに可愛くない。代理店男を日々勃起させているのはこの国の若い女の子たちではなく、彼女たちがダウンロードするカメラアプリ[282]である。

プリクラ[283]の顔補正がやりすぎだなぁなんて思い出したのは10年弱前。今やそんな補正が可愛く思えるほど、カメラが進化している。言っておくけど、20年前の写ルンですでとんでもなく奇妙な生物としての己を晒していた私だって、携帯カメラで自撮りしたインスタグラムはまぁまぁ美女だ。私のインスタグラムやティックトックは、鏡の前に現れる疲れた35歳とは随分かけ離れた人である。そして今の若い子たちが、自分って結構可愛いんじゃないかと勘違いしているように、私も、20年前の自分より今の私って結構可愛いじゃないか、と勘違いしている。

私たちが、うちら17歳の頃ブスだったねぇなんて思っているほど私たちはブスじゃなかったのだろうし、今のが全然いいじゃんと思うほど今のが美しくなっているわけではない。というか、17歳より35歳の方が綺麗なわけは全くない。しかし別にいいのだ。女が30歳の誕生日で持っている魅力の9割くらいをかなぐり捨ててしまわざるを得ない、ロリコンの国のお姫様たちこと私たちは、こうやって、若い頃より全然綺麗になった私、にしがみついて35歳の荒野をたくましく歩いていけるのだから。心配なのは、今ティックトックで美女っぷり若くて可愛いっぷりを思う存分晒しちゃっている子たちの方で、彼女たちは十分に進化したカメラに残ったストップ高の自分に、35歳になってこの頃は私超可愛かった、と涙するに違いない。心配するな。別にカメラを通さずに見ればみんなそんなに可愛くない。

276――雑誌の表紙になることも多い男女ともに人気のある女優。女性が「なりたい顔」にあげることも多い。「SHOWROOM」のイケメン社長との交際報道以来、若干話題が減った。東MAXよりは男女双方の神経を逆撫でする交際相手だったからか。

277――可愛い女の子が可愛い動画を上げまくる中国発の動画アプリ。曲に合わせてダンスしたり変顔したりする姿を「かわいいかわいい」と言いながら見る以外に楽しむ方法はあまりない。

278――インスタの流行とともに爆発的に人気となったナイトプール。ホテルなどが屋外プール施設を夕方から夜にかけて、昼間とは別の料金体系で開放している。ピンクのフラミンゴやユニコーンの浮き輪などにまたがって写真を撮るために行く女子が多数。でも刺青があると入れないところが多いし、どこもリラックスするには混雑しすぎているので、やっぱりプールは日本で行くもんじゃない。

279――「オルチャンメイク」と呼ばれる、韓国の美少女を真似したメイクやファッションは日本、中国、台湾、東南アジアなどで大流行している。白肌に、比較的ナチュラルな眉毛が特徴だが、華奢な女の子以外が真似すると大惨事。もともと韓国人に比べてスタイルが悪い日本人で、成功している人は少数。

280――池袋西口から徒歩10分くらいの場所にあったクラブ。高校生でも入店できたし、イベントの主催もできた。ヒップホップ系のイベントが多く開かれていた。
281――何時間も居座られることがわかっていながら、ドリンクバーを安価で提供し続ける、若者や貧困者にやさしいファミレス。
282――顔のあらが補正されて白っぽく映るBeautyPlusが流行した後、猫耳やパンダの鼻などが勝手に装着されるSNOWまで進化し、その後はそこまで補正しすぎないけど現実よりはずっと美しく撮れるFoodieなどが人気となった。
283――携帯アプリに先駆けて顔を補正し出したのはプリクラである。しかし携帯のものに比べて調整がきかないので、男性があまりに目が大きくなってチワワみたいな顔に映るなど多くの問題を孕んでいた。ちなみに登場直後の90年代のプリクラは、補正機能なんてなかったが、画像が粗いぶん、ちょっとふだんよりニキビが目立たなかったり、癖毛が目立たなかったりはした。しかし、その粗い画像で可愛く映るためにはどんどん化粧が濃くなってしまい、それは常軌を逸したギャルメイクに拍車をかけた一因でもある。

「ふつうの女の子」が褒め言葉になったら君は疲れてる

2018.11

いろんな文脈で頻出するフレーズというのがあって、私は最近そんな中でも「ふつうの女の子」というフレーズが気になってしょうがない。別に、普通ってなんだろうとか、普通なんていうものは幻想だとか、それはそれでよく聞くフレーズを発したいわけじゃない。意味がわからないというのとも違う。「桜吹雪のサライの空」とか、本当に意味がわからないものに比べれば全然簡単な単語の組み合わせだし、意味するところはわかる。ただ、「ふつうの女の子」という言葉を聞くとその背後にある意味に大変敏感になるのだ。

普通の女の子です、が謙遜や自虐になる場合というのがある。別に彼女がそう言っていたわけではないが、このタイミングで大坂なおみが[284]「私はふつうの女の子」とか言ったらそれは「SWEET 19 BLUES」

で安室奈美恵が「だけど私もほんとはすごくないから」といったのと似たニュアンスであって、謙遜と、すごいすごいと言われるプレッシャーへの怯えと、日本人初のグランドスラム覇者ではなく時には或いは特定の誰かには普通の女の子として扱われたいという可愛らしさが混ざったようなニュアンスになる。

逆の場合も当然あって、私のようなAV女優たちもまた「ふつうの女の子」というフレーズをあてがわれがちなんであるが、それをするのは大抵謙遜ではなく救い上げてくれる親切の手、あるいはギャップ萌えのどちらかだ。永沢光雄はAV女優のインタビューをまとめた本に『おんなのこ』[285]なんていうタイトルをつけたが、これは割と前者。普通の女の子がなぜ、といった週刊誌の見出しは、エイリアンではなく普通の女の子が脱ぐからこそボッキするおじさま達の萌え趣味に近いから後者。ところで永沢光雄の光雄の字に自信がなかったので「AV女優　おんなのこ」でグーグル検索をかけたら、永沢の本のすぐ下に「普通の女の子はどのようにしてAV女優になるのか」という記事、そのすぐ下に「普通の女の子がAV女優になるまでの軌跡にカメラが密着」というAVのコピーが出てきて、すでに画面が「ふつうの女の子」バブルを起こしている。そして上の方の記事は新刊.jpのものなのだが、なんの本についての紹介記事なんだろうと思ってページを開いてみたら、私の本の記事だった。

別にメディアに「ふつうの女の子だもんね」と言っていただくまでもなく、AV女優時代はプライベートで抱いてくる男が結構そんなことを言ってくる。カメラの前でディルドー[286]を乳に挟んで喘ぎ声を上げるのは正気の沙汰ではないのだが、そういった普通の神経をしていたらできないことをしている女も、俺の腕の中では普通の女の子、そういったギャップ萌えを感じたいのか、或いは「普通じゃないことをしている女を普通の女の子扱いしている俺」に対するおごりを感じているのかはさておき、奴らの普通はどう考えても普通じゃないことが前提にある。そしてそんなフレーズに「そうなの、私ってふつうの女の子なの」と酔いしれる女もまた、自分の普通じゃないっぷりにだいぶ疲れている女である。

要するに「ふつうの女の子」というフレーズをことさらあてがわれる女、或いはインタビューで使うと座りがよくなりそうな女というのは、いい意味か悪い意味かの違いはあっても基本的には普通じゃないと世間的に思われている女なわけである。大坂なおみも安室奈美恵もAV女優も普通ではない。しかし彼女達も、テニスコートの外では普通の女の子、AV女優になる前は普通の女の子。そりゃそうだ。普通じゃない女の普通じゃない部分を取れば普通の女の子が残る。「シマウマのシマをぐるぐるとって」なんていう歌が頭をよぎる。しかし、シマウマのシマをぐるぐるとったらもはやそれはとる前とは全くの別物であって、わざわざシマをとって「シマさえなければ君はもうシマウマじゃない」と言わなきゃいけない状況というのは、よほどシマウマがシマウマであることに疲れているなど特殊な状況に違いない。

で、何でそもそも私は最近「ふつうの女の子」が気になりだしたのか、というところに話を戻すと、最近私の周囲の男女が姫野カオルコの小説『彼女は頭が悪いから』を読んで「ぜひ読んでほしい」と私や世間に訴えかけていたので、秀逸すぎるタイトルも気になっていたことだし、と思って読んでみた。そんなに覚えている人が多いとも思わないが、実際に起きた現役東大生による集団わいせつ事件に着想を得て書かれた同作は、実際の事件後に世間に被害者女性へのバッシングがあったことに呼応して紡がれている。どうして男の家にホイホイついていったのか、どうしてそれで被害者ぶるのか、そもそもなんでそんな事件が起きたのか、そういった世間の声に対して、簡単にいうと、彼女がヤリマンでも東大狙いのあざとい女でも特別バカでもヒステリックでもない普通の女の子で、加害者が普通の男の子ではなく東大生である、ということを強調したロジックが披露される。

小説自体は、有名私立男子校から東大といったエリートコースから親の事情で脱線した男性が「人の気持ちに寄り添えるタイプ」、そのままエリートコースを爆進した男性が「人のでこぼことした感情に無頓着なタイプ」といった書き分けなどやや乱暴なところがある（実際はエリートから挫折した男も女にひどいことはするし、高卒のヤンキーも女をコンクリ詰めにしたりする。基本的に男なんて高卒だろうがハーバード卒だろうが女の複雑さなどわからない）ものの、面白かった。しかし、被害者側の女性があまりに普通の女の子として描かれるから、頭じゃなくて性格が悪い私はやはり意地悪な思考に陥る。

クリーニング屋で働くお母さんと給食センターで働くお父さんの築いた「良き家庭」に育った、偏差値の低い女子大に通う女の子は普通か。確かに統計的にみても、貧困一歩手前にも見える実情は今の日本の普通ではある。しかし普通の女の子（なんていうものが実在するとして）は、普通の女の子であるという言葉を必要としない。グーグル検索で出てきたカメラが密着したAV女優程度には彼女にも普通の女の子としての軌跡はあるのだろうが、普通普通と言葉をしきりにあてがわれるAV女優程度にはどこかおかしいと考えるのが普通だ。元AV女優で東大院卒で元新聞記者の「ふつうの女の子」的には、彼女に与えられた言葉が「ふつうの女の子」である意味が気になる。

284――19年に世界ランキング1位となった米国育ち日本国籍のテニスプレーヤー。
285――96年に発表された『AV女優』の第2弾となるインタビュー集。業界内外から評判がよい。
286――乳に男性器を挟む、おっぱい好きには人気のパイズリだが、モザイク必須の日本のAVでは、ちんこにかけたモザイクが乳にかぶるのでそんなに撮りやすくないし、プライベートでしてもらっても多分その構図にグッとくる以外は大して気持ちよくないし、どこで味わうのが正解なのかよくわからない性技。AVではモザイク問題をクリアするために、ちんこ模型のディルドーなどを使って撮ることもしばしば。

ナンバーワンよりオンリーワンのあの歌も（一応）男の歌だし

2018.12

女だって、タクシーの運転手さんと、運転中の彼氏の横顔は、移動をさせてくれるというイミでは同じことをしていても全然イミ合いの違う存在だと思っていますよ。でも、そんな事を差し引いても、男って、女には何種類もいる、愛には何種類もある、と思いすぎじゃないですか？　ホステスと会社の同僚、妻と愛人、風俗嬢と彼女、母親とアイドル等々、それらが実は、もともとは同じ女の子だったなんていう風には全く思っちゃいない。だから、会社の後輩がデリヘル[287]で働いてた!!とか、娘がラブホで補導された!!とか、元カノがAVでた!!とかいうことが起こるとパニックを起こし、怒ったり泣いたりしてそのジャンル越えを責め、あるいは世にも奇妙な出来事のように過剰に興味をしめす。妻になった元・彼女が「女として見てくれなくなった」と嘆くのも、大体そんな男の性質に原因がある気がします。

そして私は、3年ほど前の不倫報道ブームに端を発した浮気議論も、根幹にあるのは男の狩猟本能とかっていうよりも、子孫を残す動物としての本態とかっていうよりもその、男の過剰なジャンル分け主義だと思っている。銀座のホステスとの情事は不貞にあらず[288]と判断したあの判例も、裁判官的には「嫁抱くのと銀座のママ抱くのと同じなわけねーだろ」って感じだったんでしょうね。それは多分、男的にはまちがっちゃいない。浮気される彼女の立場よりも、浮気相手にされることの多い人生を歩んできた私は、男の中で、彼女が1番で2番が浮気相手でないことも、どちらかがどちらかに取って代わることがないことも知っている。

さて、女はもちろんそんな風には考えない。マジメで安定した収入のA君と、ワイルドなB君の間でゆれるのは少女マンガの常だが、それは良くも悪くも男のように、A君は結婚用、B君は夜のお相手、と、そう器用に分けて考えられないからです。別に男のジャンル分け主義を責めはしないけど、彼女の浮気は、自分のそれのようなものではなく、いつでも自分が取って代わられる危険があるのは知っててネ。

287――デリバリーヘルスの略。ただし宅配されるのは別に健康とかじゃなくて女体。非本番系風俗の形態で、かつて主流だった店舗型ファッションヘルスに対し、ラブホテルや自宅への派遣型サービス。ゼロ年代から急速に一般化し、店舗型に比べて認可がとりやすく、高額な資金がなくとも車さえあれば運営できるため開業が相次いだ。24時間営業できるなどの利点もあり、今では店舗型を大きく凌ぐ主流形態となった。男性からすれば風俗街に出向くことなくサービスが受けられる利点もあるが、自宅に呼べない既婚者らはホテル代が余計にかかるので割高になるといった難点もある。女性からすると、風俗街の雑居ビルに通わなくていいので気軽に始められるし身バレの危険は少ない反面、ホテルや自宅で客と二人きりになるリスクや、ドライバー以外とあまり接触しないが故に風俗嬢同士のコミュニティ形成ができないなどの問題もある。

288――旦那の銀座クラブのママとの7年以上にわたる浮気に対して、妻が慰謝料400万円を求めた裁判で、14年に出た判決は、要は「枕営業」は店の売り上げのためだから不貞行為ではないし夫婦関係を乱すものじゃない、というものだった。

終わりなきミミクリを生きろ

2019.01

19歳になったばかりの夏に色々と思うところがあって、当時付き合っていた電通男と、とりあえず結婚して子供を二人ほど産んで、旦那の給料でナニーを雇って自分は最小限の苦労で子育てをしながらそのまま大学を卒業し、大学院に進み、貧乏がデフォルトの大学院生が到底買えないマノロ[289]の靴でゼミに通いながらポルシェのカレラで幼稚園のお迎えなどして、非の打ち所がない、と権威ある学会に認められる学位論文を書き上げて書籍化し、ついでにチャラリーマンの妻たちという自伝も書いて書店では家田荘子[290]の隣に並べてもらい、30歳になる頃には大学で正規雇用の教職の椅子を手にいれて離婚し、離婚指輪という名目でピアジェ[291]で特注のダイヤモンドリングを作らせ、それをはめた右手をチラつかせながらインタビューで「彼には感謝してるわ、少なくとも快適で幸福な20代を過ごせたもの。これからは私自身がより快適で幸福な30代を作り上げていくのよ。彼が残してくれた可愛い二人のボーイズが今の私の恋人よ」と語ろう、と強く意志を固めた。

そういうわけで、19歳の私はひとまず学習院卒のその男の機嫌を取ろうと日々なけなしのお金で彼の自宅1階にあったリンコスで食材を買って、表象文化論[292]の授業で読んで来いと言われたクープランドの本の代わりに料理の本を開いて、段取りと要領を覚える前の手間と時間だけかかってクオリティはスーパーの惣菜以下の料理をテーブルに並べ、何の義理もないのにトイレ掃除なんかをして、彼が脱ぎ散らかした服を「もう」とか言いながら頼まれてもないのに洗濯し、洗い物が終われば晩酌に付き合っていた。なかなか甲斐甲斐しいが何ともバカらしい19歳の夏。まぁでもピアジェの2千万円の指輪のためなので致し方ない。

人間というのは人間自身が想像しているより格段に意志が弱い生き物なので、当然強く固めた意志も年の暮れくらいにはタチの悪い白昼夢だったんじゃないかしらと綺麗に忘れて、私は二人のボーイズをもうける未来にも、学位論文が賞賛される未来にも繋がらない道を何事もなかったかのように再び歩き出すことになる。ちなみにボーイズもピアジェも手にしてはいないし、全く快適とは言い難いが、結構幸福な35歳になっているのでそれについては別に文句はない。ただ、人間というのは人間自身が想像しているより格段に過去に学ばない生き物なので、私はその後も誰かと出会うたびに「あ、なるほど前回までの彼氏はこの人と出会うためのリハーサルだったのね」と納得し、二人のボーイズをもうけて快適な30代のくだりを何となく反芻してまた強く意志を固め、そして膨大な時間を使って「もう」とか言いながら靴下を洗いつつ「仕事に支障が出ても将来的な幸福と何千万の指輪のためだし」と勝手に納得し、過ぎてしまえばまたそれらはアホくさい白昼夢として整理され、特に二人のボーイズに恵まれることもなく過ごしてきた。

今の所、誰かとの結婚生活の本番は始まっていないけど、延々と誰かと結婚生活ごっこは繰り返している。そういえば小さい頃も別にどんな人生を生きたいかなんておぼろげにすら考えていないのに、延々と家族のリハーサルのようなままごとをしていた。子育てが経済的にも体力的にも大きな負担であるだろうことをボーイズを生んでいない私にも予想がつくところだが、そんな大変なことも子供はままごとの中で演じずにはいられない。小さい子供は必ずベビーカーに人形やぬいぐるみを乗せてお母さんごっこをするし、結婚生活なんていう、実際に始まってしまえば味気ないであろうことも、毎日毎日飽きもせずままごとで再現される。別に予行練習をしているわけではないのかもしれない、とも思う。終わりなきナントカごっここそが人生なのかも、と。

先日、ユーロスペースで映画『ごっこ』（熊澤尚人監督、千原ジュニア主演）を観てきた。同名の漫画が原作となっている作品のストーリーは、無職の引きこもり男が隣の家のベランダから女の子をさらい、親子のような暮らしを始めるところから始まる。親子ごっこは少女の心を解きほぐすとともに、キレやすく生きる気力も希薄だった男を世界と社会に引き合わせていく。今年は邦画の当たり年だったように思うが、川谷絵音が手がけた主題歌も含めて本作は涼美的に今年公開邦画のベスト3に入るくらい好きで、生きていることがごっこであるのか、ごっこは生きることの前段階にあるのか、と逡巡しているところに、突然清水富美加[293]が登場したりして「おおおお」となったりもする（そもそも公開が遅れたらしくて撮影は彼女の引退前だったのですね）。

ただ、ごっこ遊びはごっこ遊びだけに、永遠に続きはしないので、彼らの親子ごっこもまた終わりがくる。小さい頃のままごとが毎回どんなエンディングを迎えていたかなんて覚えていないが、いつのまにか「お母さん」は私に、「赤ちゃん」は人形に、「お姉ちゃん」は同じマンションに住むエミリちゃんに戻っていた。終わりがあるのがごっこで、終わりなき日常が人生なのだとも言えるけど、そうしたらリアルの結婚生活だって離別や死別で終わることはあるし、そう考えると結婚も子育てもごっこ遊びとそれほど違わないんじゃないかと、やっぱり終わりある細かいごっこ遊びをつなぎ合わせたものを人生と呼ぶんじゃないかと、何度も繰り返した自分の恋人ごっこ夫婦ごっこを正当化するようなことが思いつく、冬の始まりでありました。

289――英国発の靴ブランド、マノロ・ブラニク。ジミー・チュウ同様、米ドラマの主人公が愛用していたことで日本の若い女性にもメジャーな名前になった。日本で買うと一足10万円前後する。

290――大人気映画シリーズ『極道の妻たち』の原作者。その他にも、エイズ患者や歌舞伎町住民たちなどセンセーショナルな対象に取材した作品で知られる。

291――スイスの高級時計ブランド。ダイヤモンドを使った高級ジュエリーも有名だが、富裕層以外は特に用のない店。

292――慶應ＳＦＣでかつて文芸評論家の福田和也が開いていた授業。

293――新興宗教への出家を理由に22歳で引退した元美人女優。人気絶頂での引退宣言は大々的に報じられ、宗教名の千眼美子も広く知れ渡った。

もし野球部のマネージャーがドラスティックにブスだったら

2019.02

よくある選択肢だが、自分は一度も取ったことがないし、その選択をした友人というのも聞いたことがない、というものは結構ある。中学の時にジャニーズのファンになるとか、B'z[294]のライブに行くとか、彼氏との旅行先に日光東照宮を選ぶとか、ピースボート[295]に乗るとか、英会話教室に通うとか、EXILEのファンになるとか、運動部の女子マネージャーになるとか。大人になってカメラを始めるとか、髪を三つ編みにするとか、ABCクッキング教室[296]みたいなとこに通うとか、今年の水着をあえてワンピースタイプ[297]にしてみるとか、運動部の女子マネージャーになるとか。アースカラー[298]のコートを選ぶとか、短大に入学するとか、小さいリボン付きの靴を買うとか、運動部のマネージャーになるとか。

「コインで占った明日を生きてく～」と歌ったのはL⇔Rだが、私らがコイン投げを必要としているのは明日の予定の中でもかなり細部の選択肢についてな気もする。人は硬式テニス部に入るか軟式テニス部に入るか、とか、水着を白にしようかネイビーにしようか、とか、リーガロイヤルにしておくかウェスティンに泊まるかということではものすごく悩むけど、もっと手前の大きくて多分重要な選択肢を無意識にぶっ飛ばしてそこまで来ているということが往々にしてあるし、その場合、使っているコインが不良品っていうか完全に偏ってるものってことになる。少なくとも私のコインの表にも裏にも女子マネになるという目は印字されていなかった。思えばその頃から、私の人生は何かに偏っていて何かに欠けていて不穏な空気が漂っていたのかもしれませぬ。しかし、全然即物的な理由なんてなくても（男子バスケのマネージャーやってくれたら付き合ってあげてもいいよ、と男に言われれば私だってやるし、お金がもらえるなら女子バスケのマネージャーだってやってやる）、自然と部活を決める時に男子ナンチャラ部のマネージャーになるという道を選べる女だって多分いるし、少なくともそれが選択肢に入る女というのは絶対いる。なんでいきなりそんなに女子マネ的メンタリティに劣等感を覚えているか、というと、最近、齢35歳になって、人生の損得というのを考えるようになったからだ。強い意志を持って、あるいは悩んだ末、あるいは何かを犠牲にして選び取ったものに関しては、それが結局プラスにならなくて、むしろ全然もう一つの選択肢の方が良くても、まぁ大人ですし過去には戻れないですししょうがないと思いますけど、知らぬ間にぶっ飛ばしてた選択問題については後から、いやーんこんな選択肢もあったよね、そういえばいつ放棄したんだっけ、ってな感じで後味悪く思い出される。私は日サロに通ったこととかおっぱい丸出しグラビアとかもっとすごいの丸出しビデオとかいちいち後悔することばかり起こった人生だったけど、それは別にしょうがなくて、女子マネージャーを選べないことにこそ問題があったような気がする。

女子マネになるとはすなわちどんな事態なのだろうか。感謝はされるかもしれないが、自分の名前が記録には残らない。好みの男性の近くにいられるかもしれないが、なんとなく誰でもできそうな気がする。ゆくゆくプラスになるかもしれないが、とりあえずその場ではタダ働きをさせられる。無料で好きでもない男の汗臭いタオルとかを洗い、好きでもない男のためにポカリの粉[299]を解き、好きでもない男にバンドエイドを貼る。お茶汲みＯＬは少なくとも給料はもらっているし、専業主婦は一応「好きでもない男」ではない男が相手ということになっている。ＯＬや主婦を選択するメンタリティはまだ全然健全な気がするんだけど、一応そういった言い訳のある二つに対して、女子マネの無償労働感とか自己犠牲感とかがハンパない。しかし女子マネさえ経験していれば、ＯＬはお給料がもらえるという時点で、専業主婦は愛している旦那のパンツだけ洗えばいいという時点で、ずいぶん簡単で楽で、若い頃より幸せになったと感じられるのではないか？　嗚呼女子マネ。女子マネ最強説。

私はできれば目立ちたいし、できれば楽をしたいし、できればお金も欲しい。そして何より楽して目立ってお金を儲けられればそれすなわちサイコーと思って生きてきた。選んできた選択肢、そして迷って捨てた選択肢すら、なんとなく目立てるもの、なんとなく現金がもらえそうなもの、なんとなく楽できそうなものばかりでごじゃります。楽して目立ってお金がもらえるといえばキャバクラ嬢とセクシー女優なんて考えてみればもろにそうだし、そうやって生きて来て今は別に大してお金なんて持っていないし、本意な形で目立ってもいない。今となっては地味な労働を積み重ね、好きでもない男の相談に乗ったり、面倒臭い女のいざこざの仲裁をしたりしてようやく社会に居場所がもらえる程度。

果たして女子マネという、目立たなくてお金がもらえなくて楽ができなそうなことを自ら進んでごく自然に選んでいた女子たちだって、もちろん人に言えない苦労や悩みはあるのだろうが、私や私の周囲にいる、不安定な独身で世間の荒波の荒々しい部分をものすごく荒々しくぶつけられている負け犬女たちにそういう選択をした人間がいないということは、少なくとも元女子マネたちはこのような状況にはあまりなっていないということだ。目先の損得を考えず、一歩でも二歩でも引きながら、前時代的だとかいうリベラルおばさんの叱責にも負けず、フェミにおもねず、現金を要求することもなく、もしかしたら人生の勝ちをいち早く掴んでいるのだとしたら、それは例えば16歳の時点で持っていた先見の明でも美徳でも哲学でもなんでもいいけど、それが私たちよりずっと優れていたことになる。しかし悩んで捨ててすらいないその選択肢を見つけられなかった私たちは一体いつまで遡れば女としての初期不良が見えてくるのでしょうか。嗚呼やっぱり女子マネ。女子マネ最強説。

294——88年の活動開始から、売れ続けていたロックユニット。いかにもロック！ という感じの特徴的な歌い方のボーカルも、Mステのオープニング曲を弾くギターも実力派に違いないが、「ultra soul」などいじりがいのある曲タイトルも多くてちょっと笑える存在でもある。熱狂的ファンは男女双方に多く、特におじさんは稲葉氏を意識した歌い方やファッションを取り入れるのでたちが悪い。

295 日本のNGOが国際交流という大義名分で運営するクルーズ。国会議員の辻元清美が設立メンバーの一人だった。99万円と格安の「地球一周の船旅」に乗る若者については社会学者の古市憲寿がデビュー作『希望難民ご一行様』で詳しく取材した。9条ダンスなど政治色はそれなりにある。

296 おしゃれなビルに入居しがちな料理教室「ABCクッキングスタジオ」。暇な女性たちが女子力向上を狙って通う。

297 水着なんていう、普通は年に何回かしか着ないものをなるべく毎年いくつも買ってもらうために、アパレル会社がバリエーションとしてビキニ以外の水着を流行らそうとして久しいが毎回微妙な空振りに終わる。ビキニのほうが可愛いに決まってる。

298 派手な色を着ている人より面倒くさい人が着がちなカーキやブラウンの、要は土気色の服。

299 運動部出身の男性たちが思い出話で出しがちな粉から作るポカリは、薄めることで比較的安く済むために部活などで大量に提供する時にはお得。

年の初めに男の値付け

2019.03

年明け早々、私も連載を持っている週刊誌[300]が炎上していて、要は飲み会で持ち帰りできる女子大生の大学名をランキング方式で紹介した、という理由なのだけど、炎上を主導した女学生の主張が「女性蔑視」だということだったので、じゃあ男を怒らせる大学ランキングって何だろうということを考えると意外と難しいな、ということになって、携帯でいくつも擬似ランキングを作っては、「うーん違うな」「これじゃ怒らないな」とひとりごちながら、私の新年一週目は過ぎていった。

当然、「ヤレる男子学生が多い大学ランキング」では話にならない。というか18歳から22～23歳の男は、いくら草食[301]ブームの昨今であっても、目の前に女体を差し出されたら一応多くが手は出すだろうから、ヤレる男子学生＝ヘテロセクシャルならほとんど全員、ということになるので、ランキングの意味がないし、そもそもヤレる男子学生ランキングに女側の需要がない。そこはやっぱりヤリたい男とヤらせてあげる女という非対称性は確固としてあるし、もったいぶってる女側としては、たとえ自分の方がギラギラに性欲と恋心が燃えたぎっていたとしても「ヤらせてよ」とは言わないだろうし、そこは強気で「ヤらせてあげる」と言うだろう。

「ヤリチン[302]が多い大学ランキング」だったら女性側の需要はもうちょっとあるかもしれない。ただ、その需要ってこの大学の人と近づけばセックスできるぜ、という積極的理由というよりは、この大学の男に捕まるとヤリ捨てされる可能性があるから気をつけて、という需要だけど、何れにせよ多少の文言の違いはあれ、こういった大学名や企業名はすでに結構女子の中では共有されている。〇通の合コンは持ち帰られがちだとか、〇〇商事は爽やかに見えて肉食系だとか。で、そういったランキングに男が怒るかというとこれも甚だ疑問だ。ヤリチンというのが差別用語になるかといったら、これ本人たちにとっては名誉でもあるわけで、ランキングに入った大学に通う品行方正な男子学生は、僕はそんなことないですけど、という言い訳が若干面倒、というくらいの不具合はあるかもしんないけど怒るほどのことでもないだろう。

「セックスが下手な大学ランキング」だったらどうだろうか。うーん。これならちょっとは破壊力がありそうだけど、セックスの上手・下手は極めて判断が曖昧なので、結局「童貞が多い大学ランキング」になり、それだと一位に東大とか偏差値の高い大学がきて、高偏差値の大学というのはこれくらいの軽めの悪口なんて秒殺で弾き飛ばすくらいの盤石さがあるので、これもクレームは少なそう。「騙しやすい男が多い大学ランキング」ならもうちょっと不名誉だけど、美女に騙されるというのも悪くないな、とかいう男のM気質を考えると、やっぱり怒るという行為とはちょっと違って逆に妄想が広がりそう。

そう考えるとやっぱりシンプルな上にそんなに面白くないけど「モテない大学ランキング」が一番名誉を毀損する力はありそうだ。これは「どこの大学の男とは付き合ったり結婚したくないですか」とでも聞けば、例のヤレる女子大ランキングよりはよほど精緻な順位がつけられるし、言われた方としては「○○工大？　ああモテない大学ね」と実害がある。

　と、思ってネットで引いてみたら、「彼氏にしたくない大学」「モテない大学」はそれぞれちゃんと毎年統計をとっているところがあって、理系大学が上位にくるという別に普通の結果が割と普通に調べられた。今回の炎上で削除された記事とかも実はあるかもしれないけど、今のところ全く炎上はしていない。3年後くらいに、フェミ[303]女に踏みにじられた男の逆襲が始まる、というのが私の見立てなのだけど、その頃になったら炎上したり謝罪したりするんだろうか。「理系はモテない」というのが理系蔑視の固定観念だ、という論理は通るとしても、この大学の男は彼氏にしたくない、というのが男性蔑視である、という怒り方は難しそうだけど。

　というか、冒頭で話したように「ヤレる大学」だと男女の需要の差というか、セックスに対するイメージの非対称性があるから難しいのだけど、「モテない大学ランキング」だったら男も女も似たようなランキングができるので、男の統計を取ったら女の統計も一緒に取るだろう。だからそれを性別差別だというのは難しいだろうけど、そんなことより男による「彼女にしたい大学」「彼女にしたくない大学」と、女の「彼氏にしたい大学」「彼氏にしたくない大学」のランキングの差が面白そう。彼氏にしたい大学は、偏差値が高い、お金持ちが多い、イケメンが多い、くらいの要素で分析できるだろうけど、彼女にしたい大学はそういう数値化できるもので分析ができるかどうか。私は統計を取っていないけど、予想ではもっとイメージとかそういうものでできていそうだし、彼女にしたくない、の方に偏差値が高い大学が入っている可能性も多分にある。

私は下品な企画も売り物である週刊誌が「ヤレる女」なんていう下品な言葉でランキングを作ることよりも、モテる大学ランキングの内容が男女で多分ものすごく違うことの方がよっぽど面白いし納得もいかないのだけど、というか、週刊誌を炎上させている人も本当はそっちこそが怒りたいポイントな気もするのだけど、それは突き詰めると、なんで男ってこういう女が好きなの？　しょうがないじゃん恋は落ちるものなんだから、という不毛な応酬になるから、叩きやすい下品な言葉にとりあえず噛み付いている、というように見えてしまう。そもそもヤレるのが女性蔑視だと言われてもそんなにピンと来ないけど、ヤレるというと響きがいかにも「セックスはしたいけど付き合いたくない」という風に聞こえて、名前が挙がる大学の生徒は、セフレにはなれても嫁にしてもらえないという感じがすることの方が当の女子大生たちを怒らせているんじゃないかなぁ。

300――週刊SPA!の特集記事に関して、SPA!を「エスピーエー」と呼ぶ女子大生が女性差別的だと署名活動とクレーム申し立てを行った事件。しかし特集記事はギャラ飲みの話だったので、搾取されているのは女子ではなくおじさんの真心だという問題はある。

301――コラムニストの深澤真紀によって提唱された、セックスに貪欲ではない、ひと昔前の男だったら「何が楽しいんだ!?」と言いたくなるような若い男性たちの総称。対義語は肉食系。

302――不特定多数の女性と、特に責任をとらないセックスを繰り返す男のこと。承認欲求型の者もいれば、コンプレックス型、本当の愛を知らない型、一回ヤルと興味が失せちゃう型など色々。

303――一時は社会学の大学院生くらいしかあまり語ることがなくなっていたが、SNSによってにわかに再び注目を集めるようになったフェミニズム。最近では、女性蔑視と見られる表現や規則を祭り上げる形で盛り上がることが多いが、弱い者が弱いまま自由でいられる社会、といったかつての提唱とはあまり一致しない方向に向きがちでもある。少なくともアカデミズム用語としてのフェミニズムとは随分とかけはなれた代物として、男女の対立を煽っている。

後悔はしても反省はしないタイプ

2019.04

「ワタシさ、自分の失恋の歴史に感謝しかないんだよね」と言った友人がいた。自分の過去の恋愛に、ではなくて、失恋の歴史に、というところがミソ。たまにいる、よくモテていらっしゃるのになぜか本命の恋に報われない美人、みたいな、彼女はまさにそんなタイプの美人なのだけど、雑魚を雑に手玉に取りつつ、大切に大切に育てる本命の恋のお相手が、なぜか毎回どの雑魚よりもクズで、当然恋しているときはそんなこと気づかないし、結構尽くすタイプの彼女は自分から男を捨てることはあんまりなくて毎回捨てられてはこの世の終わり状態で泣くのだけど、後から思い起こすと本人的にもイヤあれはクズだろ、と自分ツッコミを入れたくなるらしい。つまり冒頭の発言は、自分はフラれるべき男にちゃんとフラれてて、そのおかげで今はクズと付き合って不幸になっていない、シェイシェイ、という意味だと思われる。

で、彼女が今何をしているかというと、あまたのクズとの失恋を経て、30歳になったある日突然雑魚の中からマシな雑魚を選んで結婚し、娘を二人産んで、側から見てスーパーハッピーな家庭を作り上げている。まぁこれは割とよく描かれるサクセスストーリーであって、若い時に思う存分、自分のハートやら子宮に従った恋をして、自分のハートやら子宮には従わない方がいいっぽい、という教訓を得て、ハートと子宮に相談せずに頭と第三者に相談して良い男を見つける。ただ、そのためには余程「もう若くないんだし、こいつとは別れよう」という理性を持っていないといけないけれど、本格的に年をとるまで普通人間は自分が年をとっていることなんて気づかないので、彼女のようにクズにしっかりフってもらえた、というのは確かにラッキーでありがたいことなのだと思う。彼女的には、思えば随分無駄な男に無駄な時間と労力と場合によってはお金まで費やしてきたなぁという感じなのだろうけど、現在が幸福だからか、経験から学んだという自負があるからか、あの過去のおかげでやり残した感がなくてスッキリしているからか、そんなに過去を後悔していない。まさに感謝と反省をして、後悔はしない、人間として大変格好の良い姿。

　という話を最近割と本気で結婚しようかと思っていた男にフラれて落ち込んでいる友人にしたところ、「いや私は、その彼女でいうところの、雑魚の中から選んだマシな雑魚にフラれたんだけど」と速攻で返されて、ああ確かにこの友人の最近別れた男って、時々不機嫌になるとか子供の教育方針で変なこと言うくらいの不備はあっても基本的にはゴミ捨てとかエアコンの掃除とかやりながら文句を言わずに家族のために地道に働いてお小遣い制で我慢してくれそうな、顔は綾野剛[304]からイマドキ感と華とおしゃれ感を全て引き去ったみたいな、でも実家は江戸川区[305]の結構大きい一軒家である男だったな、と思った。それまでスーツが似合わなくて経験人数のやたら多い男とばかり付き合ってきた彼女としては、ようやっと「もう若くないんだし、地に足をつけよう」という理性を持って選んだはずなのだが、年末年始に好き勝手に女友達と3回も旅行に行って、男友達と飲み歩いて、無駄な買い物とかしていたら、カード請求80万円と失恋が同時にやってきたらしい。

　そういえば冒頭の彼女とこの80万円失恋女は両方結構美人でモテるし、年もほぼ同い年なのだけど、前者がクズとばかり付き合って、しかもそのクズにことごとくフラれてきたのに対し、後者はクズと付き合っては自分から別れて、時々思い立って雑魚系男子とも付き合っていた。それで毎回「なんであんな男に死ぬほど惚れてたのか自分でも謎すぎる。サイテーな男だったわマジで2年間無駄だった。正気に戻れてよかった」とか「やっぱり私恋愛体質だから、頭で選んだ人はダメだった。男として見れない」とか言って、性懲りも無く同じような過ちを数年サイクルで繰り返す。まさに後悔はするのに反省してないタイプ。

　私も後者なのはいうまでもないのだけど、なんでこんなことを考えているかというと、最近、他のことは一切加味せずにヒロインの男癖にのみ注目して古い映画を見返すのにハマっていて、スカーレット・オハラ[306]とかホリー・ゴライトリー[307]とかサブリナ[308]とか、マリリン[309]が演じる金髪アイコンたちとか、結局女性を描いた映画ではどんな女も一度は雑魚かクズかで揺れ動いていて、ただハッピーエンドというのは基本的には、クズではなく雑魚の魅力と愛に気づいて雑魚を愛するようになる、というものだというのが大体わかった。日本のテレビドラマだって大体そうなのだけど、一方『ストロボ・エッジ』とか『天使なんかじゃない』とか『今日、恋をはじめます[310]』とか、名作少女漫画の方はというと雑魚に支えられながらもクズが心を開いて愛してくれるというものが多い。それは今まで、少女漫画は子供向けのファンタジーであって映画やドラマの対象年齢はそれよりやや高いからだと思っていた。

しかし現実と照らし合わせてみると、映画とドラマのパターンもまた超ファンタジーであって、現実ではそんな、トンネルを抜けるとそこは雪国[311]だった的に、雑魚を選んだ瞬間にパーッとした幸福の景色が訪れるのではなく、もっとゆっくり、静かに、事後的に、あるいは結果的に柔らかい幸福の光景が訪れるものらしい。ただ映画やドラマはドラマチックをそこまで描く時間もないし、その部分は文字どおり静かで地味だから、その〝ゆっくり〟を光速で省略して、雑魚を愛する幸福というのをもっと突然圧倒的に訪れるもののように描いているのだろう。そしてその光速省略を理解している女はクズとの時間を慈しみながら後悔はせずに幸福を掴み、幸福の圧倒的な感じを健気に信じる女はクズでは幸福になれないと知りながらも、雑魚に抱かれた時に全然訪れてこない圧倒的な幸福をいつか手に入るものだと夢見て後悔を繰り返す。というような自分勝手な分析で友人を分類したり、男をクズと雑魚に綺麗に分けたり、映画の一気見をしてわかったような気になったりしている私が今でも後悔を繰り返しているので、やっぱりこの法則には説得力がない。

304——『新宿スワン』での好演も記憶に新しい、トヨエツ以来のヘビ顔イケメン俳優。男性受けがいまいちよくない。

305——足立区や北区、板橋区に比べて印象が悪くないが、住みたい街ランキングに入ることもあまりない、微妙な立ち位置の区。千葉県との県境。

306——『風と共に去りぬ』でヴィヴィアン・リーが演じた主人公。南北戦争の頃の米南部の農園主のお嬢さんだったため、戦争に巻き込まれて苦労するものの、強い意志とプライドで生き延びる。ちやほやされて育ったのでもともとの性格はエゴイスティックで文句ばかりたれ、計算高い。

307——『ティファニーで朝食を』でオードリー・ヘップバーンが演じた主人公。華やかなものが大好きであやしい仕事で豪華な生活を送っている。

308——『麗しのサブリナ』でオードリー・ヘップバーンが演じた。富豪一家のおかかえ運転手の娘で、身の程知らずな恋をしているが、留学後、見違える美女になって帰還。かつての愛しの君を含む多くの男性の注目の的となる。

309——今でもセクシー金髪美女の代名詞であるマリリン・モンロー。代表作『紳士は金髪がお好き』などで演じたちょっと天然の金髪美女が十八番だが、『荒馬と女』などでは意志の強いヒロインを見事に好演した。

310——武井咲主演で映画化もされた水波風南の少女漫画。いかにも真面目で地味な三つ編み少女が学校一のモテ男と隣の席になるところから始まる、スーパーティピカル少女漫画。

311——川端康成『雪国』より。

死ニシズムからの解放なんてある？

2019.05

友人でもある演出家のペヤンヌマキ[312]さんの新作を見に久しぶりにＩＷＧＰ[313]（池袋の東京芸術劇場のことを未だにこう呼ぶ世代ｗ）に行ってきたのだけど、前日に聞いた2個上の友人女子の最近の恋愛近況報告があまりに救いがなかったせいか、朝からパンケーキとか食べてから出かけたせいか、たまたま誰も捕まらなくて元彼に観劇を付き合ってもらったせいか、履いていたのが8年前に買った汚いプラダの靴だったせいか、とにかく途中から胃がキリキリ痛んで仕方なかった。こんなに胃腸にずっしり負担がくるのって、空腹のテキーラ[314]とその後の叙々苑リブロースなんじゃないかっていうレベルのやつ。主演の鈴木砂羽[315]さんの歌は耳の後ろにこびりついて3日ほどとれなかったし、主人公の「ダメな元恋人」として登場する男の仕草が隣で座って観ている男のそれと全部シンクロして見えるし、原稿が書けずに机に向かうシーンではすっかり忘れてた単発の書評依頼を思い出すし、私は上映時間中、ペヤンヌさんが取ってくれた良い席からヤダもう許してとか言って逃げ出しそうになるところを、もう一人の自分によって縄で席に縛りつけられてるみたいな変な漫画みたいな妄想に取り憑かれていた。

　超簡単に説明すると、そこそこヒット作もあってセンセイなんて呼ばれてドラマ化の話もくるんだけど最近もうめっきり新作なんて書けないし日々筆が進まないどころかもうだいぶ筆を握ってもないダメダメな年増の漫画家が、若い頃の馬鹿臭い男遍歴とか痛い感じの自意識とかそこから別に成長してない自分とかにマジでだせえとか思って自己嫌悪になってて、でもまた性懲りも無く変な若い男掴んじゃって傍から見ても超だせえって感じになってるんだけど、そういう呪縛を断ち切って、ちゃんとまた自分のことを認めてあげられるようになっていく話。若い女ってバカだし思い込みは激しいし恋愛体質だしもうほんとに痛々しいけど、そういうバカっぽい経験積み重ねて色々見えちゃって変に賢くなっちゃってる年増なんて、なんでも斜めから見るし真っ直ぐ物事を捉えることなんてできないしとにかく皮肉っぽくてさらに可愛くない。でも、一周回ってちゃんと向き合ったらその状態からちゃんと前に進めるっていう、優しいお話。

　１９８３年生まれ、鈴木涼美氏はついに２０１９年の今年、年女になってしまって、当然大学卒業してちょっとだけ大人の自分になりました的な24歳の年女ではなくて、若い女を卒業しちゃってだからと言って若い女に代替するようなザクッとした自分の立ち位置みたいなものの名前を獲得していない、雑に言うとおばさんであるという以外にこれといったアイデンティティがないっすよ的な36歳の年女で、もちろん結婚も離婚も出産も育児もしていないから実は24歳の時に比べて進んでいるのはほんとに純粋に年齢のコマだけ！　人生のコマはぜんっぜん進んでないし女のコマはむしろ後退しすぎてどっかいった、って感じのすっごい情けない歳を生きているわけです。なんか結構うまい飯食ってても、隣で「うわーすごい量のイクラ！　こんなの初めて！　マンモスウレピー」[316]とか言ってる若い女がいたりすると一気に、もうあんな風にキラキラした目で寿司を見ることなど一生ないのだろう、と変に暗くなるし、それで「お前可愛くねーし奢りがいがねーよ」と言われても「しょうがないじゃないか、歳を重ねれば重ねるほど、こんなの初めて！も、うわー！も減るんだから。文句あるなら自分で払うし」とさらに可愛くない返ししか思いつかず、だからといってその場でそんなことを言うほどの度胸だってそれはそれで若さとともになくしちゃったんだから勿論そんな非常識なこと口走らずに「もおーそんなこと言わないでくださいよっ」と需要のないボディタッチ付きの社交辞令で切り抜ける。

　物分かりが良い、とかいうのはある意味、すでに絶望している、というのとほとんど同義なので、ものがわかっている状態から物分かりの悪い、つまりまだまだ夢を見てるし世界を信じている状態に戻るなんていうことはできない。バカな女やうぶな女がなんだかんだ最強だということがわかっていても、知ってる公式を忘れてバカに戻るなんていうのは少なくとも今度は70歳を過ぎるくらいまではできないわけです。ものを知らないバカもまぁまぁ辛いけど、それはそれで別のもの、それこそウブとかピュアとか頼りなさげな足元とか素直とか、いろんなものによって人の助けを得ることができる。ものを知ってる上でのバカは、世に対する皮肉と冷笑ばかり上手くなって、そんなものは朝刊の一面の下の方の2行くらいでは需要があるけど幸福のコマを進めるのには何の役にも立ちません。それは別に漫画家だろうが文章家だろうが実はそうで、筆先をちょっと彩る冷笑主義はオシャレだけど、それが自分の心と生活まで降りてきてしまったら、もうそれはオシャレじゃなくてほとんど死に体。笑うとか微笑むとか胸がぎゅーっとなってきゃーっとなってわーっとなるとか、そういうことにロックをかける、とても嫌なものに化けてしまう。
舞台の上の鈴木砂羽は男に過度に期待するような自分の弱さとか思い込みとかを認めて捨てることでそこから解放されていったけど、私にそんな解放って待っているのだろうか。初めてー！も、うわー！もめっきり減るのは仕方ないけど、「どうせ私なんて」と「どうせ世界なんて」の絶望を知ってなお、無邪気になれる魔法があるのなら、少なくとも顔のたるみを取るためのウルトラコラーゲンVリフト[317]を諦めてでも手に入れたいのだけど。

312——女性ＡＶ監督で、演劇ユニット「ブス会＊」も主宰する。ＡＶ女優の舞台裏を描いた舞台『女のみち』は名作です。
313——２０００年に放送され、長瀬智也、窪塚洋介などが出演していたドラマ『池袋ウエストゲートパーク』の略称。要は池袋西口公園。ドラマの脚本は宮藤官九郎、原作は石田衣良。当時流行していた新型不良「カラーギャング」を全国に知らしめた作品。
314——罰ゲームなどでショットで飲まれることが多いテキーラだが、歌舞伎町ホストクラブではシャンパンより気軽に単価を上げることができる。
315——90年代から多くの作品に出演している女優。ものすごくヒットした主演作品は少ないが、サバッとしたキャラクターや美貌で実は結構女性ファンが多い。
316——86年にアイドルとしてデビューした後、のりピーの愛称と語尾にピーをつける独特の喋りで人気者に。90年代には『ひとつ屋根の下』のほか、手話を習って挑んだ『星の金貨』など本格的に女優業を開始。歌手としても「碧いうさぎ」がミリオンヒット。男性受けする正統派美女で清純派のイメージが強かったため、09年に覚せい剤の所持で逮捕された時の衝撃は沢尻エリカ以上だった。
317——顔が若返って、ついでに余計なお肉もとれるらしい、高額な現代の魔法。

思想という名の服を着て

2019.06

新元号の有識者会議で、宮崎緑[318]さんが白地に黒のパイピングの紬の和服で登場し、「卑弥呼が蘇った」と一部で話題になった。取り立ててファッショナブルなイメージがない女が、ここぞ！といって思いっきり気合いを入れると、面白いイメージのない人が死ぬほど気合いを入れて笑えるスピーチを試みた時と同じようなスべってる感が出る、というのはたまにあって、やわらちゃん[319]のウェディングベールとか、猪口邦子氏[320]の入閣時の青ドレスとか、なかなか壮絶だった記憶はある。それ、今あなたに求めてないんだが……という気分になるし、悪目立ちする。

という話をAbema TVのワイドショーでしたら、コメント欄にはお前が言うなとかそのドレス着て言われてもといったお節介な暇人たちのボヤキが続出し、共演してた江川達也[321]先生からも「服の話をしながらそんな服を着てらっしゃるのは面白い」とご指摘を受けた。その時私はヴェルサーチ[322]の真っ黒のブラックドレスにジミー・チュウのシルバーのパンプスを身につけていて、割とフォーマルめな格好をしていたと思うのだけど、一応テレビだし気をつかって左腕の刺青を隠そうと思って両腕に指が出るタイプのレースのロンググローブをつけていたからちょっとSM風だったのと、購入した時よりやや太っているのでお尻や胸が溢れんばかりだったのは確かに否定できない。

女は色々難しいのですよ。カジュアルな服装で（＝ノーネクタイでジャケット）とか、フォーマルで（＝タキシード）とか、よくわからないけど一応ちゃんとした場所です（＝スーツ）とほぼ規定されている男の人にこの苦労はわかるまい。そもそも日本は洋装文化が浅いから、正装と言われたところでイブニングドレスなのかパンツスーツなのかもよくわからないし、外資系ブランドのショップ店員にカクテルパーティーに最適とか言われてもカクテルパーティーなんて銘打った会合に誘われた覚えはないし、オフィスカジュアルの定義は「オフィスであえてカジュアル」なのか「オフィスにしては割とカジュアル」なのかもよくわからない。

葬式には黒、結婚式には白ドレス以外、というくらいの礼節はわきまえていても、誰々のなんとか賞受賞を祝う会で、主役ではない人間が着るべきドレスが何色のどの丈かと言われるとイマイチよくわからない。社交界の貴婦人はそれくらいの心得はあるのかもしれないけど私にはない。だから30代くらいの常識の求められる年齢になった女がこぞって和服にハマる気持ちはよくわかるが、和服の世界も踏み込むとそこには深い沼があって、横好きって感じでうっかりパーティーに小紋[323]を着ていったら、訪問着を着た着物マニアに「inappropriateよ」と、なぜかそこは洋風な言葉で嫌味を言われた経験がある人もいるはず。私はあります。

昨年から、私的には映画が当たり年で特に今年に入ってから観た映画でクソつまんなかったものが一つもなかったんだけど、中でも『グリーンブック』[324]は面白かった。差別が色濃く残っていた時代のジャズミュージシャンやソウルシンガーの話はよくあるけど、南部で黒人は共同トイレも使わせてもらえないような時代に、超インテリで箱入りなクラシックピアニストの黒人をクローズアップしているのがいいし、無教養な労働者階級の白人との友情もバランスがいい。ポップスのランキングに入るようなブラックミュージックは一切知らないけど、紛れもなく人種的には黒人の彼が、「I'm not black enough, I'm not white enough」そのどちらにも居場所なんてないんだ、と孤独を訴える場面が映画のハイライトになっている。

30代の割にお母さんにもなっていないしVERY妻にもなっていないし、かといってパンツスーツを着る場面もなければバーキンを買うお金もない私はさしずめ、アイムノットワイフワイナフ、アイムノットキャリアイナフで、着る服すら決まらない。友人宅を訪問するだけでも、シャネルスーツ[325]を着るほど歳をとってもいないが、クリーニングに出さなくてもいいギャル服はもう二の腕が入らない。大体、肩書きにセクシーとか作家とか入っていると、お色気路線で需要に応えようと思えば「もうその需要は他の世代に移った」ということに気づかされるし、キャリア風にしてみれば「そのキャラはあなたじゃない」という視線を浴びるし、かといってありのままの自分というのは今着ている米粒のカピカピがついたスウェット姿だとも主張したくはない。だからなんとなく黒のちょっとセクシーなワンピースという、なんの思想もない服が楽なのだけど、それでも文句を言われるなら、次回は裸で出てやろうかとすら思う。どうせ15年前は裸でカメラの前にいたのだし。

以前、深夜番組で芸人のたむらけんじさんとトイメンの席に座る機会があって、その時たむけんさん[326]は衣装か私物かはわからないけどデニムのシャツのようなさりげない服を着て自然にそこにおられて、かつて裸で商売していた者同士なのに、私の方はどうにも場違いな感じのドレスで、未だに服を着るのに慣れていない感じがぬぐいきれていないような気がした。15年かけてやっと服を着てカメラの前に立てるようになったのだから、服と自分の関係性を今一度見直さないと、確かに私も未来は宮崎緑だわ……と思う今日この頃です。

318——元ニュースキャスターの大学教授。天皇陛下（現・上皇陛下）の生前退位に伴う「元号に関する懇談会」の有識者委員のひとりとして、新元号「令和」の選出に関与。

319——五輪で2回、世界選手権で7回金メダルをとった女性柔道選手。愛称は浦沢直樹の漫画『YAWARA!』より。10年に民主党から参院選に出馬し、当選。

320——元上智大教授の政治家。小泉政権時の郵政民営化解散に伴う衆院選で当選し、入閣。少子化担当相をつとめた。

321——『まじかる☆タルるートくん』『東京大学物語』『日露戦争物語』などのヒット作を持つ大御所漫画家の一人で、テレビにもよく出演するヒゲのおじさん。エロ描写多め。

322——創業者のジャンニ・ヴェルサーチが連続殺人犯の男娼に殺された事件は、世界中を怒らせた。豪華絢爛、装飾的で派手なデザインが特徴。同時期に人気を博したアルマーニとは作風も正反対だったことからライバルと呼ばれることが多かった。

323——全体に細かい模様が入っている着物で、わりとカジュアルな場所で着るらしい。知らんけど。

324——18年公開の米映画。実在したピアニストのドン・シャーリーとそのドライバーだった白人トニー・バレロンガが、まだまだ黒人差別まっさかりの米南部ツアーに出かける話。「グリーンブック」とは人種隔離政策時代に黒人を対象に発行していたガイドブックのことで、黒人が利用できる宿泊施設やガソリンスタンドを記したもの。要は、そこに掲載されていない場所に行くと迫害された。

325——襟なしの短めジャケットにタイトスカートのCHANELスーツはいつの時代も女の子の憧れアイテム。とは言うものの、日本で着ている人には滅多に会わないし、着こなしている人にはさらに会わない。日本でもCHANELは他をはらうほど強いブランドだが、庶民がお世話になるのはもっぱら化粧品と財布などの小物である。

326——「ちゃー」のギャグでお馴染みのお笑い芸人たむらけんじ。焼肉屋を成功させたり、仮想通貨に詳しくなったりと、商売上手な実業家としても知られる。

腕まくりで迎えた改元

2019.07

4月は、平成が終わるということで平成の流行を振り返る企画やヒットソングを流す番組、平成の未解決事件の特集などがよく目に付いた。私もいくつかの企画でインタビューに答えたり原稿を書いたりしたけど、やっぱアムロちゃんのこと話すんでしょ、またアユ[327]のこと書くんでしょ的な感じで迫ってこられることが多く、私は天邪鬼で「これ好きでしょ」と言われると「ぜんぜん。むしろ嫌い」と言いたくなるタイプなのでげっそりしてしまって、新時代の幕開け（キラキラお目目）！　とか言って世の中が浮き足立っている休日、新時代どころか紀元前の中国を舞台とした映画を観ていた。

で、長らく漫画『キングダム』[328]を愛読していたので、「絶対に原作を超えることはない」と非常に斜に構えた態度で観に行ったわけだけど、思ったよりずっと序章に近いところしか映画化されていなかったこともあり、映画自体にはそんなに文句がなかった。一番美味しい役を長澤まさみ[329]がやっていたこと以外は。私は長澤まさみを見るとアレルギー反応が出る。顔や声や演技が嫌いなわけでも、逆に好きなわけでも、熱愛報道があった相手が私の好きな俳優なわけでも別にない。私は別に衣服を着けてカメラの前で演技をする趣味はないので女優さんになりたいと思ってるわけでもない。しかし、もし明日起きて自分が女優になっていたとしたら、やりたいなぁと思うような役は全部長澤まさみがやるんじゃないか的なやっかみを常に感じている。

　映画を観た帰りに友人とミッドタウンのザ・カウンター[330]でサラダを食べながら、男が舐め腐ってるという話と、私たちいい女なのにいい女と付き合う気概のある男がなかなかいないという話を、１０７回目くらいにしていたのだけど、その時に私の大変美人な友人が、大変トリビアルな気づきを発表してくれた。彼女の話に私の勝手な解釈と誇張を加え、令和元年に相応しいメロディをつけるとだいたいこんな感じ。

> 　多様性なんていうものは見出そうと思えばいくらでも見出せるものであって、何もわざわざ誇張して宣伝することもない。そして多様性は無視しようと思えばやはりいくらでも無視することができ、その方が世の中を鮮やかに映し出すこともある。女には、二種類しかいないのだ。私やあなたのような人間と、そうでない人間。さぁここのハンバーガーショップの中を見なさい、女たちを、女たちの身体を、女たちの袖を。女には二種類しかいない。袖をまくる女と袖をまくらない女。腕

まくりして袖を邪険に扱って生きている女と、その袖を味方にしている女。その二種類しかいないのですよ。

たしかにそこに袖がある限り、それをまくるかまくらないかは二択である。ただ、彼女の発見は、私も彼女もどの写真を見ても基本的にニットやカーディガン、ジャケットや時には薄手のコートやワイシャツまで腕まくりしていること、そしてその他の腕まくり系女子は30代になっても独身で仕事を適当にこなしつつ、恋愛で七転八倒しているということだった。ザ・カウンターの店内を見渡すと、腕まくりの女子は数人いて、全体的にかなりソッチ系というか、よく言えば自己責任のなんたるかは理解しており、人生をそんなに舐めてなくてそんなに運がよくない、悪く言えばなんか報われていなそうな女が多い。

腕まくりの対極にあるのがおそらく萌え袖[331]である。指が出るぎりぎりのところまで袖を伸ばして着て、そのまま身振り手振りで会話したり、サラダを取り分けたり、男の髪を触ったりする。袖口からのぞく指先が華奢に見えて、動きにくそうな手が頼りなげに、ちょっと寒そうにする様が儚げに見える。

私は萌え袖ができない。トイレで手を洗う時に腕まくりしたら、そのままその日一日そのまくりを解かずに過ごす。袖口が黒ずんできちゃうし、濡れたりするし、手が開きにくくて鬱陶しいし、そもそも邪魔である。別に特別暑がりなわけでもないのだけど、癖でどうしても袖をまくって作業する。あと、ゆるっとしたヘアセットで顔に髪がかかるのも苦手で、時々メイクさんに綺麗に巻いてセットしてもらっても、ついつい知らぬ間に無造作に耳にかけてしまう。

腕まくりと萌え袖は、それぞれ暑がってそう、寒がってそうに見える。暑がってそうな女より寒がってそうな女の方がなんとなく守ってあげたくなる。暑がっている女は、時に露出や汗などで迫力セクシー、みたいな演出にはなるものの、家に持ち帰りたくない感じはする。浮気相手や愛人には向くかもしれないが、本妻にはならないというか。実際には実力や知性や魅力があっても、表面的にはさむーいとか言って、萌え袖でそうテキパキ動かずちょっと無力そうで、俺がいないとダメな女のがいいと私も思う。ただ、それだけのことなら気づいた私や友人は腕まくりを解いて改善すれば良いのだし、そもそもそんなこと自明なので今までもしていれば良かったってことになる。多分、そう単純ではないのだ。袖をまくったり髪を耳にかけたりしている私たちは、自分ではお洒落したり乙女心になったり失恋で仕事が手につかなくなったりしているつもりでも、パブリック・ディプロマシーより実質を優先して生きている。袖が汚れて洗濯がぁとかトイレのたびに一手間がぁとか効率よくさっさとサラダとらなきゃぁとか言いながら、花より実を、夢より実用を、愛より生活を優先してきた感じが出ちゃってるのである。

そういえば長澤まさみなんて、おばかタレントや色っぽアイドルに大きく差をつけた実力派女優で、その中でもかなり大口で笑ったりはっきりものを言ったりしている、腕まくり系女子にも嫌われないタイプの女なのだけど、画像検索で出てくる彼女の写真はどれも綺麗に萌え袖になっていて、ああこういうところが、仲間に見えて全部持っていきそうというか、私らが勝手に裏切られそうな雰囲気を物語ってるのかな、なんて思った。

327——平成随一の女性アイコンとして長らく君臨していた浜崎あゆみだが、最近ではMAX松浦とのデビュー当初の激しい恋愛について書かれた本が出版されるなど、ちょっとアイコン的ではなくなっている。

328——06年から連載されているが、まだまだ終わる気配のない、原泰久による長編漫画。古代中華の秦の始皇帝時代の武将たちの物語。今日本で最も読まれて然るべき傑作。私の推し武将は王賁。

329——04年にセカチューこと映画『世界の中心で、愛をさけぶ』でブレイクした女優。ちょっとサバッとしてそうな女の子に好かれそうな雰囲気や、かといって男性受けが極めて良さそうな癒し系ルックスが鼻につく。

330——ハンバーガーやサラダの具を自在にカスタムできるカジュアルレストラン。
331——ゼロ年代に一気に一般に広まった、オタクカルチャーのスラング。もともとの意味である「芽が生える」を下敷きにしているのだろうが、それが、ボッキを誘うという意味なのか、心に恋の蕾的な可愛い意味なのかは、オタク以外にはよくわからない。私は東浩紀の本で初めて知った。

カッコイケメンに限る、の実態

2019.08

少ししつこいくらいに誘われたい（イケメンに限る）。最初くらい少し強引に押し倒されたい（イケメンに限る）。愛情が伝わるくらいは嫉妬して欲しい（イケメンに限る）。もっと私に興味持って欲しい（イケメンに限る）。部下とか後輩とか友人以上に女として意識して欲しい（イケメンに限る）。香水変えたら気づいて欲しい（イケメンに限る）。彼氏がいるのを知ってても構わず好きになって欲しい（イケメンに限る）。みんなでじゃなくて2人で飲みに行きたい（イケメンに限る）。

先日いつもと同じようなメンバーで、渋谷のもうすぐなくなるらしい喫煙ＯＫなカフェ[332]にて、A子といい感じのイケメンアラフォー男子が最近前ほど頻繁に連絡をくれなくなったという話とB子とごにょっとした関係のアラフォー既婚男子の誘いがいつもふわっとしているという話と最近C子が変なアラサー男子に告白されたという話をしていた。

A子の彼は、もう半年もそれなりに頻繁にセックスありのデートを重ねているのに核心にせまってはこず、最近はなんとなくこちらから誘えば快く会うものの、向こうが会いたくて会っているのか、はたまたA子が会いたいというから類い稀なるボランティア精神で会いにきているのか、他にも女がいるのか、いまいちつかみどころがない。一緒にいる時の態度はきわめて愛情に溢れているし、「君と話していると本当に楽しいよ」とか平気で言うし、でもこちらが連絡せず放っておくともう一生連絡が来ないような不安は常にあるし、基本的に二人の関係を言語化させる方向にさりげなく話を進めると、のらりくらりとかわされて手応えがない。

B子ともう長くひっついたり離れたりしている妻子持ちの男性はというと、A子の彼よりは頻繁に自分から連絡するという積極性は垣間見えるものの、何故かいつも「今から会いたい」とか「今から来て」ではなく、「今から来る？」「何してるの？」とこちらの意思や主張を尊重しすぎる及び腰な誘い文句で、あくまでそちらが会いたいなら、そちらが暇ならというスタンスを崩さず、気持ちを押し付けてくる強引さがない。なんか押し付けセールスのマニュアルや歌舞伎町のスカウトマンのマニュアルを踏襲しているかのごとく、「無理やりではなく、向こうが積極的に欲しがった」という言質をとろうとする。

「私は会いたいから行くよ。でも向こうはどうなのよ。会いたいの？　来て欲しいの？　どうしたいの？せめて『来ない？』とか『会いたいな』とか、むしろ『おいでよ』『来いよ』でもいいくらい。強く求められたい」とはB子の弁。これとハモるみたいにA子も次のように主張する。「なんで連絡くれないの？ってちらっと聞いてみたら、仕事忙しいかなって思ってとか、邪魔しちゃいけないかと思ってとか！　忙しいし時間ないけどあなたになら奪われたいっていうのが恋愛じゃないの？　なんで時間作って、とか頼んでくれないの？　強引に来るぐらいじゃないと、何考えてるかわかんない。好きだったら、絶対ちょっと強引になるよね？　いや、こんなことを考えるのはやっぱり、ちゃんと付き合うとか彼女とかいう言葉を言われてないからなのよね、はっきりしてほしい」。

これに対して、最近、前から知ってはいるけど特に恋愛対象として見たことはないし、見たいとも思わないのだけど、割と気前がよく、年下男子にあるべき礼節と乗り心地のよい車と高めの年収とテレビ局関係者持ち前の諸々のチケットをとれるコネがあるので仲良くしていた男子から、「気づいていたとは思うんですが、好きです付き合ってください」とセックスもしてないのに今時珍しい礼儀正しい告白をされたのはC子で、せっかく良い暇つぶしの相手、じゃないや異性のステキな友人を失い、大変お怒りのご様子。しかもそれまでは極めて控えめでこちらの誘いに尻尾振ってくるだけだったくせに、告白で勢いづいたのか、なぜかそれ以来「会いたいんだけど忙しい？」なんてLINE[333]を毎日のように送ってくるようになった。

「いや、気づいてたよ？　気づいてて気づかぬふりしていてあげた私の努力は？　はっきり付き合ってとか言われたらイエスかノーで答えなきゃいけないじゃんね？　イエスならセックスしなきゃいけないしノーならもう会うの悪いじゃん。いいじゃない、好きな私と普通に割といつでも会えるし一緒に遊べるしご飯食べられるのに、急いで答え出そうとするから台無し。それにこっちが暇だったらこっちから連絡するんだから、『毎日今日は会えない？』的な連絡してくんなよ図々しい」。

先ほどの二人も、自分らの言っていたことはすっかり忘れて、うんうんヤダァきもいと頷く。映画『愛がなんだ』[334]がヒットする理由が一目でわかるこの日常の一コマは、女の「こうしてほしい」「こうしちゃ嫌だ」が極めてアンフェアに判断されている様子をよく表している。題してカッコイイケメンに限るの法則。

女の方の差別感情がカッコイイケメンに限るに代表されるとしたら、男の方はカッコブスのくせにだろうなと思う。

勘違いすんなよ（ブスのくせに）。誘われたいくせに誘ったら嫌そうなフリするなよ（ブスのくせに）。褒めてんだから喜べよ（ブスのくせに）。ちょっと触られたくらいでイヤとか言うなよ（ブスのくせに）。送ってやったんだからやらせろよ（ブスのくせに）。

そう考えると近年社会人の男の息の根を簡単に止められるセクシャルハラスメントなんていうものは、男のカッコブスのくせにと女のカッコイイケメンに限るの合わせ技で成立しているのもよくわかる。女の欲望の5S（触られたい、誘われたい、しつこくされたい、好きって言われたい、セックスしたい）はもちろんカッコイケメンに限るので、それ以外にされたら「セクハラ！」と印籠を突きつけるわけだけど、男の方は男の方で、選ぶ権利があるのは美女だけ、と思っているのでまさかブスを誘って嫌がられるとは思うまい。

男と女の差別感情でうまいことできあがったセクハラムーブメント[335]を、男の差別感情だけで説明しようとすることに無理を感じるのはそのせいだ。

332——喫煙者フレンドリーではあるものの、接客には非常に難ありだった渋谷のカフェ「オンザコーナー」は本当に19年になくなった。

333——連絡手段として、一気にメールにとって代わって標準ツールとなったLINE。もともとは韓国の会社だが、このアプリを開発したのは日本法人。多くの欧米系アプリやSNSと違い、数多あるスタンプが特徴で、広告ビジネスというよりキャラクタービジネスなのがいかにも東アジアっぽい。よく使われているのは日本のほかでは台湾やタイ。

334——角田光代原作。正式な恋人じゃない男の言いなりになってしまう悲しい女の物語。

335——米国ハリウッドの大物プロデューサーのセクハラ告発から始まった#MeTooのムーブメントは日本にも飛び火し、上司や仕事相手のセクハラを気軽に告発する女性たちが増えた。

この世界のクソつまんない女たち

2019.09

大学にいた米国人英語講師(専門は映画史で小津[336]の墓参りに日本へ来たのが最初の来日だった人)が、「米のテレビも日本のテレビもまぁまぁクソだけど、日本のテレビドラマの退屈っぷりは国際的にも群を抜いている」というようなことを言っていて、さらにその理由として、「恋愛要素を限りなくゼロにしたものはまだ見られるが、恋愛が入ったらお金をもらっても全話見るのは無理なレベル」というようなことを言っていた。「ような」と付けるのは如何せん東海岸のガチガチなアメリカン英語のため私が正確に聞き取れてない可能性がめっちゃあるからなのだけど、とにかく「rubbish」だと言ってはいた。

確かに、一部の刑事ドラマや歴史ドラマは別として、いわゆるトレンディドラマの系譜にあるやつは、原作の本筋以外にどうやって恋愛要素を盛り込み、誰と誰をキャスティングするか、に体力を使いすぎて力尽きてる感があるのはなんとなくわかる。大手広告代理店から独立したクリエーターの話を基にしつつ、なんでか知らないけどアラサー女子の恋と仕事、みたいな恋愛ドラマに変わってた『恋ノチカラ』[337]なんていかにもそんな感じするわ。大手広告代理店の問題と、日本における独立の大変さがベースにちゃんとあるのだけど、なぜかドラマにするとそこに恋を諦めかけた深津絵里[338]が必要になるらしい。

同情の余地はある。30歳を過ぎてからは特に米ドラマばかりで日本ドラマも韓国ドラマも見なくなってしまった私が擁護するのも変な話だけど、それはタレントを出すというテレビの宿命を超えた「致し方なし」があるような気もする。というのも、私の日常を想起すると、人の恋話を聞いてる時間がめちゃめちゃ長いんだけど、女の恋話ってマジでクソほどつまらないのだ。普段はどんなに進歩的で多趣味で面白い人間であっても、なぜか恋の話をしていると、本当に気持ち悪いくらいみんな陳腐なことを平気で言う。

要するに、恋愛は人の面白みというものを根こそぎ無効化するチカラがあるらしく、もうホント恋してる女のつまらなさといったらマジない。

今年に入ってから、恋の一進一退を無限ループで繰り返している女友達がいるのだけど、彼女がどの宴席でも繰り出すその恋の不安、男への不満、幸せなひと時、苦しい瞬間、隠せない嫉妬、などのエピソードトークは、ハーレクイン[339]どころかコバルト文庫[340]すら遥かに凌ぐ手垢にまみれた表現のオンパレードで、「一緒にいるときは時間が経つのがはやいしすごく楽しいし、色々な不安とか吹き飛んで、たとえどんなに辛い思いをしても彼を信じようっていう気持ちになるんだけど、離れてるときは人から聞いた情報とか過去のこととか、嫌なことが頭から消えてくれなくて、元カノのこととか思うと苦しくなって、もうやめたい、好きじゃなくなりたいってすごく思って、そうやって他の人とヤケになって遊んでも一人で帰ってくるときに自己嫌悪で泣きたくなって、もう絶対自分から連絡しないって思ってたはずなのに酔って連絡して沼にハマってるみたいになって、でも彼にはきっと私以外にも女がいて、だから私も彼だけじゃなくて他にもいるっていうポーズとかとっちゃって強がって」というようなことを接続詞と語尾だけ微調整しながら延々と喋っている。

彼女の名誉のために親切で付け加えるが、こんなロンバケとビバヒルと『ママレード・ボーイ』とラブジェネ[341]と日曜劇場と『ストロボ・エッジ』と『君に届け』と江國香織[342]と『ゴシップガール』[343]と『ハッピー・マニア』[344]と『東京ラブストーリー』[345]を雑にごた混ぜにして水で伸ばしたみたいな表現をするのはこの話題の時だけで、普段は思慮深く多角的な分析眼を持っている人なんです。いやホントに。みうらじゅん[346]のラジオとか聞いてたし、サルトル[347]とかも読んでた。確か駿台模試の偏差値は64くらいあった気がする。しかし恋愛になると限りなく偏差値2である。

しかし、ではサルトルを読んでバキバキに本質主義について語っている誰かと、偏差値2状態の彼女を見比べると、本人の人生楽しんでる感は圧倒的に彼女の方が上っていうか、本人の中ではクソみたいなメロドラマがタランティーノ[348]よりスピルバーグ[349]より野田秀樹[350]とかより面白くなってる訳である。

要するに、人生や日常というのはものすごーくつまらないのだ。だからみんな必死に面白くしようと、豊かな表現に触れ、豊かな言葉を獲得し、豊かなドラマを生きようとする。しかしそんなクソつまらない日常の中で、恋のチカラは絶大で、本人がものすごく楽しいが故に楽しくなる努力をしなくなる。ということは、私たちはクソつまらない日常を生きながら面白い人になるか、楽しい日常を生きながらクソつまんない話を撒き散らかすかという地獄の二択の前にいるということになる。……どっちも死ぬほど嫌なんだけどどうしよう。

336——『東京物語』などで欧米でも映画好きにはよく知られる日本の映画監督。作品の多くに原節子が出演する。映画好きが小津について語り出すと下からのカメラワークがどうの、とめちゃくちゃ長くなるので危険。

337——電通を退社し、タグボートを起業した多田琢氏がモデルと言われている。

338——単なる清楚系でもない、でも独特の生真面目な雰囲気がある人気女優。『踊る大捜査線』や『若者のすべて』など出演したヒット作も多い。個人的におすすめなのは『きらきらひかる』での死体監察医の役柄。

339——カナダにある出版社の名称だが、同社が発行する女性向け小説それ自体を指すことが多い。米国で読んでいるとやや小馬鹿にされる大衆恋愛小説。レディコミの欧米小説版。

340——集英社が展開する少女向け小説レーベル。少女漫画っぽい表紙と、少女漫画よりさらに乙女チックなプロットが特徴。

341——97年に放送されたフジテレビの月9ドラマ『ラブジェネレーション』。松たか子とキムタクが主演。当時、全盛期のキムタクに夢中だった中高生の女子たちのあいだでは「松たか子が父親の権力を使ってキムタクと共演させろと迫った」という根も葉もない噂が飛び交うほど、要は嫉妬していた。テーマソングは大滝詠一。

342——女性らしい雰囲気の直木賞作家。透明感がある作風などと言われがち。デビューは児童文学。

343——米ドラマ。マンハッタンの富裕層エリアであるアッパーイーストサイドの富裕層高校生(のちに大学生)たちのドロドロした恋愛・友情・戦争のはなし。ブレイク・ライブリーの出世作。

344——安野モヨコの代表的名作。稲森いずみと藤原紀香でドラマ化された、今でいうところのアラサー女の血迷った恋愛奇譚。

345——小田和正「ラブ・ストーリーは突然に」の主題歌でお馴染みのザ・トレンディドラマ。織田裕二と鈴木保奈美主演で、原作は柴門ふみの漫画。有森也実が演じた「さとみちゃん」は全国の女性の神経を逆撫でした。鈴木保奈美演じるリカの台詞「セックスしよ」も話題に。

346——サブカル男子が目標とするロン毛。

347——かつてはラカンとともに、インテリ層が小脇に抱えていそうな小難しい本の代名詞だった、仏の哲学者。でもボーヴォワールとずっと結婚しなかったあたり、責任をとらない、でも好きな女は手放さない、いわゆるクズ男だったんじゃないかと思われる。

348——米国を代表する映画監督。『パルプ・フィクション』『キル・ビル』など、独特の台詞とエンタメ性あふれる演出に、全鈴木が震えた。ハズレがない。

349——米の大作が多い映画監督。『シンドラーのリスト』や『ジュラシック・パーク』など大傑作も多いが、ハズレも多い。

350——東大在学中に劇団を立ち上げた現在の日本を代表する劇作家・演出家。彼の舞台は観たら脚本を買うべき!

ウッディまで私を見捨てるの

2019.10

山ちゃん[351]蒼井優[352]の結婚について、ブ男にも夢があるとか、いや山里はスペック高いとか、吉本の大人の事情がどうとか、恋多き女が最後に選んだ云々とか、色々言いたがる人が結構多かったのだけど、私としてはただただ世の中にまたツガイが増えたな、という寂しさと切なさと鬱陶しさを感じたくらいで、それは神奈川11区[353]で多分この先30年以上勝ち続ける政治家と美人アナが結婚してみんながその記者会見の場所を訝しげに指摘して総理の線がどうのと話していた時も、もこみち[354]が結婚して古い友人のゲイががっかりしていた時もそうだった。確かに、え、その人も結婚するの？　みたいな、ずっと独身だと思っていたのに？　みたいな、そういう芸能ニュースはここ数年すごく増えた気はするのだけど、それって単に私がハタチの時より三十路になった時より長く生きているから、世の中色んなことが起こるし色んなものが変わるっていうだけという気もするし、人間は自分が一番愛しているかどうかとかは別として、少なくとも世間的に自分のことを一番に思っている、と認識されている人が一人は欲しいものだから、不思議なこととは言えない。

　ただ、そういうカップル文化から逃げ込むように入った映画館で、そういう時にはピッタリと信じて観た『トイ・ストーリー4』[355]のウッディ[356]までもが、女ひとりと生きるために仲間との楽しい時間を捨てたのにはさすがの私もびっくりたまげた。まず、ウッディにそういう性欲とかがあったことにドン引きして、なんというか渡鬼のえなりくんがセックスしてるとこ想像した時みたいな嫌な気分になって、心の広いおもちゃの仲間たちの代わりに私が一人で裏切られてショック！　みたいになって、なんだか非常に気持ちの悪い後味だった。ウッディお前もか、みたいな。みんなのリーダーって感じだったのに愛に生きたりしちゃうんだ、的な。あんな感じで普通に性欲あったんだ、とか。

　ウッディの愛の選択がなんかすごく嫌なのは、これがメッセージ的には非常に無自覚に思えるからだ。ディズニーに限らず、良い子が見るドラマには露骨かつ自覚的なメッセージがあって、最近その露骨さが以前にも増して露骨で、そのメッセージが自覚的で正しいものであればあるほど不自然な頑張ってる感が出ている。例えば最近公開された実写版の映画『アラジン』[357]で、ジャスミンがいきなり「私は黙らないわ」と歌ってるところなどは、全世界の意識高い系女子は溜飲を下げただろうけど、筋書き上やや突拍子もないし、時代設定とアラブの設定も鑑みるとやっぱり突拍子もなさすぎるし、そもそも女がそんなに自立して強いなら魔法のランプとかいらないんじゃないか説が濃厚なので、やはり不自然なのだが、メッセージを発している側にそれこそ露骨なまでに発信の自覚があるからまだ落ち着いて観ていられる。崖の上から、基本的人権の尊重――――！　って叫んでるようなもので。

『トイ・ストーリー4』も、自由で組織に縛られず一人で生きていこうとするヒロインのキャラ設定などはかなり最近っぽい感じではある。それに対してウッディの恋愛のコンセプトはハリウッド映画の最も浅いところにある「愛が一番大事」なのであって、おそらく大して言いたいことはないっぽい。そもそも一度愛され忘れ去られていくおもちゃたちが主人公なんていう、この物語自体が過剰に啓蒙的というかメッセージ性がトゥーマッチな感じではあるので、細かいストーリーはベタな方がいいというのはわかるけど、それだけに、ベタ、つまり誰もがすんなり受け入れる無自覚なお話としての恋愛オチが私はどうにも気持ち悪い。

別に、結婚制度に縛られる伝統に対するアンチテーゼを投げかけるような作品を作るべきだなんて一寸たりとも思わないし、そんな映画はそれこそジャスミンの唐突なスピーチレス熱唱がごとく、不自然に正しくて見てる最中すっごいタバコ吸いたくなる感じなのは目に見えている。だから私はアラジンよりも、このほど出版されるやいなや結構な数の人に暴露本とか歌詞が台なしとか言われていた歌姫の本の方が好きだし、正しさを超える愛を見てみたい、見せてくれと日々思っている。ウッディの愛だって、もうちょっとおもちゃたちが自分本位で、もうちょっとヒロインが如何しようもない女で、もうちょっとウッディがダメな男ならいいんだけど、いかんせん正しさの中にある正しい愛の形になっているので、芸能人の結婚ラッシュに心すり減る私には大変苦々しいものに思えるのかもしれないのでした。

『トイ・ストーリー』なんて、第1作が公開された頃は、なんでアメリカ[358]人って可愛くないキャラクターしか作れないんだろうか、ピカチュウの方が全然勝ってるしキティちゃんの方がいいしこりゃ日本では流行らないだろうな、ウッディ顔長いし、と思っていたのに、今となっては私はピカチュウなんてもう全然追ってないけどウッディについてはその生き様のオチが引っかかりすぎて吐きそうになってるなんて不思議なものだ。それは日本のコンテンツ産業が息絶え絶えだとかそういう話なのか、ディズニーがすごいということなのか、恋愛に生きることはなさそうなピカチュウに限界があるのか、よくわかんないけど。

351——お笑いコンビ「南海キャンディーズ」のツッコミ。ブサイクキャラとして扱われるが、よく見るとそんなにブサイクでもないということに、2019年になって日本中が気づいた。

352——映画『フラガール』で一気に有名になった実力派女優。実力派と付くと美人じゃないみたいで、一見ほんとに美人じゃないが、魔性の女とも言われている。

353——延々と小泉と名のつく者が当選し続ける選挙区。

354——速水もこみち。すごいイケメンという立ち位置で登場するが、ファンだという女とは会ったことがない、長身で変わった名前の俳優。

355——ピクサー製作。シリーズ2作目が公開されたとき、米国の子供たちの間では空前のポケモンブームが起きていて、日本のアニメが米のピクサーを凌ぐ人気！　と日本の人たちはぬか喜びしたが、映像のクオリティはだいぶ違うし、結果的に残ったのは『トイ・ストーリー』シリーズのほう。

356——カウ・ボーイを模したおもちゃで『トイ・ストーリー』のメインキャラクター。たしかに日本人目線だと全然可愛くないキャラで、ピカチュウのほうがいいと言いたくなる気持ちもわからなくもない。

357——ランプの魔人ジーニーをウィル・スミスが好演したことでも話題。ジャスミン役のナオミ・スコットが歌った「Speechless」がフェミっ気のある女子たちに刺さりまくってヒットした。

358——90年代のギャルブームの時に、子供だけでなく若い女性の間でのキティ大ブームも同時に起きた。大人が使えるシックなラインや化粧ポーチなどが続々と発売され、華原朋美や神田うのなども収集していたことから、女子高生の間では入手困難なアイテムが出るほど人気を集めた。なんてったって、ブランド品を買わずに安いサンリオグッズで流行に乗れるのだからありがたい。

ギブミーアブレイク

2019.11

10年ほど前、船の運航的に1週間の休みがないと行くことができなかった小笠原[359]に、ようやく合わせられた丸々1週間と1日の休みを使って行く予定を立て、意気揚々と船や宿を予約し、いざ明日出発となった日に、生理前で機嫌が悪かった彼女と些細なことで喧嘩になり、それが別れ話にまで発展し、「は？小笠原とかそもそもキョーミねーし」と言い捨てて出て行った彼女に対し、彼の方も意地になって「別に小笠原行きたかっただけでお前と行きたいわけじゃなかったし」と言って一人で行くことを決意。二等船室でふて寝をしていて到着した小笠原の海は青く、ここで1週間何も考えずに海を外から中から見ていれば、くだらない女なんていうものが如何にくだらないかわかるだろう、と悪くない気分になっていたところ、天気予報の台風接近情報を受け、1週間後のはずだった帰路の船を、2週間後にするか、いまから14時間後にするかをすぐ決めなくてはいけなくなった。1日以上船に揺られてたどり着き、14時間後にUターンなんてナンセンスと思ったが、そもそも無理を言ってとった1週間の休みを2週間に延ばしたら完全に会社に居場所がなくなることが見えているので、なくなく半日だけシュノーケリングをして再び二等船室に押し込められ帰ってきて、1週間、彼女の匂いが色濃く残る部屋で、くだらない女でも失えばこんなに苦しいのか、と悶々と過ごした。小笠原の土産物屋で買ってきたゴーフル[360]に薄く塗られた南国フルーツ味のクリームが、思っていたより酸っぱかった。

　と、いうのが、私が今まで聞いた中で一番の悲惨な夏休みなので、せっかくの休みをグダグダ無駄に過ごしちゃったなとか、楽しみにしてた旅行の天気がイマイチだなとか、休み取れそうなのに彼氏いなーいとか、そういった類の凹みごとの際にはこの話を思い出して、ゲラゲラ笑っている。不幸なんていうのは赤の他人からすれば、それが不幸であればあるほど愉快でしかないのだ。

　最近、中村倫也と高橋一生[361]という二人の美男子に挟まれたそんなに可愛くない子が節約レシピなどをつくるドラマ[362]が割と流行っている。で、対照的な男のキャラが両方斬新だとか、中村倫也演じる役柄があまりに毒々しいとか、女をモンスター化させる男の特徴が面白いとかいう論点もいくつかあるのだが、私はタイトルが気になって仕方がない。

　タイトルに「お暇」とある。お暇はやや古い言い回しで休暇や余暇の意味（暇を出すとか）になるし、「お暇します」というとその場を去るという意味になる。つまりこれは休暇に関する作品でもあり、去りゆく人の物語でもある。主人公であるあんまり可愛くないＯＬが、やなことをきっかけにもともと息苦しかった会社を辞めて郊外に引っ込み、節約無職生活を始めるところから物語は始まる。会社に行かないＯＬは、いずれはもとの生活に戻るものと思えば休暇になるし、もう戻ることはないのならば脱サラになるのだが、このＯＬの場合、いつまでもずっとこの生活をしているわけにはいかないと思っていつつも、もとの生活に戻る気はない。ようするに、人生の方向転換をする一瞬前のちょっとした時間を「お暇」と呼んでいる。それは瀬名と南がロングなバケーションと呼んだ、最高に愚かで甘美なやつのことだ。ロンバケが人生に疲れと疑問符を感じながらいっときの甘美な時間を過ごすだけだったのに対して、お暇はもともとあった日常を去る印象が強くなっているのでさらに前向きな雰囲気になる。

　休みというと、基本的には有限なその時間の後に訪れる、また長く平坦で気の重い日常を連想するため、ちょっと絶望的な響きを持っている。抜け出せたわけではなく、一時停止なのだから。しかしロンバケ、さらにお暇は、その後に続くのが新しく生まれ変わったためくるめく毎日だから、かつての退屈な日常にサヨウナラする哀愁と、次にやってくるときめきとが相重なり、尚且つ今の日常を捨てる勇気を持つ人などなかなかいないからファンタジックでもあり、憧れや羨望を誘うものでもある。

キョンキョンがいきなり我が地元鎌倉に引っ越すドラマ[363]なんかもあったけど、1週間の休みなんかじゃリセットされないほど疲れている私たちは、時々せめてフィクションの世界にお暇を求める。何かを捨てる勇気なんてないのが普通だけど、一瞬でも世界から身を隠したいと思う時、絶望的な休みなんていうのは、余計に気が重くなる。私たちはお暇をとる勇気はなくとも、お暇を夢想しながら、休みのたびに、このまま戻らなくても別にいいかもと絶望に穴を開けて、深呼吸するのが好きなのだ。

359――世界自然遺産にも登録された日本の人気スポット。自然保護のために交通機関などがあまり整備されておらず、着いたはいいが途方に暮れている老夫婦などがいる問題は早く解決されてほしい。

360――平らな表面に文字や記号を載せるのがちょうどいいのか、薄くて軽いから量が必要な時に便利なのか、とにかく日本各地の土産物として売られる美味しくもなんともないお菓子。

361――キャリアは長いが比較的年齢が上がってから大ブレイクした日本で一番顔が素敵な俳優。

362――コナリミサトの漫画『凪のお暇』は19年にTBSでドラマ化された。主人公の隣人であるゴンさんというキャラクターが、とっても優しくて幸せな気分にさせてくれてセックスもするのに、自分一人に絞ってくれない、というある種のアルアルな悩みを体現しているのか、読みながら号泣する女子多数。

363――鎌倉と東京を舞台にした12年のフジテレビドラマ『最後から二番目の恋』の影響で、鎌倉に移住しようとするキャリア女性数人に出会ったが、ドラマで描かれているような、遅くまで女子同士で飲んだり、バリバリ仕事したりする生活を送りたければ、やめておけ。

リアルな悲しみよ、こんにちは　2019.12

先日女性誌の取材で生き方を学ぶにふさわしい女性作家４人をあげてください、というのがあって、物書きの人生なんて大体机にへばりついて「降りてこなーーい」とか「どこかに逃げたーーい」とか言ってる時間が大半を占めていると思うし、真っ当な人生を送れる人が選ぶ仕事じゃないから参考にする対象には極めて不適当だとは思うのだけど、一応自分が大学生の頃なんかにこういう女カッコいいぜと思った作家を思い出すきっかけにはなった（結局あげる作家あげる作家いろいろボツになり、４人紹介するのに15人提案する羽目にはなったのだけど）。

続いて先日は、もう随分と前に挫折からの逃亡をしたはずの社会学会[364]で学会員でもないのに報告をする機会に見舞われ、じゃないや恵まれ、久しぶりに思いっきり大学で生きている人に囲まれて教授やら准教授やら研究員やらの方々と談笑し、おのずと大学院時代に自分が何をしていたかとか何を考えていたかとか何を抱いて何に抱かれていたかなどを考えていた。若い頃なんていうのは愚かであることがある種の仕事であり義務であるようなところがあるので、思い出して気分のいいものではないのだけど、たまには自分の若さを思い出して、今まさに若さを生きようとしている人に説教じみたことを言うのは悪くないかもしれない。

私は高校3年生の5月の連休明けくらいに、１０９のカリスマ店員だった森本容子氏[365]が参画した新ブランドMOUSSY[366]のスタッフになるか慶應大を受けるか悩んで、本格的なデニムブランドを展開する予定だというのを聞いて、生憎お尻と太ももの境が尋常じゃなく太いワタシはお呼びじゃないと思ったので、慶應を受けることにしたのだが、いかんせん高校時代を常に明日死ぬかもしれないから明日以降のことは考えない、というメンタリティで過ごした代償として、大学とはどういうものかとか、そもそも大学入試にどれくらいの学力が必要なのかということを知る学力とか、その学力を得るために何をすればいいのか調べる能力とかが完全に欠落していたため、大学で何をしたいかというイメージすらなかった。そして急いで準備に取り掛かるわけだけど、ここがビリギャルと違って私の嫌みなところなのだけど、私大受験というのは英語がある程度理解できる人間にとってはものすごくチョロい上、私は天性の、高校ぐらいの学力なら割と努力なしでつける才能があったらしく（大学受験以降に必要な脳みそは一切なかったけどそれを知るのはこれの数年後）、秋くらいにはすでにダレてあんまりやる気がなくなっていた割には良い結果がついてきて、イメージとやる気がないままずるっと大学に入り込むことができた。

　大学なんていうのは入ってしまえばただの箱なので、別にすることはない。いくつかのテンプレート、サークルに入って恋をするとか、インカレサークル[367]に入って恋をするとか、サークルとか入らずなんとなく授業とか出てゼミに入って恋をするとか、体育会のマネージャーになって恋をするとか、そういうものはあるけど、どれも渋谷のセンター街で男に追いかけられて転んで歯を折るとか、100円のパンツを効率よく汚して7000円で売るとか、CDショップのトイレで男のオナニーを初鑑賞して1万円もらうとか、そういう私が高校時代に噛み締めたテンプレートに比べると、どれもちょっとパンチに欠ける。結局私は大学の醍醐味が何であるか知る由もないまま、安易な刺激を外界に求めて大学には卒業資格をもらえるギリギリのレベルでしか参加しないという長い時間を過ごしてしまった。結局大学4年生の途中から5年生（ダブった）、そして大学院の2年間というのは結構しっかり勉強とか研究とか執筆とかをしていたのだけど、それはもう純粋に大学というより研究室に所属していた期間であって、いわゆるキャンパスライフともちょっと違う気はしている。本はたくさん読んだし、先輩の研究発表にコメントするとか、一夜漬けでなんとか論文要旨をつくるとかいうことはしたけど、大きなカラの箱の中にいながらエキサイトする、ということをちゃんと経験していない。

おそらく大学の空洞のような時間は、その後に続くさらに空っぽな世界でなんとか世界の中にとどまって、人を殺したり自分が死んだりせずあたかも箱の中にたくさんの幸福が最初からあったかのようなふりをして、肉体が限界値を越えるまでは時間を潰すということの予行練習なのだ。お菓子もおもちゃも、そこにあるようなふりをしていればいつしかリアルに存在しだす。できれば安易に外側の星に移ろうとせず、大学なんていう考えてみれば小さな惑星の中で意外とエキサイトできるということを示す4年間にしてください。

364——日本の社会学者が所属する団体。その大会は日本一面倒くさい人々が集う会合。

365——人気ブランド「EGOIST」のカリスマ店員として90年代後半にメディアがこぞって取材に来るほど人気を集めた。モデル体型と当時のギャルの半歩先ゆく着こなしで、「MOUSSY」にはプロデューサーとして参画、独立後は「KariAng」というオリジナルブランドを設立した。中根麗子と並んで109ショップスタッフ出身のおしゃれアイコン。

366——2000年に109に本格美脚デニムにこだわったブランドとしてオープン。スリムデニムが大ヒットし、現在では国内だけで姉妹ブランド300店舗以上を構えるアパレル企業に成長。

367——インターカレッジサークルの略。複数の大学の学生が参加するサークル。多くは慶應や早稲田の男子学生と女子大生とのグループで、ギャルサーやヤリサーのようなかなりハレンチな団体もある。クラブイベントを主催するなど若さがみなぎったパワーがあるが、お酒のトラブルや性犯罪の温床にもなりがち。

夢のホスティーランドは忘却の彼方に

2020.01

私がよく男女問題や社会問題のたとえ話にホスト業界の慣習や用語を使うからなんだろうけど、話の流れで、テレビにローランドが出ているとついつい見ちゃうんだよね的なことを言ってくる女性に最近結構会う。歌舞伎町や大阪[368]でホストとして伝説を持っている人というのは数多いて、それこそホスト雑誌[369]がいくつかあった10年前は有名ホストというのが今よりもわかりやすくホスト通いをする女子たちの間に共有されていたのだが、雑誌がなくなりSNSが台頭している昨今は意外とみんなが共通して知っている有名ホストというのは少なくなって、ホストが好きだろうと全く興味がなかろうと、名前が挙がるのはローランド一択となった。ホストとしての売り上げや伝説で言えば、特に私の世代はローランドより華々しいホストたちの名前を挙げたくなるのだが、メディア露出とそのキャラクターでこれほど一般層にまで存在が浸透したホストは過去にもいなかった。

彼がまだ東城誠という名前だった頃も、歌舞伎町ではそれなりに有名人だった。ただそれはホストとして売り上げがすごいとかイケメンだとかいうよりは、整形の仕方がすごいとかブログが面白いということによるもので、私も何度かホストのバースデーイベント[370]などで彼を見かけたことはあったが、噂通り整形がすごいという感想以外は特に持たなかった。普通ホストはホスト界で超有名になることでちょろっと一般にも名前が知られることになると思っていたが、彼の場合は名前をローランドに変え、持ち前の文才と言葉のセンスでメディア発信を始めた頃から、じわじわと一般に有名になり、そこから歌舞伎町の中でも圧倒的存在感を放つようになったらしい。

と、長々ローランドの歴史を語る必要は別にないのだけど、とにかく今結構世間はローランド様に夢中で、最近では彼の名言を集めた書籍が話題になっている。ブログで文才を示していた頃から彼は名言吐きなのだ。それも、長々と言葉を重ね、日々言葉をこねくり回して名言を編み上げるタイプではなく、極めて大喜利的な意味で。彼の本のタイトルになっている「俺か、俺以外か」などなど数々の名言は、お題を与えられてそれで謎かけをする芸人や、大喜利の番組でバツっと気持ちよく笑える答えを出す芸人に似ている。SNSの短いメッセージに慣れた大衆は今、とにかくお題に対して求められる面白い答えを瞬時に答えるような大喜利的才能に魅かれるらしい。

トンチの利いたことを、迅速に、簡潔に、わかりやすくみんなに伝える才能は当然、大喜利番組[371]だけではなく、古くは小学校の国語のテストから、就活面接から、ちょっとウィットに富んだ会話まで、色々なところで役に立つ、人生を豊かにするものではある。ただ、それが人間の魅力としてとても限定的なのは、潔く堂々と言葉を発する行為の後ろにある才能が冷酷なものであるからだ。脳の反射神経が良いことは一見格好がよく、自信が必要で、また頭の良さを指し示すものではあるけれど、細部を切り捨て、曖昧さを切り捨て、ゆらぎを切り捨てる態度は、人の自然なあり方から考えれば暴力的だ。

「お前ら金持って集合！」が決め言葉で、乱暴かつ冷たい印象があったローランドこと当時の東城誠は、実際は熱心な通い客には接客も丁寧だともっぱらの噂だった。金を使う客のテーブルにしかつかないといった哲学も、身体を売って作ったお金を使う女の子の扱いが、安い金で見物に来る客と同じではアンフェアだという哲学によるものらしい。それは一見非の打ち所がない意見なのだけど、人って案外複雑で、そんな複雑なところに目を向けてはビジネスなんてできたことじゃないわけだから、ある意味で色々なものを視界から遮断するコツがなければ勤まるまい。

なんでみんないつの間に、そんなに大喜利的なものが好きになったんだろうか、と思う。学校のテストで完結かつ決まり切った答えが必要なのに対して、問いにああでもないこうでもないと答えにもなっていないようなことを示して見せるのが文化だったはずで、それをみんな味わっていたのではなかったか。わかったようでわからない映画も、不条理劇も、比喩ばかりの歌詞も長い小説も、ある意味では大喜利とは対極にある。大喜利が面白いのは本来であれば答えのないものに正解があるようなふりをしてはっきり答えるからだけど、それはちょっと学校のテストでみんなが演じざるを得ない三文芝居と同じような浅はかさもあるのだ。

ああでもないこうでもないは全てすっ飛ばして、明快な答えを言ってくれる人ばかりが人気を集めるこんな世の中はまるで、みんなが人間の複雑さに嫌気がさしてしまったみたいな怖さもある。そして今後みんなが、絶対に正解や答えがないはずの問題に対して、大喜利的に、あたかも正解があるように芝居を打つようになってしまうのではないかという不気味さも。

368――キャバクラ嬢でもホストでも、本当にトップオブトップの売り上げ記録を持っている人は意外と大阪に多い。ホストで言えば楓十座、キャバ嬢で言えば門りょうなど。

369――ホストクラブ専門誌は、ホスト好きのおねーさんたちだけでなく、お兄系ファッションに憧れる男子高校生らにもそれなりに読まれていた。代表的なものは「HOST MAGAZINE」や「Yukai」など。なかなかナルシスティックな痺れるポーズでホストたちが撮影に挑むのだが、見るに耐えるのは3割程度。

370――ホストの稼ぎ時の一つである誕生日イベントは、もちろんそのホストを指名する客が札束をもって集まるが、それ以外にも親交のある同業がお祝いのシャンパンを開けに来る。同業のホストは馴染み客を一人連れてやって来る場合が多く、この時お会計はホストが持つため、ホストの客としてはお金をかけずに飲めるチャンスにして、「こいつは連れ歩いても恥ずかしくない」と思われている証拠なので、同業に誘われるのを喜ぶ女子は多い。

371――最近では『笑点』だけでなく、ダウンタウンの松本人志がチェアマンを勤める大喜利を競う番組『IPPONグランプリ』などが人気を集めている。OECDの学習到達度調査で日本人の読解力低下が顕著というニュースを受け、松本氏が「学校の授業に大喜利を取り入れるのも良いかもよ」というツイートをしていた。たしかにお題の文を読解して正解のない答えを出す訓練は、読解力向上につながるかもしれないが、昨今の若者の様子を見ると大喜利的な力はむしろそれほど衰えていないように思える。

第3章

刺激的で難しくてオシャレな本と震えたい

湯山玲子『文化系女子という生き方「ポスト恋愛時代宣言」！』（大和書房）書評

「文化女子（笑）」に対する正当なアンチテーゼ

その胸の膨らみや初潮を引き合いに出すまでもなく、女子というのは元来グロテスクな存在で、そんな私たちだからこそ、身体を余程巧みにコントロールしないと、男なんて勿論逃げていく。住み分けのはっきりした女子界のなかで、そのバランスを手にしているのはモテ子、或いは勝ち組と呼ばれる一部の人種に限られるわけで、グロテスクさを過剰に晒して男に嫌われるのが私のような夜のオネエサンだとしたら、過剰に隠して男に愛されないのが文化系女子というカテゴリーだ。どちらも白いシャツワンピからかすかに見える胸の谷間の演出とは無縁で、かたや赤いドレスから乳を半分以上出すだけでは飽きたらず、そこに叶恭子プロデュースのキラキラ光るパウダーまで乗せてしまい、かたや茶色のジャージー素材で胸の存在そのものを覆い隠す。

本書は表紙に映るモデルこそ、いかにも下北沢のブックカフェで谷間を隠して炭酸水を飲む女子を想起させるものの、著者はそういった「文化系女子」的なものに対して叱責を繰り返す。谷間を隠す彼女たちは、「オタク男が毛穴から性液が噴き出しているように見えるのと同じような欲求不満感がバレバレになっているに違いない」。そんなだから文化系趣味を共有する男の隣に座れたとしても、男社会の権力構造を持ち出すその集団の主要メンバーになれないのは勿論、女としても選ばれないのだという。

女としてしっかりなさいというユーモラスな小言が続いたと思えば、文化教養そのものだってまだまだヌルい、と畳み掛ける。そもそも幅広い分野一つ一つに短くても効果的な批評眼を持つこの本の構造自体が、ヴィレッジヴァンガードでマニアックな漫画を片手にイヤフォンでバンプ・オブ・チキンを聞いたり、カフェに飾られるおしゃれ写真集をフェイスブックにアップしたりする、つまりは文化資本とは最早ほとんど関係がないところで発生している「文化系女子（笑）」という事態に対する、正当なアンチテーゼとなっているのは言うまでもない。

私は文化教養こそ女の豊かさであり、ファッションも含めたコミュニケーション能力こそ女の生きる術であるという指摘、そしてそれを両立させなければ無意味だという正しすぎる指摘を、著者独特の豊富すぎる話題とともに楽しく読んだ。ただ、著者の言う文化系とリア充のバイリンガルが真の意味で実現した時、日本の民度はぐっと上がるかもしれないが、文化系女子というカテゴリー自体が消滅するだろう、というジョークくらいはつけたしてもいいかな。どちらもその過剰さにこそ拠り所を見出すカテゴリーについて、女なんて複雑で頑固なので、たとえ寺山修司が好きでも自分を夜のオネエサンと位置づけていたらそのような本はヴィトンのバッグの奥底に隠し、たとえラインストーン付きネイルに心ひかれても自己規定が文化系女子ならば爪をカーキ色のパーカーの袖で隠し続けるのだろう。うまくはいかないものでございます。

島田雅彦『往生際の悪い奴』（日本経済新聞出版社）書評

オトコを埋め合わせ、オンナを満たすもの

その行為は「既読スルー」なんて呼ばれて、「ちゃんと読んでいるよ」或いは「読んだ上であえて返事していないよ」という意思表示として了解されており、つまり「先に着いたからハチ公前いるよ」などといった返信するまでもない事務連絡の場合を除けば、やや感じの悪い態度なのであって、オトコたちは基本的にそれを「もう連絡してくるな」と受け止めてくれる。ただし、こちらがそのやんわりとした拒絶を重ねても、しつこくスタンプや軽めの挨拶を送り続けてくるオトコがいて、そういうオトコは3～4日放置しておいても「どうして連絡くれないの？」だとか「気づいたら連絡ください」だとか、不屈の精神で畳み掛けてくるので、しばしばオンナたちをうんざりさせる。オンナとしての経験上、諦めが早いのは自分が何者であるかふわっとした期待と不安を持て余す20～30代に多く、しつこいのは50代以降のオジサンに多い。

先ほど私のiPhoneに入っているＬＩＮＥアプリを開いてみたところ、無視しているのにしつこく連絡をくれている筆頭は60代前半の精神科医と、50代の不動産業のオトコだった。私たちは彼らを、携帯電話世代のリテラシーを理解しないドン臭いオヤジだと断罪しがちだが、何も彼らはどこまでも無邪気であるだけでも、老眼でそもそも既読の文字が見えないだけでもなく、何かを何かで埋め合わせをしようとしているようにも思える。何を埋め合わせしているのか、それが単なる老いという罪の意識であるのか、自分がどれくらいの者であるのか悟ってしまったが故の引け目であるのかはわからないが、彼らはオカネや努

力や誠実さや包容力でもって、その欠落に見える何かを埋め合わせる。私は私で、オンナに興味を向けてくれないオトコに既読スルーされる時間と携帯電話の空虚を、彼らの涙ぐましい積極性で満たす。ちなみに私のメッセージを既読スルーしているのは、29歳のバーテンダーと、31歳のジャーナリストである。

『往生際の悪い奴』で、女子大生に恋心を燃やす55歳の弁護士・三島は、気前よく「トリバチ」のバッグを買い与え、ストーカーにはならないと予防線をはり、「押さえ」の恋人でも良いとハードルを下げ、「足蹴にしたければ、してもいい」と食い下がる。1日に8回以上彼女を考えるほど恋い焦がれ、積極的に理性を失い、何があっても一度弾けてしまった後戻りのできない種子に落とし前をつけようとする。オトコがオンナを抱くのには二通りあって、それは自分がこの先どの程度の人生を歩めるか興味があってしょうがない場合と、自分がどの程度の者かわかってしまって興味を失い、その代替としてオンナに興味を向ける場合だ。三島が100％後者の役割を引き受けるとしたら、前者の役割を担うのが、もう一人のオトコである山下だ。

就職に失敗し、会社をクビになり、事業もうまくいかず八方塞がりの人生の途中にいたところ、樹海で三島と出会う28歳の山下は、何者でもないが故に何者にも化けることができ、自分の明日の食いぶちや今後の人生について考えていれば時間がつぶせる存在である。行きずりのオンナを抱いてみたり、オンナに愛されて舞い上がったりするのも、関心自体は彼自身に向けられているのであって、何もオンナを愛するために、自分自身を賭けたりはしない。三島と山下の身体が交互に現れる様は、オンナの読者である私を満たし続けた。

オンナの立場から見ると、自分を愛することにオカネや労力や時間や自分自身をも賭けてしまう年老いたオトコも、何かを賭けてくれるわけでもない、自分自身にしか真の興味なんて向けない若いオトコも、同じように滑稽である。と、同時に私たちにとってはその両方が必要な存在である。オンナなんて身体の内側に穴が開いている生き物なのだから、それを埋めてくれるのに十分なオカネや労力や時間がなければ、不足し続けて壊れてしまう。けれども私たちにだって、オトコの脇役以上の自意識があるのだから、彼自身にしか興味のないオトコをどれだけ自分の思うように動かせるのか、試してみたくてしょうがない。

三島と山下と微妙な三角関係に陥る女子大生の絵美里はというと、大した変哲もない、自己中な肌の白いオンナで、自分には何か負の特殊性があるのかも、なんて若々しい自意識を持て余す。三島は彼女を、母親、妻に次ぐ「三人目の女」と信じて求めるが、絵美里はそう簡単に三島の望みを叶えない。それは彼女のようなオンナが三島を必要としないからではない。まだ社会人ですらないオンナは、無条件に与えられる愛の、背後に背負われたものの大きさに、対峙する基礎体力など持ち合わせない。その代わりに、恋と言う名の自分試しに割く時間だけは持っている。オトコがギャンブルでオカネを賭けたり、ソープ嬢をオカネによる帳尻合わせで抱いたりする時、そもそもオカネを自分の身代わりと信じないオンナは、恋によって賭けたり帳尻を合わせたりするので、その相手はできれば身軽であって欲しいと願うのだ。

私は島田雅彦の描くオンナでは『退廃姉妹』に出てくる妹の久美子が好きで、でもオンナの持つ破滅的な側面と娼婦性だけを引き受け、聖母性を全て姉の有希子に受け渡した久美子は魅力的な反面生々しさを持たない。絵美里は同級生がマハラジャと結婚したりAV出演したりすれば不安定になり、かといってマハラジャと結婚したいわけでもAVに出たいわけでもないと宣う、くだらない若い女で、それはオトコの三人目の脇役であるオンナとしてとても生々しい。彼らの三つの脇役を演じる私たちオンナだって、自分の不足を満たすために、ある種のオトコのオカネや努力や誠実さや包容力を必要とし、また別の時には彼自身にしか興味のないオトコを動かす実験を必要とするのだから、おそらく彼らと同じくらいには滑稽な存在だ。私はＬＩＮＥで既読スルーしたオトコたちからのメッセージを、なかったものと削除しないでそのままコレクションしている。

ロクサーヌ・ゲイ（著）野中モモ（訳）『バッド・フェミニスト』（亜紀書房）書評

ARE WE BAD?

正直に言って、メディアがどんなに間違った女性像をトレースしても、その間違いがどんなにひどいものであったとしても、私は何も傷つかない。それはその虚構を目にする人たちの、目前にいるはずの生身の女が、逞しく賢く、そのイメージを裏切ってくれるだろうという自信があるからだ。そもそも、バービーも『タッチ』の南ちゃんも、現実の荒々しい女性とは全くかけ離れた女性像を表現しているのは事実だが、そういった意味では少女漫画に登場する男の子もまぁまぁひどいものだし、腐女子の方々が好む同人漫画の同性愛者もかなりひどい。だからと言ってオトコが社会運動を起こし、「りぼん」や「別冊マーガレット」を発禁処分にするなんて、想像をしただけで恐怖である。

つい最近まで、日本におけるフェミニズムの一般的なイメージなんて、そういう、つまらない現実からドラマチックに飛ぶことのできるフィクションに目くじらを立てて、いちいち政治的な文脈に引っ張り出そうとしてくる表現規制派の人たち、というくらいだったのではないか。そして私たちの多くは、フェミニズムによって広げられた選択肢や獲得してきた権利があるからこそ、そうしたフィクションを余裕で楽しみ、怒りっぽいフェミニストたちを嘲笑できているということは、意識的に忘却していた。女であることをものすごく楽しみ、パンツを穿いた運動家を皮肉りながら、彼女たちと同等の、あるいはそれ以上の権利が欲しいと思っているし、当然手に入るものだと思っている。

ハイチ系アメリカ人女性であるロクサーヌ・ゲイの『バッド・フェミニスト』は、そういう、とてもワイズで現実的で、そしてとても卑怯な私たちと、少し似たところのある著者が、とても正直な視点でまとめたエッセイ集である。フェミニズムの学術的な歴史や理論的な葛藤にページを割くのではなく、スイート・ヴァレイ・ハイやハンガー・ゲームなど、ポップな固有名を交えながら、現代的でありながら女性としての楽しみも多く欲望している自分のためにフェミニズムを更新しようとする。彼女はフェアで、素直で、そしてとても傷ついた人だと思う。日本にいる私に耳が痛い示唆もあれば、黒人のインテリ女性である彼女にしか経験し得ない矛盾もある。

彼女は、自分も長くフェミニストと呼ばれることを拒み、フェミニストを誤解していたと繰り返す。そして、フェミニズムの正しさを支持しながらも、ものすごく女性を貶めるようなラップ音楽の歌詞や、ピンクのドレスに感じてしまうどうしようもない魅力を否定しないために、「バッド・フェミニスト」を名乗る。

それは私にもとても響く思想である。これが好き、こうしたい、こうされたいと心から思っても、「それは社会的に構築された意思である」と返され、しかし社会的に構築されたものであったとしてもこれは魅力的だと返す、終わりなき議論にはすっかり飽きているから。目の前にあるものに沸き立つ感情をいちいち歴史をひっくり返して疑ってかかるなんて、とても疲れる。それは社会学のクラスで1年間勉強するべき課題ではあるけれども、忙しい日常を生きる私たちにはそれほど重要な視点だとも思えない。

近年、米国ではビヨンセやエマ・ワトソンなどの活動で代表されるように、あるいはマガジンコピーが幾度も取り上げているように、洗練された女性の条件としてフェミニストであるということが重視される風潮ができつつある。もちろん、昔から一部の先進国のアカデミズムの中では当たり前だったことだが、それがファッションやセレブリティの発言にまで降りてきた、という感じであろうか。

さて、東京にいる私にとって、正直フェミニストであらねばならない、あるいはそれを言葉にしなくてはならない、というような圧力は長らくあまりなかった。それは学術的な場の議論にのみ要求される態度で、むしろ平場でフェミニストと名乗っている女性はあまりいないか、いたとしても、それこそゲイがそう呼ばれるのを嫌っているような、怒りっぽくてセックスを楽しんでなそうなオバサンという印象は根強い。

しかし、ゲイが「バッド」なんて自らを称してしまわなければ解決できなかったこのアンビバレンツは、私たちの多くが経験したことがある。これは、正しくあろうとするのか、心地よくあろうとするのかの問題なのだ。尊敬されたいのか愛されたいのかの問題であり、人として優れているのか女として優れているのかの問題であり、頭の良さと可愛さの問題であり、理性と感情の問題であり、プライドかモテかの問題でもある。この問題は未解決のまま大人になってなお私たちを引き裂き、選んだ価値のもう片方の価値に常に劣等感を覚えなければいけなかった。

最近の、ネットにいくらでも転がっているような、自己啓発系の女性のエッセイやブログなんかを見ると、「どっちも諦めない！」「We have it all！」とものすごい笑顔で語りかけられるような気分になる。自己実現的なとても実りのある仕事を持ち、恋も全力、おしゃれも全力、美容も勉強もグルメやヨガまで全力！　そんなスーパーウーマンがいることを否定はしないが、ぶっちゃけ私のような怠惰な女は、仕事に全力な時は髪の毛は伸ばしっぱなしになるし、ネイルや化粧をしている時に小難しい話題を振られても対応できないし、恋をしていれば別に仕事がなくても気分がいい。医学部受験に明け暮れていたら、同世代の朝から晩までファッション誌を読んでエステに通い、キャバクラで働いて高い靴を買っている女に、太刀打ちできない。可愛さのために全力で整形して高い化粧品を集めていたら、東大の学費なんて払えないし、本を買うお金だって残らない。

フェミニズムは私たちポスト・フェミニズム時代の女性を非常に高いところまで引き上げてくれた。私たちは皮肉屋で、ワガママで、権利は自明のものとして当然行使し、女であることの楽しみも捨てず、誰かに従順になることの心地よさも忘れず、何にでもなることができるようになった。フェミニストを名乗るまでもなく、あらゆる場所、あらゆる地位にアクセスできる私たちはしかし、何を捨て、何を選ぶかによって、受け入れなければならない強いコンプレックスと付き合っている。賢くありたいとも思うし、何より可愛くありたいとも思っているが、どちらかに少し舵をきった途端、捨ててきたものの亡霊がものすごい勢いで押し寄せてきて、自分が大きく間違っているのではないかという気分になる。それこそ、自分が人としてバッドであるかのような気分になるし、別の時には女としてバッドという気分になる。

フェミニズムが不味くなるとしたら、進歩的で努力家で、才能に溢れた女性が、旧来の女性像にコンプレックスを抱いた時である。「バッド・フェミニスト」はその瀬戸際にある女性が、ギリギリのところで踏ん張るためのメッセージのようにも聞こえた。少なくともセクシードレスのビヨンセがフェミニストの文字を背に女性を奮い立たせるように歌っているような米国に住む、高度な教育を受けた有色人種の女性ですら、似たような矛盾を孕んでいるということは、荒唐無稽で時にびっくりするほど前近代的な東京で生きるにあたって、大変残念なことでもあり、ものすごく心強いことでもある。

はあちゅう『通りすがりのあなた』（講談社）書評

勇敢で平凡な「普通の女の子」

もともと特別なオンリーワンなんていう歌が流行ったこともあるようなこの世界は、その歌をミリオンヒットさせた特別な人たちではなく、オンリーワンの花と言えるような存在でもない、たった5メートル離れれば周囲の風景に溶け込んでしまうような、誰でもない、平凡な、「普通の女の子」たちでできている。そんな取るに足らないチリたちが、嫉妬しあったり、悪意を持ったり、夢中で崇拝したり、セックスしたりすることで地上は色づき、また退屈すぎて死なない程度には興味深いことが起こることもある。

自らを「ブロガー・作家」と名乗るはあちゅう初の本格的な小説集『通りすがりのあなた』に登場するのは、そういう、ごく普通の感覚で地上の生活を全うする女の子たちである。就職活動後の旅行、短期留学中の異国の地、大学生がもうすぐ終わるという時期の合コンの合間、そういう、特別と言ったらあまりに大げさな、でも確かに存在する日常の合間のちょっとした時間の、これもまた特別と言ったら言い過ぎだけど他人として忘れるには勿体無いような人との関係を、細やかに言葉に落とす。

童貞のくせにと悪態をついたり、この人と寝てもいいと上から目線で思ったり、久しぶりの故郷で生きしている同級生を恨みがましく思ったり、言葉にしなければ見過ごしてしまうような些細な心の温度の変化は、確かに実感を伴うような形で私たちの腑に落ちるものである。

その実感を誘うのは間違いなく文章の真摯さだ。細部に配慮が行き届いた正確な言葉選びは、作者が正統な小説を書くというとても勇敢な行為にまっすぐに向き合った軌跡に見える。

欲深いけど常識的で、退屈だけど強かな彼女たちの、大まかに言えば一般的であることを受け入れながら生きる姿は、必然的に作者であるはあちゅうのそれと重なり合う。はあちゅうは平凡であることを拒絶しないまま特別になった女の子だ。メディア人としての彼女のしてきたことは自分の価値を高め、自分の名前を浸透させ、隣の人より一歩前に出ようとすることに他ならない。他ならないのだが、彼女の佇まいやメッセージは、自分の平凡さから一歩も逃げようとしない潔さがある。

はあちゅうの、あるいは彼女が小説の中に生み出した「彼女」たちの生活は、多くの人にとっては十分に特別で恵まれたものであるのは、彼女たちも承知の事実であろう。彼女たちはその視点に気づく程度には賢いが、それをあえて突っぱねて、自分を特別ではない「普通の女の子」であると頑なに定義する。はあちゅうに向けられる一部の批判は、そういったところに由来するのだろうし、「そんなものは、普通じゃない」と言いたくなる人の気持ちもわからないわけではない。

ただ実際のところ、彼女たちは思いの外、一所懸命「普通の女の子」としての日常を全うしている。普通というのは何も万人が認める平均値のことではなく、自分が期待したほど特別な自分ではないことの受容とちょっとした諦め、そしてそこからの「悪あがき」だからだ。

大人になりきる手前の女の子たちの、曖昧だけれどもとても生々しい空気感を捉えた本作は、そのはあちゅう自身の、普通さを普通以上に受け入れる態度を確信するに足るものだと感じる。

収録された「妖精がいた夜」のこの一文が好きだ。

「部屋の中には私の髪の毛が、まるで私が生きている証拠みたいに散らばっていて嫌だった」

彼女たちは、自分の生活の他の誰かへの入れ替えの可能性を十分に感じながら、それでもその生活を生きているのは自分であると時々強く実感せざるを得ない。その事実に絶望せず、誰でもないという事実はちゃんと楽しむに値するものだと捉え直して生きていかなくてはならない。

もっと幼ければ無邪気に信じられた自分の特別さを少しだけ心の中に残しながら、凡庸であることをなるべく恐れずに生きる女の子たちの物語は、似たように、自分の平凡さに気づく程度には聡明で、しかしそこに何の抵抗も感じないほど達観しきれてもいない「普通の女の子」たちの、本棚にそっと置かれてとても馴染む。大きな絶望に立ちはだかれることはなくとも、誰だってかつて夢見た自分の姿よりはほんの少し下に自分の現実を見つけた経験はあるのだから。

はあちゅうの、とても一般的な焦げ茶色のセミロングの髪と、街に溶けてしまいそうな薄手のニットを思い出しながら、私もまた彼女の本を、大学時代に買った本が少しだけ残る自宅の本棚に押し込んだ。

金井美恵子になれなかった

それまで長く手元にあった、物語を面白がらせるような本が急にくすんで見えた。それと同時に、どこか動きや経緯を面白がらせるように生きてきた自分自身をもつまらなく思った。「愛の生活」を読み終えた時に私はすでに21歳になっていた。

正確に話すと、その本を手に取ったのはそれよりずっと前のことだ。「愛の生活」を収録する作品集とエッセイ『夜になっても遊びつづけろ』を私は、高校に入学した頃に母親から手渡された。両方とも、かなり年季の入った古い本だった。その他にも何冊かを渡された気がするが、覚えていない。

母への礼儀か興味か、私は一応その時、本のページを繰るようなそぶりはして見せた。いくつかの見慣れない言葉が目に入って来たが、それに惹かれるままに本を読めるほど、10代半ばの私は洗練されてもいなかったし、開かれてもいなかった。もっと粗野で前のめりで思い込みが激しかったし、単純ではないふりをしていたし、不満を不安だと履き違えていた。

その後の3年間、私が高校時代にしたことといえば、パンツを穿いては脱ぎ、穿いては脱ぎ、また穿いて街に出ることだけで、それは基本的には退屈な日常を全うしたという比喩では勿論なくて、むしろその反対で、具体的にそうだった。

90年代から2000年代にまさになろうとしているその時代、女子高生のパンツが高く売れたからだ。穿いて脱ぐことで幾ばくかのドラマティックが手に入った気になり、いつのまにかパンツはグラスに入った酒になり、ヌードグラビアになり、セックスビデオになった。

いよいよセックスビデオを撮影し出していた21歳の私は、いつのまにかそのドラマティックさこそが自分の価値だと信じるようになっていたと思う。そしてまさにそんな頃に「愛の生活」のページを1枚ずつ丁寧にめくった。その後、必要なものとオモシロいものだけでほとんどいっぱいになっていた小さな本棚から『夜になっても遊びつづけろ』を探した。19歳で実家を出た時に、持って来ていてよかったと思った。腑に落ちかけたものがもっと具体的なアイデアとなって私にも感じられた。

おかしな冗談に笑うとか、綺麗な歌詞に聞き惚れるとか、衝撃映像に釘付けになるという経験くらい、私にもあった。そういった経験と根本的に違い、そして泣くとか怒るとかいうものとも違う、どちらかというと嫉妬に狂うとか、後悔に苛まれるという言葉の方がまだ的確だったと思う。

私の求めていた、極端にいえば刺激的な世界では、パンツを脱いでもセックスをしてもたかが知れたものしか手に入らないことは、すでになんとなくわかっていた。なんとなくわかってはいたが、別のやり方など知らなかったし、高さや危険さに慣れたら、さらに高いところへ登って、幾ばくかの刺激を味わうより仕方なかった。しかし、目前に広げた2冊の本に、そうやって無意味に高い場所に登ってみせることがいかにつまらないことかを思い知らされた気がした。

しかもそれらが、私と同じ女という運命を受け入れた、20歳前後の作家によって紡がれた事実は、当時の私にとってとてつもなく大きかった。頭が人並み外れて良いとか、事物を切る角度も冴え冴えとしているとか、そういったことはいくら嫉妬しても敵わない。それでもものすごくダサい言い方をしてしまえば、知性や言葉、そしてそこから磨かれる感性こそが、ドラマティックだということに気づく力すらなかった自分を心から恥ずかしいと思った。

私の全身が文字通り痺れた文章を今でも覚えている。

幸福はいつまでたっても幸福のままだ、という逆説的な不幸が現れて来る時、突然崩れ去る幸福な日常というイメージでしか、日常性を捉えることの出来ない人は、幸福のモロサを提出してみせたのではなく、事件が起こって事態は一変するだろうという風に考える、一種のロマンチストでしょう？（「愛の生活」より）

これは小説の主人公が読む手紙の中の一文で、多くの金井美恵子読者にとっては彼女の紡ぎ出す小説や批評の中の、何気ないものであろう。それでも、私にとってはあまりに強すぎて苦痛を伴うほどの出会いだった。

だからといって、私のような人間は、来た道をすぐに否定して別の道に入ることも、切り捨てて引き戻すこともそう簡単には出来ない。私はその後も数本のビデオに出演し、金井美恵子の批評集や小説を読み、20代半ばに何の因果か文章を書く仕事についた。私に求められるのは、どこぞの大臣が記者会見で何を発表したかなどということを、簡素な文章で表すような作業で、それでも例えばパンツを脱いでは穿いていた頃に比べて息苦しいとは感じなかった。

今もまたくだらない文章をあえて書くような仕事をこなしている。直接的な意味で「影響を受けた」作家は橋本治に始まりいくつもの文体が浮かぶが、本気でなりたいと思った対象は「愛の生活」のその人以外にいなかった。世界の認識の仕方のようなものをごっそりまるごと真似したかった。

21歳で、ほとんど半裸で「愛の生活」を読み終えた私は金井美恵子になれなかった。しかし、なれないこと自体を楽しめるような作家が、この世に存在するというだけで、私には十分に書いたり思ったりするモチベーションになるのだ。

天童荒太『ペインレス』上・下（新潮社）書評

愚直な孤独との戦い

「痛み」という概念を提示された時に、想起されるイメージというのが私自身にもいくつかある。眉と腰に入れた刺青、爪周囲のひどい炎症、毎朝悩まされる腰痛。あまり深く考えることなどなく、なるべくその痛みが消滅する、或いは減少するように努めてきた。それが解消されることで、頭の中を占拠していたものが一つ消え、再び人間らしい生活や思考回路が手に入ると信じているからだ。

唯一、痛みについていくらか考えた記憶があるのは、堕胎後の子宮収縮の痛みがなかなか消えず、痛み出せば処方された強い痛み止めが効いてくるまで、ベッドでじっと耐えるほかなかった時のことだ。痛みに弱い方ではないが、その痛みはそれまでの頭痛や怪我などとは次元が違い、ほとんど意識している中で初めて痛みに泣いたし、痛み止めのありがたさと痛みのなくなる喜びを感じた。

だから私は堕胎について、精神的な苦痛の記憶は皆無で、ひたすら感じたことがないほどの子宮の痛みに対峙していたとしか思い出されない。或いはその肉体的な苦痛が、それ以上の心の痛みをかき消すように作られたものなのかもしれない、という考えも少しだけよぎったが、そもそも私はそのようなことで心が痛まないのかもしれず、実際のところはよくわからないままだった。

構想実に20年という天童荒太の新作小説を読んで、純粋な子供時代をとうに過ぎて、すっかり人の痛みにも自分の痛みにも鈍感になった、そしてその分やや生きやすくなった大人は、それでも自分がいかに痛みと隣り合わせに生きているか、幾度も実感させられる。心の痛みとつねられた時に痛いと感じるような身体の痛みは、当初対照的に書き分けられるが、いずれ遠いところからいきなり交差したり、いつのまにか融合されたり、そしてまた対をなすように離れたりを繰り返す。こと性を媒介とした場合にその2つの痛みは分解するのが困難になる。

ペインクリニックに勤める女医は心の痛みを感じない、というある意味で特異な体質を持つが、肉体的な痛みは常識どおりに感じる。海外のテロに遭遇してから身体的な痛みを一切感じなくなった男は、心の動きは極めて繊細。彼を女医に紹介する末期癌の老人は、若い時に感じたある痛みを取り戻そうと、女医にガンの痛みをコントロールするように願い出る。

彼らはそれぞれの痛みについて独自の感覚を持ちながら、各々独自のかたちで性を求める。性的な欲望を前にした時、彼らの痛み、或いは非・痛みは複雑なかたちで彼らを支配する。そしてそこに、作品が予感させる人類の「進化」が見え隠れする。「進化」の物語は当然歴史の物語であり、彼らそれぞれの持つ過去の歴史は分厚く丁寧にスリリングに描かれる。

かの『永遠の仔』の天童作品を期待する読者は少々面食らうかもしれない、というのは、本作では、かつて『永遠の仔』で描かれた児童虐待のような分厚い過去が、現在のトラウマチックな謎解きのようになっていない点であろう。『永遠の仔』の3人の過去は現在を裏付け、また現在のために解決されるべき傷として描かれる。過去と現在は因果の関係と言ってよく、幼い日の同じような罪と傷がある者同士がそれを乗り越えようとする。

果たして本作の主人公たちの過去は、重くドラマチックではあるものの、現在の謎解きのような位置付けで紡がれるものではない。むしろ現在は過去が説明できる以上の部分の方が大きく、それはある意味で読む者を包み込まずに突き放し、より一層孤独にさせるものでもある。しかし、作品が扱う「痛み」というものがあまりに個人的なものである以上、その孤独は避けられないものなのだ。

身体的な痛み、或いは精神的な苦痛を目の当たりにした時に、私たちは大変に孤独だ。誰かにこの痛みをわかってほしいという渇望と、究極的には誰にもわかってもらえないという絶望的な現実に抑え込まれ、痛みが緩和されるのを待つしかない。ある者はペイン外来の門を叩き、ある者は泣いたり酒を飲んだりして、ある者は絶望しながらも友人や恋人に訴えることによって、痛みを耐え、痛みと向き合っていく。当然、痛みなんてない方がいいと思うのが常識的で、痛みと格闘するための仕掛けはこの世に溢れている。

それと同時に、手首を切らなければ精神状態が保てない者がいるように、痛みは私たちが見失いがちな自らの生を実感する契機にもなり得る。それは、痛みというものが、酷ければ人間らしく振る舞えないほど乱暴なものであると同時に、痛みと格闘する過程こそ人間らしい行為に他ならないことを示唆している。生と死を感じるとても危ういところで痛みは私たちに訪れる。

女医が時代についてこのように語る箇所がある。

「自分の痛みに敏感になり過ぎて、意識的に、また無意識的に、わずかな痛みも遠ざけたい、という心理が働いているのだと思います。そのため他者が痛がっているのを見聞きすると、同情するのではなく、不快に感じる」

自分の受けた微かな傷も許さず、痛みを訴える他者にはその訴えすら許さない。この厳しい世界を明日にでも終わらせたいと願うギリギリの手前で提示されるのがおそらく「進化」であるのだが、進化と退化のどちらがどちらに向いているかについては、私たちに託されている。少なくとも進化は孤独を受け入れなければ起こらないということだけは感じ取れた。

私がこの原稿を書いている新宿の歌舞伎町という街は死にたいと宣う女と殺してやると凄む男に溢れ、痛みについてとても陳腐で原始的なやりとりが横行する。精神的な痛みで追い詰められた者は肉体的な痛みを持ってそれを散らし、肉体的な痛みの最中で他人の心を痛めつける。わざわざ針や鞭を使った痛みを求めるのに、痛いという理由でまた死にたい殺したいと叫ぶ。それでも、原始的であるが故にとても愚直な孤独との戦いを、時に私はとても勇ましく思う。

ポスカだらけで追悼・橋本治

私は『桃尻娘』を、もう何回も読み返してきたのだけど、その、読む時の感覚が何に似ているって、それはもう本当に、あの、女子高生時代の使い捨てカメラで撮った写真の、選りすぐりのヤツを並べて見返すのに似てる。全部の写真が、テカテカの光沢現像の上に描き込める限りに落描きをしてあって、吹き出しとかタイトルとかハートマークだらけで、無印良品で買ったアルバムの表紙すら落描きだらけで、まさにミルキーペンが流行った時代のアルバム。

ミルキーペンというのはいかにも女の子が好きな甘そうなトロけそうなネーミングと、写真に文字や絵が可愛く描き込めるっていう新しい触れ込みこそが最強だったわけで、いわばコンセプト先行型の商品。実際の描きごこち使い勝手はどうかというとこれがまるっきりダメで、写真に文字を描いているとすぐにペン先がおかしくなって線が描けなくなって、白い紙に手紙や日記を描くにはどうしたってホワイトベースの甘そうな色は読みにくいし、結局ミルキーペンがそのペンとして生まれた本領を発揮できるのは、黒い画用紙に何かを描く時だけってことになる。しかし私たち当時の女子中高生、白い紙にものを描く機会はたっぷりあっても、黒い紙に何かを描き込む機会なんてそうそうないわけ（それまで黒い紙に描けるペンって修正液ペンくらいしかなかったわけだから）で、結局、文房具界激震の売り切れ続出だったそのペンは、コンセプトとネーミングの強烈な印象だけバッチリ残して、リピートするほどは使われなかった。

かといって私たち、ミルキーペンによって呼び覚まされた欲望「写真に何かを描き加えたい！」っていうもの自体を断念したわけではなく、その思いをしっかり引き継ぎながら、ベターな方法を模索し続けた。結局、つるつるした写真に何か描き込むなら、圧倒的存在感の線が描けるポスカと、ミルキーペンの少し後にライバル他社が発売したクリーミーペンの2つを使うのがこなれた女子高生の定番となるのだけど、ちょうど写ルンですみたいな使い捨てカメラがバカ売れした時期でもあって、というか描き込むっていう概念が写ルンですを大量消費したのか、写ルンですの大量消費が描き込みたい！っていう気持ちを誘発したのか、どっちがどっちか、とにかく楽しい時間は写真に撮って、現像されてきたブツに吹き出しのセリフやツッコミを描き込んでっていうのはとても日常的な1コマだった。

ミルキーペンよりは長生きしたものの、結局そこから時間が経って、クリーミーペンもポスカもすっかり触らなくなって廃れていくのだけど、写真に何かを描き込む行為はむしろちゃんとその後のプリクラ機とか最近でいうSNOWやインスタみたいなアプリに踏襲されていて、多分単純に写真屋でフィルムを焼いてもらう人が少なくなっていっただけだと私は思っている。写真的な記録にあとから色々ごちゃごちゃ描き足して、発してもいない言葉を描き込んで、その場になかった色や花なんかも描き加える、そんな行為を私たちは結構やめられない。だって私たちは写真に写っているその人たちよりは、だいぶ過剰で雄弁で、可笑しい存在だったわけだから。

写真屋がくれる安っぽくて薄っぺらい紙のアルバムや無印良品で買っていた半透明のカバーがついた素っ気ないアルバムに綴じられている高校時代の写真は、だから、光景をリアルに写した写真ではなくて、それをポスカでデコレートとトッピングをした後の、カラフルで過剰な写真たちなのだけど、目に見える事実と物や人の姿形以外は何も写さない写真より、実際は見えていなかったはずの星とか花とかハートとか、聞こえていなかった声を描き込んだヤツの方が、記憶の中の空気と一致する。焼いた写真は別にそれほど嘘はつかないけど、（だからこそ？）恐ろしいのは、話し上手でヴィトンの財布持ってて化粧もうまくて知的でもあるような女の子と、ピッタリタイプの白ソックスなんて穿いて化粧っ気がなくて話の内容も鈍臭い女の子なんかが、そんなに生き物として違わないように見えてしまうところだ。生きてる上では特にすることのない不自然なポーズを決めて、さらにポスカで「2年生集合マルキュー上等」とか意味のわからない言葉をカラフルに描き加えなくては、私たちの存在の色々は写真の上で完結しない。

写真もビデオもレコーダーも、私たちの内面や温度までは記録してくれなくて、それでも私たちは似たように感じたこととかテンションが高かったとか楽しかったとか騒いでたとか、あるいは誰かが悩んでいたとか誰かがキレまくっていたとかいうことはなんとなくその場にいたみんなが共有しているから別にいいのだけど、記憶の中だけじゃ満足できないのが人っていうもので、だからあんなに写すのが難しい花火とかだってみんな携帯構えて写そうとしてるわけで、ついついメディアに痕跡を残したくなるらしい。ただ簡単に言うとライブに行かないと得られないライブ感みたいなものってメディアに残すのはすごく大変なことで、正直に写したってダメ、過剰な演出をしたってダメ、それはそれは精巧で丁寧で難しい作業になるわけで、そんな高度な技術を意識もせずに感覚だけでこなしてた女子高生時代ってやっぱりみんなホントに天才だったんだと思う。

高校時代に授業中に書き合ってた手紙だって、別に当時の喋り方を忠実に再現してるわけでも、写生みたいにその場の景色を描いてるわけでもないのに、読んだらどうしてか吸ってた匂いまで記録されてるみたいで、これもやっぱり現役にしか出せないライブ感なんだろうなと思う。ものすごーくよくできた漫画や映画には必ずそういう天才的なライブ感みたいなものがあって、当時、ってその作者の描こうとしてる当時を知らない場合もあるわけだけど、とにかく当時の空気の匂いが間違ってない感じがする。別に、この単語や語尾を私も使ってたとか正確だというわけでは別になくて、自分と全然違う言語感覚で生きてる人だってよくて、実際の私たちと性別から宗教から違ったってよくて、そういう雰囲気の切り取りみたいなことができる天才的な人、もしくは思いっきり精巧で丁寧な人っているんだと思う。

いきなり変なことを言うと、私は事務作業とか営業スマイルとか結構できて、水商売も得意だったし、人前で脱ぐのなんてそれ以上に得意だったから、別に「ワタシニハモノヲ書クコトシカデキナイ」というタイプじゃないし、「言葉ガ舞イ降リテクルノデス。書カズニハイラレナイノデス」というタイプでもないし、別に物書きになるべくしてなったわけではなくて、サラリーウーマンでもヌード屋でも主婦でも生きる道は色々あったのだけど、じゃあなんで地味に家に籠らなきゃいけないようなこの仕事に落ち着いたかって、それには深い勘違いが関係してる。要するに私はどこでおだてられたのか、そしてどういう論理でそれをポジティブな意味で捉えたのかは別として、そんな、ポスカ的な気合いで空気の保存ができる能力が自分にあると信じていた時期がある。

若い女の子と呼ぶには少々トウがたった年齢になっても、若い女の子のパンパンに張った自意識と太ももとか、悲観的なことを言いつつ結構希望をもってるとことか、自分は可愛いと信じて肩で風きって歩いてるくせに実は超インセキュアな感じとか、物欲と食欲のどうしようもない伸びとか、間違った方向に向いたプライドとか、全然まだ私のモノって感じがして、そういうことなら幾らでも書けるような気がした。プリントした写真を触らなくなって久しいけど、もしそんなものを渡されたら、自分の若い頃のブンカと今の流行をいい感じに混ぜて、今でもソツなくデコレートできるような気がする。というか結構できる。見た目はすっかりオバサンになったけど、私が描いたポスカのデコレーションならまだまだイマドキ女に負けない。

でも私が信じたそんなちっぽけな私の才能は、別に天から与えられし特異性なんかでは全然なくて、ただの引きずってる現役感だったなんていうことを知ったのは割と最近。つまり私のは、自分が自信とやる気と可愛げでできていた頃の感覚を捨てられずに、要するに自分がもう大人って人種になったのを気づかず次の段階にいきそびれた、いわばちょっとイタめのナントカシンドロームなのであって、ポスカ写真的なことができるのも、自分の年齢に無自覚で、もうわかったからとっとと次いけよっていう声にも無自覚で、時間の経過について往生際が悪くて、反面自分の能力には自意識過剰でっていう残念な結論が導き出されてる。そりゃ、現役の女子高生にはさらさらっと描けるのだから、自分を女子高生と見紛ってるオバサンにも多分描ける。現役感を引きずってる代わりに、何か大事なものを獲得しそびれているのだろうけど。

ホンモノだからこその価値のなさってある。そんなのは、無価値なんですよ結局。

だって、私は一度だけ橋本治氏本人を見たことがあって、それはもう10年近く前の寛也さんの義太夫三味線の会の後のお食事会で、社会人1～2年目で忙しそうにしているのがイケてる的な酷めの認識で非常識に拍車がかかっていた時期だったので、義太夫を聞かずに食事会にだけちょこっとお邪魔するっていう大変ナメくさった態度でそこにいたのだけど、そしてそれは結構どうでもいい情報なのだけど、とにかくついたらもう食事はしっかり始まっていて、内田樹センセイが平松元大阪市長を褒めていて当時知事だった橋下徹さんは性格悪いと思うとか言っててそっちに気を取られて私は、もう1人の橋本さんがそこにいることにお開きになる直前まで気がつかなかった。で、結構な人数が詰まってた小さい中華料理屋さんの扉が開いて一人一人外に出て行ってという段取りになって初めて、私は橋本治氏の存在に気がついて、お店の外でそのまま屯している大人たちの中に立つ彼をしばらく観察したんだと思う。

まだ10代だった大学時代に彼の小説にハマッて毎日それを読んだ時期を思いだして、その頃の私はたしか、まだつんつるてんのミニスカに素足、みたいな正真正銘の若い女の子だった。

彼の、別に顔は写真で見たことがあったけど、やっぱりライブに行かないとわからないライブ感っていうのはあって、私の想像よりずっと大きくて想像よりずっとおじさんで想像よりずっと大きいおじさんって感じで、当然、想像よりずっと尻が桃っていう感じとはかけ離れていた。つんつるてんで大学に通ってた私とも、ポスカだらけの写真でダブルピースしてる私とも当然めちゃくちゃかけ離れていて、よくわからないけどなんかその姿が、ホンモノだからこそ価値がなくなるような事態とは完っぺきに対極にあるような気がしてなんだかすごーくかっこよく見えた。私はそもそも結構性欲がどうのっていうのはどうでもよくてポスカ握った時の彼の圧倒的な価値、みたいなあの格好良さを忘れたくなくて、だから今でもやっぱり『桃尻娘』を何回も繰り返して読んでいる。

パーティーの列のクリネックス

主人公として語られるヤスミンなる女が、クリネックスを使っていたのを、当時16歳の私は大変気に入って、『アニマル・ロジック』を読んだそれ以降の実に20年間、私は自分でお金を払って買うボックスティシューはクリネックスしか選んでいない。伝統的な米ブランドの響きが格好良いというのもあるのだが、ヤスミンの軽やかさや潔さ、そして刹那的な儚さといった、真新しいティシューペーパーのようなところを重ねるのに、やはりスコッティやエリエールではしっくりこなくて、クリネックスの必然性があるように思えたのだ。

私は高校1年生で、まだそうやって自分の生活や身体を構築している真っ最中だった。何を着て街をあるくかとか、どういう言葉で友達を招集するかとか、どんな男を恋しく思うかとか、それらの事柄において私は全く自由であり、今まさにデザイン中の自分というものが少し上等になるような体験に飢えていたし、完成形のアイデアになるような断片を欲していた。だから山田詠美との出逢いも文学性との出逢いなどというものとはかけ離れて、単にソウルのリズムの中で紡がれる世界観に誘われるまま、小脇に抱えていたと言っていい。

高校生というとちょうど安易な方向性を模索しては、いちいち自分や他人をジャンル分けするようなところがあって、私も例に漏れず、ラルフ・ローレンのゆるゆるのカーディガンを着ているとか、ヴィトンの財布を使っているとか、ココルルのシャツを何枚、ラブボートのショップ袋を何枚持っているとか、そういったことで友人たちと仲間意識を持ったり逆に隔てたりしながら、アドレッセンスと呼ばれる人生の序盤をやり過ごそうとしていた。

似たようなスタイルの選択は、居心地の良い反面、常に誰もが微妙な違和感を無視することで成立しているものだった。日の暮れた渋谷を、仲間が開く、パラパラを踊ったり禁止されているお酒を飲んだりするパーティーがあるらしい坂の上に向かって、女の子同士でぞろぞろ歩いていく。その時の底抜けの楽しさは全く嘘のないものだったが、列に連なる誰もが、自分だけはこの中に収まりきらない過剰を持っていると信じていたし、何か特別なものを持ちながらも心からパーティーを楽しめる自分の若さや気軽さに、誇りに近い満足すら感じていた。

今思えば16歳はちょうど山田詠美を手に取るのにありふれた時期で、校則に反抗する生徒と校則を踏襲する生徒がバランス良く揃っていた学校のクラスを見回せば、何人もの女子が本を持っていたのだけど、『蝶々の纏足』や『ぼくは勉強ができない』を手にした彼女たちと『ベッドタイムアイズ』や『ひざまずいて足をお舐め』に夢中になっていた私は、少なくとも私の中では別の文脈にいた。彼女たちと世界を共有しようという気になるには、高校に入ったばかりの私はあまりに若く、過剰な自意識と過剰なスケジュールで頭の中がいっぱいだった。似たようなスタイルを選択したもの同士でいくつかの共通の思い出を作る、という以外に特に何かを齎《もたら》すことがない自意識なんて、早く捨てれば良かったのだけど、当時の私には渋谷のパーティーや制服に重ねるラルフ・ローレンこそが、何より大切に思えていたのだから仕方ない。

思えば山田詠美の本は当初、パーティーの列に並ぶ資格があると思いたい私と、クラスに何人かいた文学少女たちと交わす言葉を探しかねていた私の、ぎりぎりの折衷案だったような気もする。ギャルたちの間ではその頃、脈絡なくローリン・ヒルやメアリー・J・ブライジが流行していた。ギャルたちとつるむ男子が突如Bボーイファッションと呼ばれる格好をし出して、ZEEBRAとDragon Ashがコラボレーションした頃でもあり、ブラザーのスラングが頻出する小説は、女子高生の私が選択したスタイルの中にあって違和感がなかった。加えて、そこで紡がれる文章は、私が読むに値しないと脇に追いやってきた教科書や子供の本とは全く違う世界に開かれていた。

14歳になるまで本を愛さない子供だった。与えられる本や強制される読書の時間を鬱陶しく思うことこそあれ、積極的に自宅の書庫や図書館に通うことはなかった。児童文学を専門としていた母は、手を替え品を替え絵本やヤングアダルト小説の類で私の気を引こうと仕向けてきたが、母の手から渡されるものに心動くことはほとんどなく、失望を重ねた母は私が小学校を卒業すると同時に私とは本の話をするのを諦めた風に見えた。

中学2年生の頃、特別な理由はなく、自宅の階段にある一番目立つ書棚に並んだ本の中から数冊を選んで、私の本読みは突然始まった。まずは書棚にあった名だたる作家の目に留まった本を読み、しばらくして自宅の目立つ本棚や書庫にない本を求めて書店に通うようになった。『アニマル・ロジック』に辿り着いた時、私は中学を卒業していた。

それまでも私を夢中にさせた本は何冊かあったけれど、橋本治や井上ひさしは、109や池袋のクラブに持ち込むには似つかわしくない気がして中断してしまった。そうやって私は山田詠美を小脇にかかえる女子高生となったわけで、彼女の著作の中でもブラザーのディックに関する表現があるものばかり選んでいたのも私にはそれなりに意味のあることだった。クリネックスを自分の一部にしようとしたのも、パーティーギャルなりの本の需要の仕方であって、本読みの自分と若く刹那的な自分を共存させた結果でもあった。それくらいの迂闊さを寄せ付ける作家がいたことは、私にとって幸福なことだ。

ファッションマガジンやトレンディドラマからクリネックスや煙草を生活に取り入れたとしたら、それらは今と同じように私の一部になっていた可能性はあるものの、その出どころなどもう忘れてしまっていただろうと思う。私が今でもクリネックスの5つ入りのセットを買う度にヤスミンの名前をなんとなく思い出すのは、それらの本から実際はクリネックス以上のものを自分に取り入れたからなのだろう。

『ソウル・ミュージック・ラバーズ・オンリー』の中に、ビッチで忙しない日々にピリオドを打って結婚し、この上ない休息と幸福を得た女が登場する。彼女はクラブで昔の男と偶然鉢合わせ、自分が選び取ったものと過去に置いてきたものについて思いを馳せるのだけど、私は妙齢の女にしかわからない、後悔とも前進とも違う曖昧な気持ちの動きを、あんな風に言葉にする方法があったなんて、パーティーの列を離れて女子高生の制服を脱いで、狂騒から身を引くまでわからなかった。女子高生から卒業するのは山田詠美の表現を追体験している気分だった。私は女の中にある、あまりに瞬間的であまりにほのかな気分を、文学はこうも鮮やかに映し出すのだということをクリネックスを真似するうちに知れた、とてもラッキーなギャルだった。

山田詠美『つみびと』（中央公論新社）書評

沈黙を埋める言葉たち

マンションの一室に自分の幼い子供2人を置き去りにして遊びに出かけた蓮音は、子供が死んだ後に逮捕され、日本中から「鬼母」と呼ばれる。しかし、3つの視点から紡がれるこの物語の〈母〉の視点はその鬼母のことを示さない。そこに入るのは蓮音の母であり、死亡した二児の祖母にあたる琴音の名前である。

2010年に大阪で若き母親の育児放棄により二児が餓死したという事件を、自分がどのようにして知ったのか、よく覚えている。報道の中で繰り返される風俗店やホストクラブという単語は、長い期間、夜の世界に逃げ込んでいた私にとってあまりに身近にあるものだった。夜職時代の友人たちとの話題に事件が上ったこともあるが、私たちは、やばいね、怖いよね、とほとんど意味のない感想を漏らすくらいで、多くを語らなかった。どこか自分の近いところでそんなことが起きるかもしれない、ぎりぎりのところで自分は助かったのかもしれないという微かな予感の言葉を拒絶するほど、事件が幼き命に齎した結末は悲惨だったのだ。前年に、夜職を辞め、同年代から少し遅れて新聞社に就職した私は、昨夜まで自分が住んでいたマンションが爆撃されたような感覚に、少し震えた。

児童虐待やネグレクトの話題で必ず引き合いに出されるその事件をモチーフに、山田詠美が筆をとる、という事実にどのような意味があるか、掴みかねていた人も多いように思う。この物語は慎重に、時に潔く、大量の言葉で沈黙を埋める作業そのものなのだ。愛した男の思春期の連れ子との生活、幼馴染の息子との間に紡ぐ愛、教室で孤立した女児の復讐心、数多の作品で、言葉を持たない、あるいは言葉を放棄した人や空間に、彼女が当て込んできた言葉は常に他を払う量的な厚みと開かれた豊かさがある。そして事件が発覚するマンションの一室は、最も残酷に言葉が失われた沈黙の空間だったはずなのだ。

「ひと言ひと言が正しい」夫の他に、「物をはっきりと言う性質なのね」と言う口うるさい姑も出入りする新婚の頃の部屋に比べて、蓮音と幼い子供2人が入った部屋の言葉は少なかったはずだ。かつて「おじいさんは、山にしば刈りに」と絵本を読んで「芝が生えてんのは芝生だろ?」と突っ込んでいた蓮音が帰ってこなくなったマンションは、さらに静かだっただろう。言葉を知る者から先にいなくなっていった部屋に最後に残ったのは、多くの言葉を獲得する前の二児だった。

物語は示唆的に一人称と三人称が使われているが、全て一人称で語られるのは、蓮音の母である琴音の言葉である。〈娘〉の蓮音の視点は三人称の中に度々一人称の語りが挟みこまれる形で進み、死亡した二児の視点〈小さき者たち〉は三人称で語られる。年月を生きて言葉を獲得していった者は、自分の歴史をも言語化していく。蓮音の言葉はつたなく、標準的な、例えば結婚時に大学生だった夫より少ないが、それでも自分が産んだ子供たちよりずっと巧みに話せる。その母である琴音はさらに多くの言葉を使って自分の半生を振り返る。

琴音もまた、まだ幼い蓮音やさらに年下の弟たちを置いて、家を出ていった過去がある。一番上の蓮音は、自分がまだ幼い時から弟たちの糞尿の世話をして、具体的な手を差し伸べてくれないのに、「一人で、この試練を乗り切ろう」と正論を振るう熱血漢の父のもとで暮らした。蓮音は逮捕されてしばらくして次のように思う。

母の琴音は、私と弟妹を置き去りにした。そして、私は、自分の息子と娘を置き去りにした。私たちは、同じことをした親子。でも、いったい何故、母は私にならずにすんだのだろう。

琴音は家を出たまま、蓮音たち子供ともその父とも縁を持たずに暮らす。蓮音が逮捕された後、琴音に寄り添っていた旧知の仲の信次郎は、「親にしてもらえなかったことは自分の子にもしてやれない」タイプと、「親にしてもらえなかったからこそ、その分、自分の子にはしてやろうと思う」タイプの2種類の人間がいるのではないかと口にする。結果的に、自分は前者だと言い切る琴音は、子を死なせずに済んだ。解のようでもあり、詭弁のようでもある。言葉なき者から順に苦労を強いられる物語は、言葉を持つ者の正論めいた詭弁が随所に散らばっている。蓮音の父、夫、姑、信次郎、琴音、琴音の母、そして義父。言葉を持つ者は言葉を使って去っていく。

表紙の英題が「SINNERS」と複数形になっているのが象徴的だが、物語はドミノだおしの最後の一つだけを「鬼母」と呼ぶ態度に静かに強くアンチテーゼを投げかける。木が言葉を尽くしながら倒れ、隣の木に重みがかかって隣の木も言い訳を言いながら倒れる。次第に倒れる際の言葉が小さくなっていき、静かに木が倒れることを繰り返して、最後の木が倒れた時に、誰もが驚くほど大きな衝撃音が鳴る。振り返ると、倒れた木は消えていて、当初聞こえていたはずの言葉は聞こえない。最後の一押しをした木だけが残っている。

琴音は自分の幼い頃にも思いを巡らせる。父の暴力に晒される母を心配しながら見つめる子供時代を送っていた琴音には、田舎の閉塞感から自由な、東京帰りの叔母である類子がいた。

私は、類子さんの言うことを聞き流すのが常だった。大人同士の会話には興味がなかったし、そのほとんどが理解出来なかった。しかし、時折、私の心を不意につかんで離さない言い回しや話の種などがあり、私は耳をそばだてた。

そして叔母は、「逃げる」という言葉をさまざまな場面に当てはめてよく使った。

最後の一押しの木となった蓮音は子供を部屋に残したまま「私、何やってんだ……ほんと、何やってんだよ、もう！　でも、もうどうにもならない……」と言葉とも言えない声を上げて出ていく。

もし蓮音に「逃げる」という言葉が与えられていたら。

当の事件のニュースが盛んに流れていた頃、せめて外に子供を捨てれば、どこか託児所や交番の前に置いていれば、もう少しマシな結果だっただろうに、と誰もが想像を巡らせた。しかし所詮、多くの言葉を与えられた者たちの発想の域を出ないのだと思う。言葉を持たないということは、何がしたいのかを言語にして自分で把握することもできないということだ。

だから当初、夜に駆け込んだことのある一部の者たちは震えたのだ。何も、ホストや酒の魔力が急に怖くなったわけではなかった。夜の世界は、言葉を必要としない。言語化すべき状況を棚上げにしてしまうその狂騒の威力を知るからこそ、言葉を断念した結果の衝撃音に怯えた。

圧倒的な言葉の欠如を埋めていく物語は、その震えをも少しだけ止めてくれる。

金原ひとみ『アタラクシア』（集英社）書評

理解できぬものと寄り添うこと

触らなければ、奇妙な重力のバランスを保って動かない、不思議な形のやじろべえを、最初は慎重に、徐々に力を加えて、最後は乱暴に揺らして、バランスが壊れて下に落ちてしまう瞬間がどこにあるのか、確かめたくなる。或いは、少しだけ壊れた不完全な状態で、でもなぜか上手く使えている家具の、壊れた部分を強く押して、壊れていないところまで一度全部壊したくなる。構造がよくわからないまま、均衡を保っているからという理由で、動かさずに回したままでいることを、たとえ幸福と呼ぶのだとしても。

金原ひとみの小説は常にそういった、触れたら全てのバランスが狂ってしまいそうなところに触れずにはいられない、そういう衝動に彩られている。視界を少しだけ不明瞭に、神経を少しだけ鈍化させれば丸く収まる。そうやって日常をやり過ごすのが、唯一の生き抜く方法だと思いがちな私たちは、彼女の描く人物たちの言動が、最初は愚かに、次第に恐ろしく感じられる。できれば触らずに安住したいけれど、どこかに感じている歪みを、怖いくらい直接ゴリゴリと触られる。デビュー以降、注目が集まりがちだった尖ったモチーフや生々しい描写は、その、不安定な部分を触る手の切っ先のようなもので、小説家としてはとてもトラディショナルな態度を貫いている。定めたテーマの中にある、不完全なバランスをグラグラ揺らすのだ。

結婚生活、そしてそれを形作る夫婦を描いた本作は、「理解」の不在の物語だ。読み手が誘われるのは、私たちが理解の不在をどの程度耐えられるのか、私たちが理解を介さない関係とどの程度付き合えるのか、その境界を見届けるための作業である。

6人の語り部、また彼らの生活に登場する人物は、それぞれ夫婦という関係性の内や外にいながら、結婚制度がなければ引き受けなくてもよい不自由や傷、若しくは戸惑いと向き合わされている。語られる生活は交差はするが、それぞれ独立して別個でもある。

モデルでの立身を志して一度は渡仏したものの、夢破れて帰国後結婚した由依は、一度はその結婚生活の内部に生活を作ろうとしていたものの、現在はフランス在住時に出会った瑛人と過ごす時間に「ずっとこうしてたい」と感じる。ライトノベル作家の桂は、由依に離婚を切り出されて困惑し、嫌がる彼女を押さえ付けて無理やり犯す。由依と交流のある編集者である真奈美は、暴力を振るうようになったミュージシャンの夫との間の子を育てながら、同僚と不倫関係にある。由依の妹で自称メンヘラの枝里は、ホストの彼氏に連絡したい衝動を抑えながら、ツイッターのオフ会で出会ったバツイチのユウトと乱暴なセックスをする。

母親や妹にまで不気味がられる由依は、「私にとっては全ての一日がただの今日で、日めくりカレンダーはめくったら風に飛ばされてどこかに消える」と語り、一般的な意味での情や理解し合いたいという欲望が欠損しているような印象を抱かせる。桂はそのような妻を長らく理解できず、疎外感を感じている。「桂が何を考えてるのかも知りたくない」と理解を拒む由依に、問いの答えが返ってこないことをほとんど確信しながら「どうして離婚したいの？」と聞く。由依について「彼女には悪であるか善であるかの物差しがない」と形容する真奈美は、音楽で挫折していく夫や離婚で心を病んだ不倫相手をどうにか自分の理解の範疇に置こうとあがき、由依と瑛人の関係を苦々しく見つめる瑛人の店のパティシエである英美は、浮気に勤しむ夫、ソリの合わない母親、グレていく息子に顔を背け、誰も自分を理解しないという絶望の中にいる。

私は彼を理解してくれている、彼は私を理解してくれている、という大まかな幻想は人間関係をとてもイージーにする効果がある。わからない、わかってもらえない、という気分は多くの人間にとって最も大きなストレスだからだ。それは仕事や学校など、恋愛関係に限ったことではないが、一対一の繋がりがある程度濃密にならざるを得ない恋愛では、彼が何を考えているのかわからない、どうしてわかってくれないの、という理解の飢餓状態に陥りやすく、逆に言えば理解を振りかざしてさえいればその関係が盤石になるかのような万能感すらある。だから男は女を口説く時に、君のことをこんなに理解しているのは俺だけだよ、という態度で挑み、良き妻の言い換えとして理解のある妻、なんていう言葉を使う。

幻想でしかないことは当人たちも半ば承知の上だろう。わかるわけのないものを、わかったふりをし合いながら近づけば、幾ばくかの時間、孤独を回避できる。複雑な君を僕は理解しているよ、なんていう口説き文句に寒気を感じて、クソクラエと思った経験も、わかってくれるよな、なんてナメくさった台詞に本気で死ねと思った経験も、何度も重ねながら、それでも彼にだけは理解されたいと幻想を重ねる。

理解の不在は孤独を意味するのだから、確かに苦しい。いや、少しの不在であれば、それこそが恋愛感情と呼べるくらいに刺激的なものである。彼の言動の真意が全てわかる、という状態は、もっと近づきたいと焦がれる感情には結びつかない。ただ、わからない、が刺激になりうるのは、もっと知りたい、もっと知ってほしいという関係の進展を求めるからであって、わかり合えない、が確定してしまえば多くの恋愛関係は破綻に向かう。

そして、放っておけば静かに自然に消滅する関係をも繋ぎ止める結婚制度の中にある場合はどうだろう、と物語が問う。理解できないものは制御できないし、制御できないものと共存するのは恐ろしい。多くの女の子が小さい頃、あるいは大人になってからも、白いドレスや花や鳥と響く鐘の音として夢想した結婚という結末が、不理解との共存というあまりに絶望的な次章の幕開けだなんて、誰が教えてくれるのだろう。

物語の中に頻出するありがちなトラブル、不倫もDVも離婚も絶望的な苛立ちも、どれも暫定的な結果に過ぎない。序盤で桂が吐く「大人ならちゃんと話し合うべきだ」なんていう言葉があまりに空々しく聞こえるほど、血と知性のある人間である限り、たとえ結婚の囲いから逃げだしたところで、理解の不在の中にあり続ける。ふと数年前の不倫報道ブームを思い出して、外から間違いと正解を判断してもらえるなんて、どれだけ気楽なことなのだろうと思った。

穴だらけの檻の中で

島本理生『夜 は お し ま い』（講談社）書評

勝手な名前を与えられ、そこに紐づいた言葉に縛られていた祖母たち、自らを閉じ込める言葉の檻を、命すら賭して壊そうとしてきた母たちに思いを馳せる。その歴史の続きに在る以上、彼女たちより幸福であらねばならない、と思う。少なくとも、彼女たちより幸せであると自認していなければ申し訳ないと思う。かつて私たちを閉じ込めた窒息するほど狭い檻には、不完全ながらも沢山の穴が空けられたのだから。それは私たちが少しでも幸福であるように、祖母たちや母たちが戦ってきた証なのだから。では、蓋の開いた檻が、どうしてこんなに息苦しいのだろう。

島本理生が新刊で紡いだ4篇の連作は、現代に生きる4人の物語である。主人公たちを繋ぐものはいくつかある。女であること、セックスを経験していること、キリスト教の教えに触れていること、女性以外が味わい得ない気持ちの乱れや絶望的な孤独を知っていること、男性によって付けられたと思える傷を負っていること。故にこれらは彼女たちの傷の物語でもあるのだが、近年巷に溢れる「傷を負った女性」や「生きづらい私」についての言説と一線を画すのは、痛みや息苦しさの正体として朧げに導き出されるのが、女であるが故に負った傷ではなく、傷を抱えて生きる行為そのものである点だ。

それは彼女たちの傷を癒すのが、必ずしも傷をつけた機能の排除や、傷つけられるプロセスへの社会的理解ではないとすることでもある。被害と加害を当事者と他者に固定させず、時に彼女たち自身こそが傷をつける存在として描かれる。彼女たちが確かに持っている傷をある意味で自明なものとして、それを抱えたまま生きることの愚かさや苦しさを焦点化することは、おそらく私たち女が手をつけなければならない、気の重い、単なる蛮勇とは違った勇気のいる、痛々しい作業だったのだろう。島本がキリスト教の教えを参照しながら、本作でやって見せたのはその作業に他ならない。

描かれる女性たちは、不運とも不遇とも呼べるような体験を経て、それによって得た痛みとともに生きている。と、同時に、他人からすれば一見理解できないような方法でわざわざ自分に再び傷を入れるような場に身体を晒す。身体を切り売りし、愛などとは別のものを使って男性と繋がり、不貞行為に明け暮れ、時に自分の傷をあえて想起させるような場所に身を置く。破滅的にも刹那的にも見えるそれらの行為は次第に、彼女たちが自分らの価値をどう定義づけるか、という問いにあまりに拙い方法で向き合っているものののようにも見えてくるのだ。つまり彼女たちが戦っている痛みは、単なる過去の傷に残る鈍痛ではなく、傷によって中途半端に示された自分らの価値を自分で再定義する過程で生じる痛みである、とも仮定できる。

では、傷を自明のものとせざるを得ないのは何故なのか。女性を傷つけるのが必ずしも別の性ではないとしたら一体何であるというのか。自分の価値を何に見出せば良いのかわからない、とはどのような事態なのか。単に自分の欲しいものを言い当て、幸福を追求する前の段階に、どうしてこんなに苦しい過程があるのだろうか。

就職や退職など職場における性別による差別を禁止した男女雇用機会均等法が制定されて30年以上が経った。現場からの訴えなどによる改正が繰り返される中で、不完全ながらも教育や労働が女性に開かれた時代はやがて現実味を帯び、半分は現実となり、当たり前の前提として共有されつつある。実際に女性の生産年齢人口における就業率は上昇を続け、産休・育休や時短勤務に始まりハラスメント対策なども整備され、政治が女性活躍を謳い、女性管理職や専門職も微々たるものとは言え増加傾向にある。これらは労働人口の確保などに寄与すると同時に、もちろん女性の選択肢の増加や抑圧からの解放など、自由に幸福追求する権利につながる新しい要素と言える。

一方で、価値観全てが新しく生まれ変わっているわけではない。身体的な非対称性はもちろん、専業主婦願望やパートナーに求める理想の収入など女性自身の好みには伝統的な側面も見えるし、強姦や強制わいせつなど性犯罪は極端かつ圧倒的に女性の被害が多い。家庭や職場でのハラスメント相談件数を見れば差別解消が著しく進んでいるとは言い難いし、男性に求められてしているのか、自分が心地良いから選んでいるのか最早よくわからない女性らしさの演出や役割意識も衰えているわけではない。これら全てが不可避な差異とは到底言えないが、全てが解消されるべき分断と言って良いのかどうかもわからないし、そもそも解消が望ましいのかどうかにも多少の疑問符はつく。新しい要素に対してそれを伝統的価値観と言ってもいいし、古い、前時代的な、時代に取り残された要素と言ってもいい。

後者の、曖昧で根強いが何か普遍性があるようにも思える、名づけがたい側面について、本作品は暫定的にキリスト教の教えをベースに据えた説明を試みる。それは普遍性を説くような単純なものではなく、それを切り崩すことが何を意味するのか、切り崩して進む覚悟はあるのかを常に問いかけてくるものだ。

私たちを縛り付けていた檻に穴が空いた今、私たちが傷ついていることの必然性を示す象徴的な箇所がある。「夜のまっただなか」の中にある、貞操観念とは何かについての記述だ。どうして私たちがともすれば古い価値観を押し付けられていると思えるものを抱えていなければならないのか。そこで示されるのは神父の以下のような言葉だ。

「そう決めつけなければ、誰もあなたたちを守らなくなるからです」

そこに私たちは、自分らを閉じ込めていた頑丈な壁が、実際には私たちが社会に及ぼす影響を限定的にするだけではなく、檻の外に広がる荒々しい社会の雨風を凌ぎ、私たちを外敵から守る役割も持っていたことを知る。狭い檻に空いた無数の穴は、私たちが外に向かう自由を保証するものであると同時に、当然外からのあるあらゆる凶器の侵入を許す。さらに、外気に触れることで、それまでは傷とすら認識しなかった身体中の爛れた肌が痛み出すのだ。

当然、痛みを伴う新しい自由を否定し、後戻りすることなどできない。私たちはかつて男に独占されていた知識を身につけ、排除されていた場所に出入りすることが許された初めての女たちである。古い、或いは普遍的な肉体を抱えて、新しい時代に適応することが痛みを伴うのは、私たちにとっては不都合なことでもある。それはかつて男が男のために作った職場を自分らの身体に馴染ませるような苦労もあれば、開けられた門をあえてくぐらない選択の迷いもある。仕事だけにとどまるわけでもない。結婚も、結婚に伴うセックスも、時間に任せておけば自動的に済まされていた頃は、セックスの選び方によっては自分が自分に価値を感じたり、あるいは自分自身を憎んだりすることなど知らないで済んだはずなのだ。

「夜のまっただなか」でミス・キャンパスのステージに上がった女子大生や、「サテライトの女たち」で3〜4歳年下の女子高生を観客にしてベッドの上で売春する愛人稼業の女が象徴的だが、本作に登場する女たちは往々にして、女同士のヒエラルキーに傷ついた身体を抱えて男の中に逃げ込む。彼女たちを力で支配しようとする男たちが、なぜか安堵をくれる。本当は彼らが味方でないことはわかりきっているし、包み込んでくれた次の瞬間、倍の力で苦しめてくることもわかっているのに。

広がった選択肢が女たちに与えたのは、必ずしも自己実現の機会と喜びだけではなかった。それは女たちの一時的な分断を齎し、本来的な敵がどこにあるかを見定める前に、女同士がお互いの姿を見て傷付き合う時代の始まりでもあった。作品に登場する女たちは、私と似たような時代を生きているのだと思う。なにかを重んじるつもりで重ねた選択は、自分とはまた別の女と全然違うところに自分を連れていく。20代になり、30代になってみると、10代の時にたしかに似たようなものを信じていたはずの仲間が、全く別の場所で別の価値を持って生きている。仕事も、恋愛や結婚も、愛のないセックスも、出産も、不貞行為も、家族の維持や放棄も、その場しのぎの理由さえ述べられれば自由に選べるが、選んだ後の孤独からは逃れられない。

時々、自分らが選んだ道とは関係なく、同じステージに乗せられることがある。自分の信じた、あるいは信じるふりをしていた価値が通用しない場所で、別の選択をした女たちはそれぞれがいちばんの敵となる。ミス・キャンパスのステージに上がった彼女は、小さい頃から習っていたピアノの披露をしたものの、自分より顔もスタイルもそれほどいいとは思えない女の子たちがダンスや歌を堂々と披露してその場の空気にしっかり溶け込む姿を見て愕然とする。自分が良かれと思っていた道が、ある場所では全く評価されないことを知る。

似たような体験を私たちの誰もが、全く思いもよらない場所でしたことがある。一流企業の上司に連れられて入った銀座のクラブで、彼の付き添いで行った彼の会社の同僚たちが集まるパーティーで、偶然昔の友人たちと出くわした街角で。そして私たちは、自分の価値を見失う。それなりに愛着や自信を持ち、正しいと信じて守っていた価値が、全く価値を持たない場所に引きずり出された時、そういった世界で価値を持つ、自分とは違う女たちを目の当たりにした時、私たちを襲うのは単なる自信の減退や居心地の悪さといった生易しいものではない。男を使って、無理やり自分に傷をつけなければ生きていけないほど、自尊心が追い詰められるのだ。そして残念なことに、その時に自分を追い詰めるのは常に、わかり合えない異性ではなく、わかり合えていたはずの同性なのである。

女子高生の前で裸になった彼女が、女の価値についてこんな風に語る箇所がある。記号的でしかない価値に嫉妬するほど、彼女には寄る辺がない。

「なぜか唐突な嫉妬を覚える。制服を着ているだけで無敵だった頃を思い出した。特別扱いされることよりも、自分自身の価値に無頓着でいられたことがなによりも幸福だったことに気付く」

女性の自由がつくる女同士の分断は深く、近年の女性同士による連帯やフェミニズム運動が往々にしてぶつかるのも、同性の壁だ。穴だらけの檻の扱いには、いくつもの可能性がある。穴から手を伸ばす者、檻から飛び出して中には戻らない者、穴などなかったかのように中に留まる者。男性と同条件の仕事に勇んで入っていく者は、そうしない者を女らしさの呪縛から逃れない者として断罪し、子を産み家庭を守って新しい権利に関心を示さない者は、そうでない者を女の自然な姿を放棄して出て行ったと糾弾する。憎いからと言えば単純だが、そうではない。相手の存在が自分を追い詰めるからだ。

4つの物語に登場する彼女たちが、そうやって自分の価値を見失いながら、破滅的にも見えるやり方で自分らを切り売りすることは、似たような焦燥感を知らない者にはいかにも愚かしく、理解に苦しむ姿であることは間違いない。本来、彼女たちが傷ついたのは違う価値を信じる女性たちが存在するからではなく、そこに男性が介在するのだから。最も自分を傷つける存在に、自分らの心や身体を明け渡せば、二度追い詰められるのが目に見えている。

それでも心や身体を切り売りするのは、切って売ったぶんだけは確実な価値が手に入るからだ。ミス・

キャンパスのステージから降りて軽薄な男に身を委ねるのも、女子高生の眼差しを浴びながらだらしない身体をした中年の男にしがみつくのも、そうしなければもう一秒たりとも自分の価値を感じていられないという切羽詰まった事情がある。少なくとも女であることは、異性を前にした時にはっきりと輪郭を持った価値となる。だからつまらない男に抱かれた身体に安堵し、一時の幸福感を覚える。

現在の日本で、夜の世界に逃げ込んでくる女性たちの多くが、金銭的な問題の他に抱えているのは、自分自身を慈しむ方法がわからない、という不安だ。よって彼女たちは金銭問題が解決した後もその世界にとどまることを選ぶ。自分に値札がつけられて、目の前で売り買いされている間は、少なくとも自分ではないなにかが、自分の価値を慈しんでくれる。

当然、そのような関係で救われるのは一瞬でしかない。女性であることだけで価値を与えてくれるようなセックスは、逆に言えば尊んでくれるのも女性である身体だけで、本来自分が感じたかったはずの自分自身の代替不可能な側面は無視されるからだ。残るのは疲れた身体と、安易な安心感に逃げた自分への嫌悪と、いくばくかの金銭や経験数だけで、過ぎ去ってしまえばまた寄る辺ない日常が戻ってくる。女子高生に売春する姿を見せた彼女が、その足でホストクラブに向かうのは、中年男にしがみついて誤魔化した不安を、同じような手段で再び誤魔化そうとするからだろう。一瞬で剥がれるハリボテのような絆創膏を、別のさらに安易な絆創膏を重ねて留めようとする。

それは、「雪ト逃ゲル」で子供を預けて刹那的なセックスを重ねる彼女の行為ともどこか重なる。彼女は時折訪れる罪悪感とともに祈る。

「もし願いが叶うならば神様に奪ってほしい。母という名前を」

私たちを名付けるのに使われるのは、かつて祖母たちや母たちに与えられたのと同じ名前だ。母親であったり、妻であったり、娘であったり、若い女性、働く女性であったり、人妻や彼女であったり。名前が含む役割は可変的で、意味するところも変わっていくが、かつてと同じ名前で名付けられることは、そしてその名前が根強い響きと、かつて含んでいた役割を背負っていることは、時に女を追い詰める。かつて祖母たちを閉じ込め、母たちが壊そうとした檻が、私たちをまた違った意味で苦しめるのだ。

性別にとらわれない生き方への道は随分見晴らしが良くなったように思う。しかし名前とともに、いつまでも同じままの身体は、私たちを不安にさせる。この名前と身体を持ったまま、新しい道を歩いても良いものだろうか、と。

娘を持ちながら、夫ではない男との関係を続ける彼女は、男と出会った時のことを記憶している。知り合う前、「名前も肩書きもない」彼女に対する男の眼差しは、当然、それらを持った彼女に対するものに比べて、自尊心を満たす類のものではない。しかし、彼女をほんの一瞬、自由にするものでもあるのだ。

島本が紡いだ物語の彼女たちを、自傷する女たちと捉えることもできるだろう。幼少期、あるいは初体験で傷つけられた身体を、再び男にあてがってみせるのだ。ただ、その行為は自らの手首に刃物を当てるような、単純な自己承認とは似て非なるものでもある。何故ならこんなことでは救われないという絶望とともに、ほんの数パーセントでも、そこに期待があるからだ。本当はここに救いがあるのかもしれない、と。

私たちは苦しんでいる。古い名前の新しい意味や、古い身体と新しい使い道に戸惑いながら、自らの選択は常に別の選択に脅かされ、自分の価値を見つければすぐに見失い、救いを求めては裏切られる。かつてサラリーマンと結婚した専業主婦を描いた女性作家による小説がいくつも脚光を浴びた時代があった。夫の抑圧から、不可解な方法で一時の解放を得る彼女たちは愚かではあっても逞しく、不安や不満を社会に向けて提起した。

今私たちが提起すべきことは何であろうか。島本が暫定的に示した答えは、もちろんかつての伝統的な名前を取り戻せというものではないし、愚かに生きるしかないというものでもない。そして、男を憎んで前に進めというものですらない。

「神様って絶対に男だよね。（中略）女ばかり犠牲にするんだよ」

女性ばかりが当たり前のように消費されるような世の中を指摘しながら、4つ目の物語で、自らも傷ついた女性の治療者にこのように語らせる。

「それがけっして彼らのせいではなかったことまで、いつか、彼女が受け入れてくれたらいいと思った」

4篇が語りかけるのはおそらく、傷ついていいのだというメッセージなのだ。私たちが息苦しいのは当然だ。たとえ蓋の開いた檻の中にいても、自分で選択する自由を持っていたとしても、たとえ母たちが私たちを思って変えてきた世の中に生を受けたのだとしても。今まで生きたどんな女も、私たちの痛みを体験したものはいないのだ。そしてそれは、不意にステージで隣同士に並ばされる女のせいでも、それを軽薄な性欲で救うふりをする男のせいでもない。

全ての物語に登場する金井神父は、このように説く。

「あなたは頭のいい人です。愚かなふりをするのはもうやめるべきです」

第4章

上品で
つまんなくて
ゼツボー的な世界を
蹴っ飛ばしたい

カチューシャしてアイフォーンを使いこなしたい

そこにほんの少し触れると「あ」と言い、その指を上にすべらせると「う」、今度は左に二度軽くこすると「いい」となる。エッチな話ではない。ガラケーだとかパカパカだとか呼ばれるケータイでは、押しごたえのあるボタンを1回とか4回とか押して、「は」とか「ね」とか表示させた。かすかに聞こえるプチとかコチという音を懐かしむ時、脳内に音楽が流れる。

「ポップコーンがはじけるように好きという文字が躍る」と簡単に言語化できてしまうAKB48の軽やかさは、「メールは返さない」という決断で1曲歌ってしまうかつての松浦亜弥なんかと対極にある。かといってカチューシャとポニーテールで武装する彼女たちに、浜崎あゆみの破綻の無さとか、「CanCam」モデルの周到さ、萌えキャラの毛穴の無さのようなものもない。男の視線を逆手にとって、搾取されてるフリして搾取していたギャル的狡猾さがあるわけでもなく、投票用紙の上のわかりやすい愛情表現を許容し、生真面目に一所懸命歌って踊り、真正面から一喜一憂する。新曲を手に取れば「フライングゲット」と乱暴だ。

グーグルを叩けばデビュー当時のすっぴん顔がまことしやかに表示され、汐留あたりのサラリーマンはCM撮影現場の裏話を片手でツイートする。ウソもホントも2秒で伝わるので、素早く簡潔な言葉にしてスルスルと伝える逞しさがなくてはいけない。言葉の外側は信じない。言葉にした部分は理解して、運がよければ愛してアゲル。それが彼女たちの示す条件だ。最小限の体力で言葉を発するタッチパネルの、入力の耐えられない軽さもまたそれに似ている。考えたり感じたりより先に言葉があふれ出す。

私には結構年下の友達がいて、深夜1時すぎに、「乗れなかった—乗れなかった—イエス！　終〜電〜！」とMAXなハイテンションでメールが届いたりすると、彼女らの逞しさは羨ましいな、と時々思う。

衣領樹をしならせて

「いわゆるクラブイベントの禁止」と嫌に政治的な規制に見舞われ、心配された鎌倉のビーチだが、海と日焼けを愛するオネエサンたちの深い慈しみとテンションに支えられて今年も賑やかだった。茶色というかほとんど灰色がかった汚い水とジャリみたいな黒い砂浜に下品な水着の男女がびっしり並んで、そこにやはり下品な日本の湿気と太陽が反射すると、私にはそれこそモルディブの海よりずっと魅力的なものに見える（モルディブは行ったことないけど多分そうだと思う）。ほとんど裸に近い身体で、タトゥーとアンクレットとサングラスと、小麦肌の派手な化粧で海の規律に則ってめかした女子たちの生き様は、平日もお盆も終戦の日も、汚い海を華やかに色づかせていた。服を剥がれても逞しいな、と私は思う。

海とは反対に猛暑のせいか平日はやや人通りが少ない北鎌倉の、建長寺の向かいの坂に入ると、そこに現れる古刹のなかに地獄の入り口がある。昔はもっと由比ヶ浜の近くにあったという円応寺の本堂には、運慶作の閻魔像とその取り巻きみたいな十王像が並んでいるのだけれども、それらに対峙する前に入り口のすぐ横で待ち構えるボロ臭い姿の婆がいて、それがここの紅一点、奪衣婆像だ。

三途の川のほとりで亡者の衣類を剥ぎ取るのが仕事とされるその婆は、いかにも血管切れそうな閻魔様に比べ、それなりに怖い顔をしているものの、いかにも修羅場くぐってきたわよと言わんばかりに腰を落ち着けていて、亡者や観光客や社会見学のちびっ子を迎え入れるにぴったりだ。

それにしても、着ていた服の重さでその者の生前の罪を測るなんて洒落た思いつきだと思う。しかし、何をひっかけると衣領樹がよりしなるのか、というとわかるようでわからない。世が世なら、ヘンリー8世が着ているようなマントと農民の服をイメージして、なるほど王様のほうが強欲で罪深そう、と納得もするが、今の時代に金持ちの方が重いわけでもあるまい。

身につけているものが軽いと言ったら、海のオネエサンの露出っぷりなんて軽装の最たるものだ。しかしよく見てみれば、バッグに大量の化粧品が入っていたり、バッグ自体が重い皮と金具でできていたりして、なかなか重い荷物を抱えている。重い以外に特徴がないようなヴィトンのバッグなんて、いかにも衣領樹がしなりそうだ。

一時、「CanCam」が大ブームで女子アナが全盛期で、日本中がパステルニットで溢れていたことを思い出すと、分厚いせいで極端に重かった雑誌そのものとは対極的に、確かに彼女たちの主張は「軽やかさ」にあった。言い換えれば、どんな状況に陥ろうとどんな人と付きあおうと、ふわりとその横に佇むことができる対応力にあった。最近、金麦のCMの女優の服装が何故あんなにださいのかが話題になっていたが、金麦の服は、全盛期の女子アナファッションのデフォルメだ。おじさんウケをねらったのかもしれないけれども、おじさんよりも奪衣婆対応に優れるその格好は、どんな彼氏にも合わせられる服を極めた結果、誰よりも彼氏のお母さんウケがよくなっていったCanCam系の終焉とよく似ている。

今も秋口になればパステルニットはマルイに並ぶし、金麦のCMもきっと装いを新たに放映される。ただ、金麦のださい服を着たくなくて着たくなくてしょうがない気持ちもまた、女の子の中にずっと存在している。私も含めたそんな女の子たちは何も、ふわりと誰かに寄り添うことに抗っているわけではない。

ただ、金麦冷やして待ってる生活よりは少しは刺激的な生活がほしいし、そもそも金麦冷やしていれば男が文句を言わずに稼いできてくれるわけでもない、というか大体の娘がCMの女優ほど美人でもない。

アクセサリーもつけるし、マツゲは10グラムくらいはあるし、バッグの中の化粧ポーチも雑誌も重くなる。それはそれなりに可愛くて、でも憧れいやヒロスエよりは可愛くない私たちの宿命だと思う。ホステスやるならいつかは自分の店を、とか、働くなら絶対一流商社で、的な精神は持っていなくとも、金麦的日常よりは荒々しく、でも荒々しいわりには平坦な日常をドラマチックに補完してくれる何かは欲しい。それは当然それなりに身につけるものを重くする。

若い女には女なりの、見せなければならない格好の良さと、体現しなければならない楽しさがあるのだから仕方ないと思う。重要なのは婆に衣を剥がれるような未来が待っていることへの腹づもりと、服を剥がれてもそれなりに堂々としていられるかということで、水着になってより輝く女の子たちなら、別に地獄に落ちてもなんとかなるような気はする。私は以前AV女優の世界で女の子たちと長い時間を過ごしたことがあるが、裸で仕事をしながらごつい靴で現場に来る彼女たちもまた、重いは重いなりの可愛さを愚直に体現している存在である。

なんてことを考えながらSLに乗って（湘南新宿ライン、略してSL）渋谷に戻ってみると、海で裸みたいな水着を着ていたキラキラオネエサンの髪は思っているより傷んでいて、ビーサンから履き替えた厚底ヒールは重そうで、ツケマツゲは2枚乗せで、何より重い濡れた水着をヴィトンのバッグに詰め込んでふらふら歩いている。さすがにそんなに重くて奪衣婆的には大丈夫なのかと一瞬だけ思って、でもやっぱりそういう不幸な女の子の方が可愛いので、死んだ後のことはまあ後で考えればいいとして、ださくて軽い服なんて着ないまま大人になってよ、と心の中で思い直した。

ヘアサロン攻防 秋の陣

「秘することによって神話は完成し、而る後に宗教がまろび出る」とは私の大学時代の先輩の口癖で、銀縁眼鏡の彼が言わんとしていたのは要するに、当時深夜に放映されていたアニメ『かみちゅ！』のオープニング映像がいかに宗教的かということだった。洗練されたシティ・ガールだった私は当然、萌ナントカやその周辺の話にはなんの興味もなかったが、その口癖の後に紡がれる彼の理論には少々身に染みるものがあった。

曰く、確かに人々の猜疑心を去勢し、信仰心をより強固なものにする際、神や真理などというものは奥のほうでぼんやり輝いているらしい程度に感得されてしまえば十分だ。ただしその後も継続的な信仰を求め、またその者に端を発する宗教の拡散を狙うならば、信仰の対象への帰属意識を俗に言う誇りとやらに結びつけ、大声で信仰の自己紹介をしてくれるレベルまで引き上げなければならない、とかなんとか。

メガネの銀縁をキラーンと光らせてそう言ってみせた古き良きオタクの彼は、アニメ論に引き続き当時一般的な意味で急速に市民権を獲得しつつあったアキバ系のような集団について批判的な持論を展開していたのだが、私はその眼鏡のキラーンと帰属意識の自己紹介という彼の言い草が、私とその横でお菓子食べてたパッツン前髪にヒステリックグラマーの彼女のことについてのちょっとした揶揄を暗に含んでいるのか否かが気になった。ちなみに私はその日、よりによってちょっと古びたアルバローザのTシャツとマウジーのデニムにたしかANAPかどこかで買った羽織物という若干中途半端な装いであったが、それでもそれは十分に私の選んだレッテルとして機能していたのだった。

なんて小難しいことを最近ちょっと思い出したのは、馴染みの美容師さんが地元北海道で美容院を開くとかで、それも元々お客だった女と結婚してその娘も連れて行くんだけど実はもう一人のお客ともそれなりの関係だったとかいうしょうもない話もあるんだがそれはいいとして、とにかくいつも頼んでいた美容師を失い、私としては5年ぶりに美容院についてちょっと深刻な問題を抱えているからだ。女子一般が、最も自分の自意識をよく表し、また自分の帰属する集団の最大公約数的なファッションを求められるのは美容院なのであって、何もクラブや結婚式でもなければ学校や会社でもない。

美容院には雑誌攻防がある。髪を乾かされたりトリートメントのために放置されたりする際に、シャンプー・ボーイが3冊くらいの雑誌をもってくるあの儀式だ。あのさりげなく見えて残酷な3冊に幾度と無く名誉を踏みにじられ、自信を奪われ、時に勇気をもらいながら、私たちは生きている。鈴木家の娘だとか、明治学院高校の生徒だとかいう肩書を軽々と凌駕するレッテルは、美容室で差し出される雑誌に規定されてきたのだ。

例えばコンサバであることに何よりの拠り所を見出しているのに肌がやや浅黒いために「Fine」を持ってこられたというのはまだ序の口。それなりに自分の帰属と流行を意識したつもりが、とんちんかんな雑誌を差し出されでもしたら、一度自宅に帰って全身着替えて出直したくなる。勿論さすがにほんとに出直したりできるわけもなく、そんな時は3冊のうち大抵1冊はある美容雑誌を手に取り、「これらのファッション誌、我関せず」という意思表示をする程度にとどまるのだが。

いずれにせよ、そういった住み分けは90年代後半から00年代初期、私が女子高生だった頃にはすっきりとしていた。ギャルはヤンキーではなく、ヤンキーはサーファーではなく、サーファーは個性派ではなく、個性派はたとえ処女であっても清純派では決してなく、またそうでないことが、好きとか似合うとかそんなことにずっと先行して重要な事だった。めかすのが面倒な時ですら、涙シールとか黒シャドーとかトレーナーの真ん中に「X-girl」みたいな主張の激しい文字列が入ってるものとか、もういっそ小脇に『星の王子さま』でも抱えておくとか、「名札」がいくつか用意されていて、それさえ身につけておけば見間違えられたりしなかった。

眼鏡キラーンの先輩のオタク論を聞いていた20歳そこそこの私の身体にも、まだその圧倒的に正しくて明確なレッテルが剥がれきらずに貼り付いていた。しかし20代を駆け上り、同時に2000年代を猛スピードで消化するにつれ、私を規定する3冊は迷走し、いくつかの路地に迷い込み、輪郭がぼやっとしていく。ようやくカットの腕前もそこそこ良くて、雑誌を客に指定させるタイプの美容師を見つけて通いつめたのに、その彼が北海道に転勤するという事実は、私を再びその攻防の渦へと誘い込んだ。新たな美容師を探して駆け込んだいくつかの美容院で差し出される雑誌といえば、「VoCE」と「美的」と「MAQUIA」(最早ファッションは放棄)、「AneCan」と「CanCam」と「STORY」(年齢だけ幅広くカバーしとけばいいでしょ的な)、なんかパズルの本と「婦人公論」と「anan」(髪乾かしている間の非・退屈を重視しました。ドヤッ)、「GLAMOROUS」と「美ST」と「BRUTUS」(ついに性別を超える)、「egg」と「東京ウォーカー」と「日経アソシエ」(あえてのランダム感をアピール)。美容師の「何出していいのかわかんない」感じも甚だしいが、私の「何出されたらいいかわかんない」感もなかなかなのだ。

雑誌に後押しされ、「ギャル」だとか「個性派」だとか「清純派」だとかいう燗々と輝くレッテルを自信あふれる態度で自分の身体に貼り付けた私たちはもういない。たしかに一心不乱にボトックスや角質除去にオカネをかけて、キレイというバリアでレッテルを拒絶する選択肢もあるにはある。けれど多くの場合、美魔女になりたいかということそれもなんとなく違う気がして、「元ギャル」とか「夜上がり」とか「昔ダンスやってた系」とか、事後的な修正が加わっている上にかなり無理やりな出身派閥を背負い続けるか、或いは「アラサー」だとか「外資系ＯＬ」だとか否定しようのない事実の包容力に甘えるか。そのどちらを選択したとしても、「アキバ系」とか「チャラい」とか「草食系」とかで武装する男子の横に立ってしまえば脇役もいいところだ。未来や幸福や自分らしさなんて、全部奥のほうでぼんやりと輝いている程度でいいから、もっと強固な神話があれば、少なくとも髪にカーラーを巻きつけられながら忙しそうにスマホをいじって、雑誌攻防から目を背けるなんて惨めなことをしないですむのに、とちょっと思う。

誰がためにグラスは鳴る

オトコというのは名前と肉体と雰囲気の3つでできているのであって、何も、カエルとカタツムリと子犬のしっぽでできているわけではない。少なくともオンナにとっては。

私はいいオトコといると、常に彼を分解する。例えば6月は3人のいいオトコを見つけた。1人目はI氏。シンクタンクに勤める31歳、独身。高すぎない身長にやや丸みのある肉体、四字熟語のような、日本人らしい名前。その名前には硬い漢字の社名・部署名、カタカナの前置きも付く。何よりの特徴は、オンナに自信を取り戻させてくれる彼の雰囲気である。話の中身は気取りすぎず、庶民的すぎない。私は彼と、丸の内ブリックスクエア内「アンティーブ」で待ち合わせて昼食を食べたが、平日の午後1時に現れた彼は、私の横に置くに、何の文句もないオフィスカジュアルで、清潔な食べ方に清潔な話し方、自分がいいオトコといる自信と、自分は彼の横にいてもいいオンナだという自信を同時に抱かせるその雰囲気は、単なる「自負」からも、単なる「褒め」からも生まれない。オンナの身体に対する絶え間ない興味と慈しみからのみ生まれる。顔のつくりはそれなりで、どことなく芸人の劇団ひとりに似ている。

2人目はK氏。とある非営利組織の代表で、やはり31歳。既婚者だが、夜も出歩く。女の子の相談に乗るのがライフワークで、いつも美女に囲まれている。高級であったり高尚であったりすることを拒絶した気のいい庶民的な雰囲気に、ニックネームをつけられやすい少し変わった愛らしい名前、でも彼を彼たらしめるのは、太くないのに頑丈な腕である。彼はとりたててマッチョな肉体の持ち主ではなく、足首やふくらはぎはガリガリしている。シップスやアローズの若々しい服を着て、ショルダーバッグやトートバッグなどを少年ぶってさげている。それでも、いざという時に必ず力になってくれるはずの頑丈な黒い腕は、側にいてオンナの不安を取り除く。平気でオンナの隣に座り、平気でオンナを泊めてくれる。彼は何も、肉体の妙を楽しんでいるのではなく、オンナの気持ちに寄り添った生き方を選ぶからこそ、腕を鍛えたのである。

最後はM氏。31歳の歌舞伎町のオトコ。背が高く華奢で青白い。病的な知性が漂っていて、強いけれども清涼感のある香水の匂いをまき散らし、低い声で関西弁を話す。私はたまたま元AV女優の友人と同席して彼と話したが、にやにやした表情と、その気怠い雰囲気と、折れそうな首や脇腹と、彼の独特の名前に興味があった。漢字3文字と5つの音を巧妙に組み合わせて、オンナに自分のフルネームを覚えさせる。同席した友人と、その数日後に彼についての会話をする機会があったが、お互いが彼をフルネームで呼んでいることに気づいた。さん付けしてもクン付けしても、姓で呼んでも名で呼んでも、同じ距離感でしかない、無機質に煌めく名前だった。化粧をしても顔は薄口で、印象的な特徴はない。彼は何も、なりたい自分になるために自分を名づけなおしたのではなく、夜に湧くオンナの欲望に忠実であるからこそ、その名前で在るのだ。

「イケメン」が「イケてるメンズ」の略としてギャル雑誌上で誕生したというような知識はなんとなく

共有されているものの、オトコとオンナがそういった話題を口に出すとき、語感的な問題で「イケｍｅｎ」のほかに「イケ面」としてのニュアンスも多分に含む。そして多くの場合、オトコの方が、含まれる「面」というニュアンスに過敏である。しかしここで言う「面」、顔の造形というのはオトコの構成要素の中では、肉体の一部、雰囲気の一部に関係している程度で、比較的影は薄いのであって、オンナにとってのオトコの評価というのが先の3要素を総合して出来上がるのだとしたら、顔が占める割合なんてせいぜい20％かそれ以下である。この勘違いがイケメン談義を、個人の価値観や好みでしょ、という一点張りの平行線に終わらせる一因であり、アイドルやホストの整形が、多くのオンナにとっていらぬ騒音なのも、そのあたりに起因する。

ただし、オンナがオトコを見た瞬間に「イケメン～♡」と声を出してしまうことがあるのも確かで、これもまた誤解を広げる原因となる。しかし、オンナは思っている以上に五感を研ぎ澄ませているので、その溜息もまた、顔の造形美についてのみ語られるのは稀で、多くは名前や肉体や雰囲気の総体に向かって発せられるのである。

名前と肉体と雰囲気は、オトコがオンナのために後天的に用意すべき演出であり、だから漱石は漱石でなくてはいけなくてキンノスケではダメで、たとえ運良く龍之介であっても、顎に指を添えてぼんやりとした不安を抱えていなければ、やっぱりオンナの恋慕の対象としては不十分なのである。冒頭の3人をいいオトコとして成立させるのも、生まれ落ちた面や名前や肉体ではない。それらがオンナに向かって変異していったからこそ、総体としてのイケメンが成立する。結局、彼らをいいオトコにするのは、ワタシタチの存在なのだ。

私は目黒の庭園美術館や、木場の東京都現代美術館にたまに足を運ぶ。オーチャードホールや本多劇場にもしばしば向かう。映画館にも図書館にも漫画喫茶にもホストクラブにも時々行く。陳列され、披露されるシロモノは、大抵はひどく退屈でつまらない。そして隣のものとさほど変わりはない。ただ、稀に面白いな、と思えるものにも出会う。それらは解釈や批評を許容し、こちらがその後ろにある何かに惹かれたり惚れたりするのをはねつけないという点でよく似ている。ホストクラブで探し出すイケメンは、美術館で足をとめる作品のようなもので、それくらいの頻度では出逢えるし、こちらの期待を満足させる場合も、こちらの予想を大きく裏切る場合も、同じように心に残る。出逢ったことで私の価値観が組み替わったり、新たな楽しみが広がったり、過去が相対化されたりするという意味でも相似する。

この、残りのページを使って私は、オンナに「イケメン」と呼ばせてしまうオトコの何かについて、現代のホストたちの様子を拝借して少し考えを進めてみたいと思う。オンナの欲望と気持ちと身体にアピールすることが、彼らの売り上げに結びつく。そして時にイケメンであることが重要で、しかし必ずしもイケメンである必要がない彼らは、イケメンとモテと成功との微妙な関係性にも何かしら示唆するものがあるであろう。彼らは名前と肉体と雰囲気を研ぎ澄ませることでオンナの欲望の対象になりうるが、オンナの欲望が何らかの形に結実する際、名前と肉体と雰囲気が先鋭化していることを絶対条件とはしないからだ。

歌舞伎町のホスト遊びというのは、例えば銀座や六本木などの所謂オネエサンがいるお店の遊びよりも、はるかに排他的なものである。店が店としてそこにあり、そのシステムや人材を、客側がニーズに合わせて使い分ける、そういった門戸の広さはそこにはない。店や担当ホストを決めたら、客はそちらの文法に合わせて動き、そう簡単には抜け出せない。客層もまた多様性がなく、9割が風俗嬢や一部の水商売のオンナである。時間に融通がきき、手元に増額可能な現金がないと、なかなか遊びに参加できないからだ。

ホストクラブのほとんどが、永久指名制を採用している。その指名も、大抵は初回の一度で連絡先を交換したホストの中から決める。つまり、店で多くのホストを自由な視点で見られるのは一度、せいぜい二度で、後は初回時の印象やＬＩＮＥやメールの雰囲気から、手探りで指名を決めなくてはならない。

初回時の帰り際には「送り指名」といって、帰り際にその日に自分のテーブルについたホストの中から好きなホストを選び、店の入り口まで送らせるシステムがある。必ずしも次回来店時の指名と一致する必要はないものの、ホストの方も送り指名をもらうことで、自分を気に入ってくれているかどうかを見定める機会となり、指名させるために日夜LINEやメールで営業する指標にもなる。送り指名を選ぶために、各ホストと初回で喋るのは、せいぜい15分程度だ。この15分で、オンナから第一段階の「好き」や「気になる」を奪うことが、ホスト界で売り上げを伸ばす小さな一歩となる。

オンナの方としてもそれなりに切実だ。15分で相手が今後自分にどれだけの幸福を提供してくれるか見極めなくてはならない。送り指名をする際は、その店のスタッフに自分が誰を気に入ったかを伝え、本人に耳打ちしてもらい、席まで戻ってきてもらう。会って2時間足らずでするはめになるそれは、最早擬似的な告白である。

初回で席につくホストは名刺を差し出し、顔と身体をさらし、何かしらの話をする。イケメンとしてのホストが最も重要視されるのが初回である。ホームページや店内などで発表されるホストクラブのナンバーというのは、その月の売り上げた金額で計算されるが、それとは別に指名本数や送り指名本数についても、公表されるか否かは別として、順位付けをしている店がほとんどだ。そして送り指名本数については、ダイレクトに名前や肉体や雰囲気が関係する。

例えば、名前である。お酒の名前（鏡月や淡麗やルイ13世など）を模した覚えやすい名前であったり、ホスト雑誌などで目にする有名な名前であったり、名前に燦然と輝く幹部の役職がついていたりすれば、当然有利に、逆に印象に残らない響きや語感の悪い名前であれば不利になる。同じように、顔が端整であるとか背が高い、服装が似合っている、刺青やアクセサリーが好感が持てる、といった外形的な特徴も、ここで大きく有利な条件になりうる。話し方のトーンや内容もしかりだ。

ここで、それらの総合評価が良ければ、すなわちそれは送り指名につながりやすいことになる。送り指名本数ランキングの上位が、精悍な顔で背の高い若者や話の上手い幹部に集中するのはそのせいだ。このためホストたちは生まれ落ちた名前や外見を、オンナたちの欲望のかたちに変異させて身構える。

ホストの総合情報サイトである「ほすほす」でクローズアップされるホストたちの名前を見てみると、「静夜」「光」「唯斗」「珀」「咲也」と、近年話題のキラキラネームともまた少し毛色の違う、幻想的で綺麗な漢字のオンパレードだ。最近の歌舞伎町は、例えば2010年頃に比べて黒髪ブームだと言われるが、それでも8人のうち7人は髪を染め、それを毛先を遊ばせるようにセットして、眉毛は等しく細い。

それはワタシタチが望んだからだ。勿論、全員がそれぞれ、オンナの欲望を上手く体現しているわけではない。オンナからしてみれば冴えない名前のホストもいるし、期待はずれのメイクや、趣味の悪い髪型、余計な装飾品に、げんなりすることも多い。そもそもホストの装い、つまりラインストーンでドクロ柄をあしらった黒いジャケットであるとか、不自然に逆毛のたった前髪の邪魔な髪型であるとか、不健康に白い肌であるとかというのは、必ずしもオンナが自分のオトコに対して求める外見ではない。かといって、無駄な装飾をして無駄な方向に変異していくくらいなら、ありのままの自分でいたほうがよい、といった批評は甚だ間違っている。

重要なのは彼らがオンナについて考え、外形的な特徴を作り上げていることそれ自体なのであって、たとえ見当違いの作業であっても、ワタシタチはその作業自体を愛でる。そして何かしらのフェティシズムを満足させる装飾を選ぶことができるのである。ホストはそういった事情に半分自覚的に、半分は無自覚に、自分のわかりやすいビジュアル（身長や顔の造形）に付加的に装飾をつけてデフォルメし、ジャンルに分かれて、さらにジャンルを組み合わせることで細分化していく。V（ビジュアル）系、ワイルド系、オニイサン系、王子様系、かわいい系、V系王子様、大人ワイルド系、おもしろオニイサン系……。

そういった意味で、ホストの源氏名やヘアメイクは、所謂女子アナ・AneCan的な、多くの異性・同性に、不快感を与えずに無難に好かれる、といったファッションの選択とは対局にある。そしてオンナの欲望の対象として、目前のオンナに何かしらのインパクトを「刺す」ことができれば、送り指名につながるのだ。

前述したように、送り指名が必ず本指名に直結するわけではなく、すなわちその店でオンナの担当になるには、初回から次回の来店までの間に、LINEやメール、或いは直接会って、指名してもらうよう働きかけなくてはならない。最近では初回枕（まだ初回に来店したのみで、自分を指名しているわけではないオンナとセックスすること）や初回店外（同様にデートすること）といった言葉を聞くのは日常的な出来事で、長くは一ヶ月以上かけて指名を決めさせ、次回の来店を誘うホストもいる。送り指名をもらっているホストはこの時点でややリードしているが、初回時にそれなりの好感をもたれ、連絡先さえ交換していれば、他のホストにも十分に指名をもらうチャンスがある。

オンナのほうとしては、気に入ったホストを耳打ちする送り指名とは違い、担当を決める本指名までの期間には、それ相応の物語と葛藤がある。送り指名してみたものの、いまいち印象に残っていない、メールの内容がぱっとしない、その後あまり連絡が来ない、となれば、当然本格的に指名をしようとは思わない。逆に、送り指名は別の人にしたものの、やっぱり気になる、LINEをしていたら好感をもった、デートに誘ってくれた、などの理由で、指名で店にいってもいいという気分になることはままある。

さらに、ホスト遊びが2004~2009年頃のマスコミ的な熱狂を経て、少なくとも夜のショウビズ界隈のオンナたちの間では広くそのシステムが知られることとなった昨今、どんな遊び方を提供してくれるかどうか、単価はいくらくらいなのか、どれくらいマメなのか、といった要素も、指名を決めるポイントになりうる。また、iモード、今で言えばスマートフォンが普及してからは、ホストクラブの話題などを中心とした掲示板・日記サイト（「ホスラブ」「de日記」など）で、そのホストや店を検索し、信憑性のないうわさと知りながらも、それなりに彼の評判を知ることもできる。ホストによっては、ブログを開設していたり、YouTubeやネット系テレビに出演していたりするため、そういった場所での情報収集も可能だ。この段階になると、顔や名前、雰囲気の総体としてのイケメン具合というのは大分影を潜めだす。

私は以前、アダルトビデオ業界を浮遊していたことがあり、その頃、つまり2005年頃のまわりのオンナの子たちの彼氏といえばホストかスカウト、オカネの使い方と言えばブランド品かホスト遊びだった。2014年現在、オンナたちはその頃より余程賢くなっている。いかに大金を使わないで楽しくホスト遊びができるか、初回だけでホストと仲良くなれはしないか、いくらでも知恵を絞る。ただでさえ、普通のオトコはオンナにオカネを使うことでいいオトコ認定されるという飛び道具があるこの社会で、オンナにオカネを使わせることでしか成功し得ないホストのハードルは高い。

つまり武器としてのイケメンで突破口をつくり、初回の来店後もオンナと何かしらのつながりを持っていることはあくまで第一段階で、店に自分の指名客として来店するという事態に結実するまでには、無料のものを提供しすぎず、しかし今後降りかかる経済的な負担を想起させず、その後に起こりうるめくるめく物語を想像させ、嫌われずに忘れられない技術が必要となるのである。相当数の送り指名を獲得しながら、その送り指名が本指名に昇格しないホスト、というのが各店舗に必ずいるが、イケメンでしかない限界はそこにある。

難しいのは、トークやメールの巧みさだけが、イケメンをイケメンの限界から突破させるものではないことだ。「置物ホスト」「元祖置物」などと呼ばれるオトコたちを私は数人知っているが、彼らはそれなりの指名客を持っている。彼らがそう呼ばれる理由は、顔が異常なほど端整で、派手な営業努力をせずに、口数が少なく、店全体の雰囲気をみて有効に動いたりしないから、というようなものだが、指名本数を持つ置物には置物なりの戦い方がある。余計なことを言わないこともまた十分に、オンナにとって気になる存在になるための戦略になりうるのだ。

イケメンとしてのホストが花開く送り指名から、ホストとしての営業努力が実る本指名までが繋がれば、晴れてホストはオンナを自分の客として確保することができる。永久指名制度の下で、オンナはその時すでに、降りるか乗り続けるかの選択しかない。乗り続けるのであれば、店側が用意する遊びの文法をある程度踏襲し、ヘルプや担当ホストにお酒を振るまい、祝い事に付き合い、締め日に付き合い、担当ホストの見栄に付き合い、それなりの金額を支払う。その代わりに、店での時間やアフター（閉店後に担当ホストやヘルプと遊ぶこと）、店外（お店の外で担当ホストとデートや食事をすること）、うまくすれば誕生日プレゼントや連休の旅行などを手に入れる。

ホストは送り指名段階から指名段階に入ることで、自分の売り上げを築いていくことができ、その数が多いほど指名本数や売上高は増加することになる。ただし、すでに述べたようにホストクラブの実力主義の指標であるナンバーというのは、その月の各ホストの売上高だけで決まる。つまり送り指名を毎月10本以上もらい、管理している指名客が数十人、指名本数（自分を指名だけして来店する客の延べ数）が50を超えるホストであっても、客単価が小計3万円であれば、彼の売り上げはたったの150万円だ。対して、安定して来店する客数がたとえ3人であっても、それぞれが月に小計100万円使えば彼の売り上げは300万円となる。たったの1人でも、月に500万円使う客を持つホストは、文句なしのランカーだ（ナンバーに入っているホストのこと）。

客がいくら使うかなんていうのは、半分は運で半分はノリである。確かに、人気ホストは総じて売り上げがよく、自分の客をよく教育している。その営業方法もさまざまで、単純な色恋営業（客に自分を惚れさせてオカネを使わせる営業）や友達営業（友人のようなノリで相談にのったり遊んだりしながらオカネを使わせる営業）といっても、本営（本当の彼女と思わせること）、色恋枕（付き合っているとまでいかなくても、なんとなく彼女を好きなように見せてセックスもすること)、やらず本営(セックスなしで自分は彼女だと思わせること)、友営枕(友達のような営業だけれどもセックス)など、時代とともにハイブリッド化している。ホストクラブで、当初例えば月に20万円しか使わなかったオンナが後々100万円単位で使うようになることを「育つ」と言うが、言葉通り、担当ホストの腕によっては前述のような営業でオンナは振る舞い方を学び、オカネの使い方を学び、太客に育っていく。

しかしオンナは総じて、勝手に育つのである。そもそも飲食店で、新車が買えるような値段のボトルを、テーブルに飾るためだけに購入したり、10万円のシャンパンを10人で3分で飲み干したりするには、完全なトランス状態になっていなくてはダメで、見栄と願望と不満を限りなく大きく膨らませて、オンナは遊び方を習得する。持っているオカネを使い切るだけでなく、そのためにオカネを作るようになる。しかし、それは半分は元々オンナの中にある見栄と願望と不満が弾けて出来上がるもので、もう半分はお膳立てする店の雰囲気と、ホストの営業と、オンナの関係性が何かしらの化学反応を起こして出来上がるものだ。

結局、多くの人が勘違いするイケメンとモテと幸福や成功の順序がそこにあるのだ。イケメンであることで突破口が開き、モテとしての技術がオンナをたぐり寄せる。けれどもそこからの関係性については、もともとオンナの中にあるものが、付き合いの中でよい方向に転がって幸福や成功に変わっていくだけで、案外オトコは不在だったりする。そしてイケメンであることやモテが偶発的だというのはつまり全く逆であって、イケメンはオンナの何かへの興味がつくり上げる産物であるし、モテは努力と営業の産物である。偶発的なのは自分の手元のオンナがどう育つか、であって、そこはオトコがいいオトコであろうと技術に長けていようとあまり関係ない。出会いの方が余程作為的で、その後の物語こそ偶発的なのだ。

ちなみにオンナは、お砂糖とスパイスと悪意でできている。

映画『さよなら歌舞伎町』評

さよならなんて羨ましい

靖国通りから、バッティングセンターを過ぎるまでスカウトマンを振りきって区役所通りをよろよろ走り、第六トーアの方を目指して左折する。風林会館1階の「パリジェンヌ」に座ってスマホでホストTVを見たり、ミニストップ前でスカウトの説明聞いたり、ひっきりなしにタバコ吸ったりしている男女たちは、居心地良さそうにしているくせに、誰も別にここが自分の本当の居場所だと感じていないのが、歌舞伎町っぽいな、と思う。

映画『さよなら歌舞伎町』で描かれるのは、歌舞伎町のラブホテルに居合わせた男女たちのありふれた1日半であり、彼らもまた全員、そんなところは自分のいるべき場所でないと信じている。反面、退屈や絶望や我慢の日常から、一瞬でも解放されて輝いても見える。

冒頭、同棲カップルの「何朝っぱらからイラついてんの」という台詞で始まるこの映画では、ラブホテルの外と中、或いは歌舞伎町の外と中の絶妙な対比が見どころのひとつだが、その両方で、誰もが満たされず、イライラしている。外が理想的なわけでも、中が美しいわけでもない。でも彼らも世間も、歌舞伎町に不幸にされているような気分になる。

3Kなんて呼ばれたこの街は、そういう悪役をすすんで買って出てきた街だ。みんな街に救われたくて逃げこんでくるくせに、日常が動き出すと逃げ出していく。デリヘルで枕営業で不倫でAVなんて、なんだか歌舞伎町を描くに過不足なさすぎって気もするが、それでもそれがありきたりな物語になっていないのは、そういう、街自体の可哀想な感じに自覚的だからであろう。長台詞が少ないのも、沈黙が多いのも、歌舞伎町が圧倒的に空気の街であって言葉や論理の街でないことの切り取り方として見事だ。

ラブホ街を通って花道通りまで戻りながら、私はまだ全然ここから出ていきたくないな、と思って、登場人物の核でもある韓国人デリヘル嬢の「ここで起きたことは全部忘れるつもりだから」という言葉を、少し疑った。

まつ毛の先のフィクションとソーシャル・ネットワーク

プリントシール機による肌の色・瞳の大きさの調整機能やスマホのカメラアプリによる自動補正機能で、女性たちの自分の顔に対する意識や「可愛い」の尺度がバーチャルとリアルの区別を曖昧にした形で進化を遂げているのはよく指摘されることだ。そしてプリント機や携帯カメラの進化と歩調を合わせるように、レンズの向こう側の女性のすっぴんにも進化が起きている。特に、ここ10年で急速に市場拡大したまつ毛エクステンションの進化が目覚ましい。

まつ毛エクステは、自分のまつ毛1本1本に特殊なグルーで人工まつ毛（最近の主流ではセーブルやミンクの毛）を貼り付け、まつ毛を長く、目を大きく見せる技法。長さは10～15ミリくらいのものが主流で、一般的なまつ毛（日本人女性では7ミリ前後が多いと言われる）の1.5～2倍の長いまつ毛にするだけではなく、カールの強さや毛の太さも自分好みに選べるほか、目の中央部分を長くしたり、逆に目尻だけを長くしたりして、目を丸く見せたり切れ長に見せたりするデザインを作ることができる。リクライニングチェアやベッドで目をつぶってアイリストに施術してもらうのが一般的で1〜2ヶ月は取れない。

日本でのまつ毛エクステの歴史はそれほど長いものではない。2000年代前半にも、一部のエステサロンや美容院でまつ毛パーマやまつ毛エクステの施術をメニューに取り入れる動きが見られたが、依然としてランコムの「ディフィニシル」などのマスカラが大ブームで、基本的にはマスカラを使って自分のまつ毛を如何に濃く長く見せられるかということがまつ毛美容の興味の中心にあった。本格的に普及し出したのは2007年に業界団体による技能検定などが始まった後だ。まつ毛パーマの流行などはあったが、それでも2010年前後は大流行したつけまつ毛（毎日のメイク時に糊でまぶたに貼る人工まつ毛）とマーケットを分け合っていて、派手なメイクを好むつけまつ毛派、比較的ナチュラルなメイクを好むが美意識高い系のマツエク派、さらにナチュラルを好むかサロンに行くほどまつ毛にこだわりがないマスカラ派という構図であった。

ギャルメイク衰退・つけまつ毛市場縮小などの見出しがメディアに頻出するようになる2015年頃にはこうした拮抗関係はかなり崩れ、現在は一部のギャル系モデルやキャバ嬢系メイクの愛好者などの根強いつけまつ毛信者以外は、つけまつ毛を卒業してまつ毛エクステに移行している。まつ毛美容液などのヒット商品も相次いだ頃である。さらに、毎日のメイクの時短などを求めてナチュラルメイク派の間でもサロンでまつ毛エクステをする人は徐々に増えてきた。かつてはひとまず「長く見せる」ことが重要視されていたエクステも、最近ではなりたい目の形に近づけるよう精巧なデザインのものが色々と開発され、その他にもカラーエクステや自分のまつ毛1本に対し複数本に枝分かれした毛を貼り付ける「4D」「3D」エクステなど、バラエティゆたかに各サロンに浸透しつつある。

きゃりーぱみゅぱみゅが「つけまつける」で「ぱっちりぱっちりそれいいな／気分も上を向く」と歌っ

て流行したのは2012年だが、彼女が歌っているように、普段はぼんやりとした自分の顔がつけまつ毛によってぱっちり可愛く見えて気分が上がる、というので「付けるタイプの魔法だよ」ということになる。多くの人はこの魔法性に自覚的だったように思う。しかし、つけまつ毛文化が、外すと全く違う華やかさのない顔に戻る、というオン/オフの激しい落差を連続して毎日体験することをベースに作られていたのに対し、まつ毛エクステにそうしたオン/オフの作業は含まれない。「付けるタイプの魔法」は本当の魔法に進化し、実際の自分のまつ毛がサロンを出る時には2倍の長さになっていて、それはお風呂に入ってメイクを落としても変わらない。そのうち、魔法をかけられた身体だということを特に意識することもなくすっかり忘れて、それがあたかも最初から自分のものであったかのような日常を送ることができる。

スカルプチュアやジェルネイルで自分の爪の長さを変えたり爪の補強をしたりしていると、事情があって外した時に自分の爪の頼りなさに驚くことがある。まつ毛エクステも同じで、サロンでオフしてもらうと自分のまつ毛の先端が切れ落ちたような感覚になる。原理は髪の毛につけるエクステンション（編み込みエクステ・シールエクステ）とほぼ同じだが、髪や爪が所詮身体の先端の付属物であるのに対し、顔面の中央、しかも最も印象が変わる瞳部分に堂々とフィクションをのせるまつ毛エクステは異質だ。サロンでまつ毛エクステをすると多くの人が1ヶ月程度でリペアにまたサロンに赴き、目を閉じている間に取れかけた魔法を万全の状態に補正する。

まつ毛エクステとほぼ同じ時期に日本で華々しくデビューしたのがフェイスブックやツイッターといったSNSである。本名と偽名が入り混じり、理想と本音と嘘とネタが交錯する異次元の空間はもはや私たち多くのもう一つの日常と化している。リアルとバーチャルの境目がほとんど見えない日常があるからこそ、ある人は写真加工と現実のギャップを細かく突き、ある人はヤラセとアクシデントの境目を炙り出して晒すことに躍起になる。しかし目の前であたかも生々しい実存です、という顔をして座っている女性が、所詮顔の真ん中、まつ毛の先に、フィクションをのせた存在であるとしたら、そのようなリアルとバーチャルとの神経質な境目にいつまでもとらわれる必要があるのか、いささか疑問を感じる。

厚底の上から見た世界

中学校の卒業式、JR横浜駅の近くにある駅前でチラシを配っているような安い美容室で、生まれて初めて髪の毛にメッシュを入れた。いつもは鎌倉市内の母親も通っていた美容室に行っていたが、メッシュを入れるとなるとそこの店の料金は私には高すぎたからだ。メッシュを入れる時には、櫛の先で髪の毛を少量ずつすくってアルミホイルにのせ、そこにブリーチ剤をつけるのだというのもその時に初めて知った。

1年ちょっと前に結婚記者会見の頃の安室奈美恵のショートヘアを真似て短くした髪は中途半端に伸びて、おかっぱの長さに白メッシュは似合わなかったし、紫色のトリートメント代をケチったためにメッシュは思ったよりずっと黄色くなってしまった。そもそも思春期で顔も腿もぱんぱんの私が短髪にしたところで小顔の安室とは全くの別もので、どちらかというとちょっと派手な化粧をした山田花子、好意的に見てもせいぜい矢口真里だったので、美容室を出て横浜駅のホームで横須賀線を待つ私は今見返したら目も当てられないほどダサかったと思う。

それでもその日の午前中にあった卒業式典の後にスミスのルーズソックスに穿き替えた私の足はスキップに近いほど弾んでいた。ショートヘアにしたところで、髪にメッシュを入れたところで、ミニスカにブーツを買い揃えたところで、私は全然安室ちゃんではなかったけれど、それでもメッシュを入れる前より1ミリだけ近づいていたはずで、1ミリだけでも近づけたことが嬉しかった。明日から下駄箱の前でこそこそルーズソックスを穿いたり、下駄箱の中に1週間も洗濯していないダサい白のぴったりソックスを忍ばせておいたり、少しだけ茶色にした髪に気づかれないようにぎゅうぎゅうに結んだりしなくていいのだという解放感と、1週間後には渋谷の高橋医院でピアスを開けられるという希望も加わって、ニヤニヤしながら電車に乗った。

小学校から通った女子校は服装の規則が厳しく、生徒が寄り道をしていないか見回る教諭もたくさんいた。仲良しで離れたくない友達は何人かいたが、一瞬休刊した「egg」はすぐにものすごくパワーアップして復刊していたし、ストニューも月刊誌になったし、スミスは1600円のスーパールーズソックスよりもさらに長いソックスを発売したという噂だったし、私は学校の校風なんかのためにそれらを諦めるわけにはいかなかった。校風より勉強より今まで親が支払ってくれていた学費より、優先すべき事項があり、それを手に入れられる青春を手放したくはなかった。

私が小学校6年生だった1995年のMステ年末特番「スーパーライブ95」で、トップバッターを飾った安室奈美恵は、その頃まだバックダンサーとしてスーパーモンキーズ（MAX）を率いてTKプロデュースの最初の曲「Body Feels EXIT」と、最新曲「Chase The Chance」のスペシャルメドレーを披露した。すでに「TRY ME」や「太陽のSEASON」をダンスが完コピできるほど聞いていた私は、彼女たちが着ていたストライプのパンツスーツと、ややブーツカットの裾に合わせたピンヒールの厚底ブーツを目が痛くなるほど凝視して動けなくなった。

その瞬間、私は何を優先して生きるかを完全に決意した。そして実際、その後何年も「それ」を優先し、「それ」を選び取るためにあらゆるものを犠牲にしたのである。重視すべきは、自分を幸せにしてくれる男でもその男のための媚びでもない。自分の将来を豊かなものにしてくれる文化でもない。未来のための計画性でも貯蓄でもないし、自分がどこに生まれて誰に育てられたかといったことでも勿論ない。

今、輝くこと、それ以上に優先すべきことなどなくなった。「今」に比べれば、「他」は全てどうでもいいことだと思った。それぐらいに彼女のステージは神々しく、また、今、誰よりも輝いていた。そして彼女はそのメッセージすら拒絶して、「そんなんじゃないよ 楽しいだけ」と声高に宣言した。私はその10センチ以上ある厚底ヒールの上に死ぬほど行きたくて、そこからの景色を見たいと本気で思ったのだった。

そう思ったのは当然私だけではなかったようで、新学期は年末の各歌番組の安室奈美恵の衣装で沸き、私が爪を折って保存していたMステのビデオテープを、うちに遊びに来る友達は全員何回も見たがった。中学の近くにあった大船ルミネのソニープラザでは、彼女の口紅の色を当時安かったメイベリンやクレージュの棚で競って探し回り、マツキヨの整髪剤のコーナーでどうやったらあんなに長いシャギーヘアをツヤツヤに保てるのか議論した。眉毛の形は何百回も失敗しながら研究し、コンビニで安いマニキュアを買って、厚底は無理でもちょっとだけヒールのあるサンダルや月に5000円のお小遣いで買えるイミテーションのアクセサリーを探した。安室奈美恵とは6歳の年の差があって、私と彼女の差はその6年という時間差によるものだろうと、だから6年で埋められると、本気で思っていた。そのためには校則の厳しい学校から渋谷の近くの自由な学校に移ることなど容易かった。

しかし実は私が高校に入るまさにその時、産休から復帰後2枚目のシングル発売日に、安室奈美恵の母親が殺されたらしい、というニュースが流れる。沖縄県の聞いたことのない街で起きたその事件は、15歳の私にはほとんど異国の地で起きた大事件のように思えたが、その時はそれが自分にどういう意味を持ったのかを考えるすべもなく、ひたすら新曲リリースに合わせてフジテレビの「HEY!HEY!HEY!」に登場した安室奈美恵の姿に見入ることしかできなかった。

無事にルーズソックスを堂々と穿いて茶髪の髪を結ばなくてもいい高校に入学し、年次を駆け上がるにつれ、15センチの厚底ヒールで歩くのにも慣れ、ストライプのパンツスーツや黒ニットとバーバリーのスカートはもうだいぶ古くなって、もう少し自分に似合うギャル服がわかってきた。そのうちに、彼女の思想を受け継ぎつつ、もっと身近にいてくれる目標はいくらでも見つけられるようになる。109の店員さん、「Popteen」の表紙の読モ、パラパラサークルの代表、ブルセラショップにたむろする3年生。

MACの黒人用ファンデが必要なほど日焼けした先輩や、援助交際の斡旋で何十万も儲けていたルイ・ヴィトン狂いの先輩は、もはや安室奈美恵からは独立した別の何かではあったが、私たちがそれを戸惑うことなく追いかけられたのは、根底にあるのが95年の年末に憧れたステージと同じだったからだ。厚底の上から世界を見下ろした私たちは、かつて95年のステージの上の彼女たちがそうであったように、男性のために存在はしていなかった。全ては女子のため、自分の楽しみと輝きのため、だからこその15センチヒールだった。彼女たちや私たちは男性にとっても十分魅力的であったのだが、そんなことも、結構どうでもいいことだった。

引退の報道を受けてのぞいた安室奈美恵の公式ホームページでディスコグラフィを見ると、小室ファミリーを離れて活動を開始した2001年以降の曲は、私も順番がわからなくなっていたり忘れていたりするものも結構あることがわかってびっくりした。以前と変わらず彼女のCDは全て買い揃えていたのだが、特にSUITE CHICとして活動中の頃は、曲のタイトルも含めてかなり忘れている。それは彼女が産後早々に若い女の子のアイコン的性格を脱ぎ捨て、和製ディーバとして彼女自身の道を切り開いたからであろう。

彼女の魅力はこの25年一度も衰えたことはない。むしろ95年より今現在の方がさらに洗練されて美しく、ダンスも歌も年々磨きがかかっているが、確かにいつのまにか私たちは彼女の口紅と似た色を必死で探すようにしては彼女の背中を追わなくなった。自分たちが年をとって身の程を知ったというだけではない。

まるで海外のゲットーの事件のように思えたような形で母親を亡くし、海外アーティストに引けを取らないパフォーマンスをする彼女は、実は最初から私たちが想像していたよりもはるかに私たちとは遠い存在で、私は6年間かけて1ミリずつ彼女の背中を追いかけていたつもりが、実は6年かけようが60年かけようが彼女には1ミリほども近づいていないことに気づいた。

彼女の背負うものの大きさや一般的な日本人では育めないような感覚は95年のステージとは違う意味で私たちを圧倒し、嫌でも自分は自分自身の現実の上に立たなくてはならないことを思い知らされた。私たちが夢見たあの厚底の上から見る世界は、おそらく彼女より極端に高い厚底を履いて、彼女より極端に日焼けしたところでたどり着くことのできない幻影だった。夢と現実の交差する崇高な場所だった109は、現実と現実が行き交うとてもリアルな場所になっていた。

いつのまにか追いかける背中を失っていた私たちはそれぞれに色々と人生の優先事項を手に入れ、恋愛もセックスも覚えたし、親のありがたみもわかった。教養の本来的な必要性やお金の価値もなんとなく学び、いつしかなんとなく「今」以上の意味がある時間を過ごすようになる。魅力的な人にも度々出会ったし、真似したくなるファッションは今やスマホの画面にも浮かび上がる。

それでも時々街のビジョンで、ある時はパトリシア・フィールドのスタイリングで、ある時はオリンピックの公式ソングを提げて、かつて私たちに限りなく現実に近い幻影を見せてくれた安室奈美恵が歌っている姿を見かけると、一瞬も衰えないその身体的な魅力にしばし魅せられ、かつて彼女がそうしたように私たちに追うべき姿を見せ、私たちを虜にするような存在にはその後出会っていないと気づかされる。それは寂しく残念なことだが、アイコンとしての役割を脱ぎ捨てた後の彼女が変わらず魅力的であり続けたことはものすごく心強いことでもある。

現実しかなくなった109の服は安っぽくて壊れやすいが、それでも見ていて楽しいし、なんとなくあの頃の万能感を思い出せる場所として楽しめる。カラオケは今も盛り上がるし、30代になっても場所を選べば厚底くらい履ける。何度だって絶望したが、絶望を超える理由も超える技術も私たちにはある。私は今も私のくだらない人生やくだらない生活に誰かが意味を見つけようとすると、小声で「そんなんじゃないよ楽しいだけ」と口ずさむくらいには逞しく生きている。

浅はかな100万円の浅はかじゃない価値

当時まだパカパカと開くタイプだった携帯電話の着信画面に、2ヶ月ほど前の飲み会で出会ってから仲良くしている男の名前が光った。二人きりで会ったのはまだ3回くらいだったのだが、同じ飲み会にいた彼の同僚たちとバーベキューの計画も立てていた。大学院生の私から見るとあまりに忙しい人で、こちらから誘うのは憚られるので、いつも向こうからお誘いの電話が来るのを待っていた。急いで通話ボタンを押すと、「今仲間と超盛り上がってるよ！　お前AV出てたんだって？　すごいじゃん」とテンションの高い声が飛んでくる。ほとんど全て予想通りの未来が来ただけなのに、私は地下鉄の駅で固まった。

AV嬢のデビュー作のギャラ100万円は何に対して支払われるのか。これは私がこれまで何度も何度も考え、考え直し、さらにまた考え直してきた問題であり、これからもまた何度でも塗り替えていく問いだ。AV業界がこれまでにないほどに「叩かれた」年の年末に、現時点で思うところを少し書き留めておきたいと思った。

どんな仕事の対価も、シンプルな一つの労働に対して支払われているというより、その人の現在（その労働や時間）、過去（学歴や顔など）、未来（その仕事の将来的なリスクなど）に対して複合的に支払われているというのはそれなりに妥当な考えだ。そして、AV嬢は他の仕事に比べて、もらうお金に対する「未来への対価」の割合がことさら大きい。それに比べれば、現役時代に支払った代償なんて大したことないと思えるほどに。

私はこの「未来への対価」について現時点で思うことを、ここで書いておきたい。「偏見をなくして職業として認めよう」という議論と「偏見があるからこそ高額なギャランティが保持されている」という議論は両方理解できる。ただ私は正直、そんな話にもう飽きてしまったし、実際の「中身」は「偏見」や「リスク」という単純明快な言葉を与えられる類の話ではないように思うからだ。元新聞記者としてでなく、『「AV女優」の社会学』の著者としてでもなく、元AV女優として、個人的な経験や感覚から紡ぐ文章にしようと思う。

メリッサ・ジラ・グラントの著書『職業は売春婦』（2015年／青土社）の中に、とてもステレオタイプでわかりやすい、以下のような一文がある。

　セックスワーカーは抑圧される存在だと決めつけているせいで、セックスワークに対しても人目をはばかる仕事でしかないという見方しかできない。私はこうした狭い見方を排除し、想像の売春婦像を打ち破りたいと思っている。

売春は犯罪である、売春婦は汚れている、犯罪ではないけれども道徳的に良くない、援助交際は魂に悪い、売春の非犯罪化によって人権を守るべき、売春は立派な職業、セックスワークはワークである、売春はセーフティネット、セックスワーカーは誇り高き職業人、売春の何が悪い、むしろ立派な仕事だ、売春したところで救われない貧困層もいる、売春でも高収入なら勝ち組……。

どれもこれも耳にタコと寝癖ができるほど聞き飽きた言説だが、どの主張にもそれなりの論理と、それなりの正義と、それなりの傷が入っている。それはわかる。基本的に最近の界隈の議論は「偏見をなくそう」と「悪しき慣習や無意味な法を一掃しよう」という方に向かっていて、その傷だらけの主張に何も感じないかと言われれば微妙なのだけど、ものすごく身を入れて打ち込めるか、というとそれも微妙だ。

性犯罪や人身売買の被害者をなくそうという主張と、風俗嬢その他への偏見をなくそうという議論は全く分けてなされるべきで、前者に対してはもはや抗う力がどこかにあるとは思えないが、後者に関しては正直、なんか私はちょっとイマイチそのノリについていけていない。というか、その緩やかな方向性に異存があるというより、どこまでやるつもりなんだろう、という点で大いに疑問なのだ。本当に、完全に、偏見をなくそうなんて思っているのだろうか。そんなこと、可能だろうか。そもそも、それは必要なのだろうか。

例えば先に挙げたグラントの著作の中では、売春婦の人権が認められないが故に、警察にも国にも頼れない彼女たちの非常に悲惨な現状が盛り込まれているし、それはかつてCOYOTE（米の売春婦権利擁護団体）や『セックス・ワーク』（F・デラコステ、P・アレキサンダー編　1993年／パンドラ）が前提としていたような状況でもある。

例えば日本でも1987年に池袋で起こった、利用客に暴力を振るわれたホテトル嬢が抵抗して利用客を刺殺し、過剰防衛と認定された事件を覚えている人も多いだろう。この事件の判決で検察官が「被告人はそもそも売春行為を業としており」と留保をつけたことは、現在でも当事者や支援者によるセックスワーク関連運動の大きな論拠となっている。

現代に突発的に出て来た事象（オタクとか草食男子とか流行病とか）に対するものならともかく、女性にとって最古の職業とまで言われる売春への偏見はそれなりに根深い。もちろん、根深いから諦めろ、というのではなくて、根深いのにはそれなりに理由がある、と私には思える。スティグマも伊達じゃない、と言いますか。

無論、見知らぬ男性とホテルの密室で二人きりになることを想定したホテトル嬢やデリヘル嬢は首を絞められても身体に刃物を突きつけられても文句は言えない、なんてとても思えないし、時給2万円の代償がそれほどに大きいとは信じたくない。しかし、時給2万円には時給2万円の理由があると考えるべきだし、さすがに自信過剰な私も、かつて自分に日給100万円の価値があったと言うのは苦しい。

そこには当然、ある種の偏見と付き合っていくことに対するお駄賃が含まれると考えられるのだが、しかしそれでも正当防衛が過剰防衛とみなされるほどの強固な偏見は含まれていて欲しくない、というのが本音だ。「偏見を取り除こう」という運動が何を目的に「どこまで」やるつもりなのか、という問題は大いに、100万円には「どこまで」が含まれるのか、という問題である。

私は常々、AVへの偏見がなくなったらギャラは暴落する気がしますけど、それでもその方がいいのか、という主張をしてきたし、根本的には今もそう思っている。拙著『「AV女優」の社会学』は大まかにいうと、AVのギャラは男優と性的演技をするそれ自体よりはるかに多くの要素に支払われている、という議論を記した本だが、個人的な感覚に立ち戻れば、あらゆる要素総体への対価というよりはもっと極端に、「何か」に対して多くが支払われていると今では思っている。そしてその「何か」は多くが「未来への対価」に関わっていると考える。

ものすごく乱暴にではあるが、ギャラは何の対価であるか、と考えた場合の要素を列挙してみると、大きく分けて3つあるだろう。

まず、過去やその人のスペック自体に支払われる要素がある。容姿やスタイル、二重整形や歯科矯正、豊胸経験、元アイドル、元客室乗務員、早稲田卒、京大生など。

次に、現役時代に引き受けるべき労働などの要素が挙げられる。VTRの中で求められる演技力や具体的な動き・テクニック、いくつもの面接をクリアする容姿やコミュニケーション能力などの魅力、面接や撮影現場にきちんと現れる社会性、さらにはVTR撮影の外ですべきプロモーション・営業活動やセリフの研究・練習、性病など粘膜接触のリスク、AV女優として世間に顔出しすることによるリスクなどが思い浮かぶ。

最後に、現役を引退してから重くのしかかる負担が当然考えられる。自分のVTRが未来永劫データとして残ること、AV女優や元AV女優に対する世間的な白い目を受け入れること、将来的に転職や結婚などの選択肢を狭めること、セックスについての世間の興味や品のない質問攻めに応えることなどだ。

「未来への対価」の割合が多い、というのが性産業の特徴であり、さらに輪をかけてその負担が重いのがAV女優の特徴だというのは、おそらく多くの当事者たちもわかっている。先に挙げた偏見の問題もその「未来への対価」に大きなウエイトを持って含まれるが、当然、それだけではない。そして、世間的な偏見以外の何かしらの「未来への対価」こそ、引退して10年以上経った私は重要視したいと思っている。

AV女優もバカじゃないので、AVとか出たら就職に不利かも、将来的に職場で噂になっちゃうかも、いずれ親にバレるかも、結婚が破談になったりするかも、くらいの想像力は当然ある。私もそう思っていたし、それが含まれてこその高額なギャランティ、というのは別に常識の枠を出るものではない。しかし、現役の頃に、あるいはデビュー前に考える未来への対価と現在の私が考えるそれは、必ずしもピタリとは一致しない。

ギャランティが未来への対価である、というのは要するに未来永劫「元AV女優としてしか生きられない」ということだ。もちろん私は「元新聞記者としてしか生きられない」も背負っているし、電通の友人は電通を辞めても「元代理店マンとしてしか生きられない」し、歯科助手の友人は主婦になっても「元歯科助手としてしか生きられない」わけだが、「元AV女優」はそれらの中では特に向かい風が強い。

しかも、世間の偏見なんていうのはそのうちのいくばくかでしかなく、例えば世間的に「元AV女優を差別するべからず」という認識が共有されたところで、自分の子供がなるべくならAV女優にならないで欲しいと思う親を責められるだろうか。自分の奥さんが元AV女優じゃない方がいいと考える男性が消滅するなんてことがあるだろうか。元AV女優でも魅力的な人となら付き合ってもいい、という男性が増えたところで、では両親に堂々と紹介できるという人ばかりだろうか。両親に堂々と紹介したところで受け入れられないという両親がいなくなるだろうか。渋々許してもらったところで、生まれた子供が何の感情もなく自分の母親が元AV女優だったと認められるだろうか。

正直、元AV女優である私的には、世間に後ろ指さされることよりも、身近な人の悩みの底に、常に自分の過去があることの方がよほど辛い。デビュー前にも、親バレ彼氏バレすることのリスクまでは考えていたが、親バレ彼氏バレした後も日常は終わりなく続いていくことへの認識は甘かった。AV出演は一瞬の花火で、親バレも一瞬の転倒だが、火傷だらけ傷だらけの人生は延々と続く。

そして自分の好みや生きたいと思う人生だって変わる。ヤンキーがヤンキーをやっている最中はそれがそれなりに格好いいと思っているのと同じで、AV女優をやっている最中は自分がAV女優であるという事実はそれほど嫌なものではない。それに、嫌になったらやめればAV女優ではなくなる。でも「元AV女優」は、嫌になっても一生やめられない。すでに私は、AV女優として過ごした時間の何倍もを、「元AV女優」として過ごした。そして当然、「元AV女優」として生きる対価は現役時代に満額支払われてしまっているので、その後は一切お金などもらえない。年金もないし。

私にとってAV出演など、当時は足元に転がっている石のようなものだった。不安や不満や憧れや期待など、要約するとアドレッセンスというようなものを持て余し、若干むしゃくしゃした気分で蹴っ飛ばした石が延々とはねっかえり続けて、自分の顔面や親の脇腹や恋人の後頭部にぶつかり続けて、10年以上経った今も、ビュンビュンと飛び交っているような感じ。時々それはまた私の顔面に直撃して鼻血をブーブー飛ばしたり、頭をクラックラさせたりする。そんな気分で私は生きている。ぶつかる度に私は、「この痛み、この悲しさがないなら何で100万円もらえると思ったの？　自分の顔に身体にそれだけの価値があるって思ったの？」と19歳のワタシを恨みがましく叱る。

AV強要問題など、昨今の業界を揺るがす問題が問題として成立しているのも、一つにはこの時間経過による意識の変化が関係していると私は考えている。強引なスカウト、不誠実な事務所、悪ノリする現場、その場でした嫌な思いはあるいは飲み込めることがあったとしても、どこかの時点でそれらの罪の重さを再認識させられる。その時の怒りは抑えようがないほど大きいだろう。

私は（スカウトは若干強引というか巧みだったけど）別に強要被害者ではないので、訴える先もなく、文句は全て自分にはねっかえってくる。ちょっとでも泣き言を言えば自分の浅はかさを呪えと言わんばかりに非難される。

逆ギレするわけではないけど、しょうがないじゃないですか。私は足元に転がっている石を蹴るのに、それがどこを通ってどこにはねっかえりどこにぶつかるのか、それほど深く考えてはいなかったし、もっと反射的に動いてしまった。今の私にとって大切なものと、当時はまだ出会っていなかったし、出会えるとも思っていなかった。時々、どんなに自分のせいじゃんと反論されてもいいから、いつまでやらなきゃいけないの、そろそろ許してもらえませんか、と言いたくはなる。

私は長らくなるべくビュンビュンはねっかえってくる石を避けようと逃げていた。特に会社を辞めた後、そして週刊誌その他の報道の後、「元AV女優」の鈴木涼美さんになってからは、好きな人がいようが生きたい場所があろうが、意識的に夜職や似たような業界の男としか親しくしなかった。彼らの周囲には私と同じような女の子たちしかいなかったし、彼ら自身も私と同じくらいは世間に後ろめたさを感じているので、気楽なのだ。元カノもキャバ嬢だったり、私と別れてその後に付き合う彼女もAV女優だったり。

それはぬるま湯にいるような居心地の良さがあっても、実は結構息苦しいことだ。このまま妥協してぬるま湯で生きるのも悪くはないけど、もし可能なら、誰かに掬い上げて欲しいと思ったし、できれば好きな人に掬い上げて欲しかった。でも、例えば運よく掬い上げてもらった先に、絶望や劣等感がある気がして、なかなか手を伸ばせなかった。

今や、歌舞伎町の女の子たちがみんな真似して整形したがるほど人気のアイドルAV女優もいれば、別の分野で評価されながら誇り高く出演を続けるAV女優もいる。彼女たちに憧れる女の子たちがいるのは全くもって当然だし、私はそんな憧れを否定する言葉など持っていない。

私は別に大したAV女優ではなかったし、「いやいやアンタには憧れないけど他の女優に憧れてんねん」と言われるでしょう。ただ、多くの浅はかで可愛い女の子たちを見ると、老婆心ながら「それ、AVのギャラだけじゃないよ、元AV女優として生きる人生全部へのギャラだよ。安くないか、もう一回考えてみたら？」くらいは思うことがある。

AV女優になるのは全くもって女の子たち全てに開かれた自由です。だけど、女の子たちが自由であると同時に、「元AV女優はできれば雇いたくない」「元AV女優とはできれば結婚したくない」「母親が元AV女優だなんて恥ずかしい」と思う人たちは人たちで、そう思う自由を持っている。それは、偏見というよりもっと正直な、とても残酷で真っ当な感覚だと、私ですら思う。

ファンダメンタルな欲望

私は別に、ものすごい影響力とかなくてもいいし、すごいお金持ちになってやるとか思ってないし、全員に好かれようとか思ってないし、すごいねとかかっこいいねとか言われても困るし、尊敬されなくていいし、働くのとか嫌いだし、クルーザーいらないし、頂点とか一流とか興味ないし、長生きもそんなに興味がない。より安全で住みやすい世の中とかもどうでもいいし、生涯をかけて叶えたい夢もないし、平等で自由な世界も結構どうでもいいし、毎日高いお寿司じゃなくていい。別にパソコンに向かって原稿書くのも大して好きじゃないし、学問の発展のためにとか思ったこともないし、アッパーウエストに住みたいとも思ってないし、フォーブスに取材されなくていいし、無論レコード大賞とかいらない。

だから私の目は別にキラキラしてなくて、生活はだらしなくて、日焼けもやめない、タバコもやめない、ギリギリまでサボって、もう少しやれるかもってところで平気でやめて、貯金もしないし書き初めもしないし化粧したまま寝て、寝る前もなんか食べる。

でも、あーこれ欲しいな、欲しい欲しい欲しいなーと思うことはあって、それが手に入らないと気持ちが凹むし機嫌悪くなるから、なるべく一回は手に入れるようにしてきた。校則の緩い学校の生活も、ヴィトンの財布もＣＤも、キスキスとジャイロのスーツも、大学の合格も、キャバクラのナンバーワンも、マトラッセもマルチカラーも吉本隆明全集も、一人暮らしの部屋も、刺青も、入社試験も、有名人の男も。最大限努力したなんて言えないけど、お金を払ったり知恵を絞ったりしながら、愚直に正面から手に入れた方だと思う。

生涯かけて叶えたい夢のための積み重ねでも、世界救済の第一歩とかでもないから、一個一個、手に入れてしまえばどうってことない、なんで欲しかったんだっけと思えるような、なくても全然困らない、輝きを失ったガラクタになることもあって、あんなに欲しかったものを簡単に捨てたり、粗末に扱ったり、持っていることすら忘れたりもしてきた。実際、会社は辞めたし、マトラッセは壊れたまま直してもいないし、キスキスなんて捨てたことすら覚えていないし、持ってたＣＤは引っ越しのたびに大量に売り払った。そこそこ大事にしていたものでも、結構簡単になくすし、なくして3日くらいで忘れる。一回手に入れて、それを叩きつけるみたいに粗末に捨てること自体を楽しむみたいな無意味なことも、結構してきた気がする。

身体を切り売りして時間をかけて人を傷つけてまで欲しかったものが、実はそんなに大事じゃないことを知って、くだらない時間だったと思うこともある。アルバローザもヴィトンも、多分もう一個も私の部屋にはなくて、なくてなんの問題もない。

だけど、やっぱり一瞬でもものすごく光り輝いていたものを、一回でも自分のものにできたことは幸せなことだったと思う。シャネルどころか、ルーズソックスも古き良き大学名も本も雑誌も恋もない青春を送ることはできたのだろうけど、でも私にとって、たくさんのものを手にとって、大事にしたりなくしたり捨てたりした時間は、やっぱりとてもかけがえがない。多分ほとんど役に立ってはいないし、ためになったとも血肉になったとも言えないから、捨てちゃった洋服には、ゴメンネくらいは言いたいけど。

テレビブロスでコラムを連載し始めた時、私は確か会社を辞めて、西麻布から歌舞伎町に引っ越して、5年間以上かけて築いてきた昼職のまっとうな生活を再びゴミみたいに乱暴に捨てて、週の半分以上歌舞伎町で遊んで、出版社からもらうお仕事依頼のメールも大して見てなくて、不定期にまだキャバクラでも働いて、ほとんどの時間酔っ払っていた。よくそんな子に連載させてくれたなと思うけど、おかげで昔みたいに毎日破滅的に過ごしても、世界にギリギリ繋がっていられる生命線みたいになっていた。色んなものを手に入れるけど、色んなものを壊したりなくしたりしがちな私には、それはとてもありがたいものだったと思う。

今回、そのコラムを主軸に本を作ることになったとき、編集作業に取り掛かってから思いっきり鮮明に記憶が蘇ってきたものがある。

22歳になる少し前、2年間ほとんど通っていなかった大学に戻って、ライティングをたくさんさせてくれる文芸評論家の先生のゼミに入った。毎期末には何人かの生徒が編集長になって雑誌を作る。グラフィカルな雑誌を作る人も文芸誌を作る人もいたけど、私が作っていたのは「ショウビズ」という雑誌で、ファッション誌みたいな見た目とは裏腹、文章がぎっしり詰まったもの。私が長めの文章を書いて、文章に出てくる固有名詞を太字にして、その固有名詞のタイトルのショートコラムを、私や私の班に入ってくれたゼミ生が執筆する。それをページの中にちりばめると、脚注みたいでもあるし、コラム集の合間に長いエッセイが流れているようにも見えて、どっちが主役にもなる。私はそのスタイルが超気に入ってて、私って天才と思っていて、イメージが形になった時は超嬉しかったけど、研究室で徹夜して作った雑誌も3期分作って満足して、もうどこにあるかわからない。

そういえばそういうのが作りたかったな、と思い出して、この本にも、ショートコラムとは言えないけど、脚注を土壇場で300以上書いた。学内でフリーペーパーになっちゃうものじゃなくて、それが本当にちゃんと本になるとか、本気で物書きになってよかった。

私は超ふわっとした感覚で生きているから、そうやってノリと思いつきで色々自分勝手なことをするし、やっぱりやめたとかもすぐ言うし、色んな人に見捨てられて恨まれて当然、と思うけど、時々一緒にノッてくれる人がいて、私の適当な注文に応えてくれたデザイナーさんも、今回収録したコラムの色んな雑誌の担当編集者さんたちも、最高に奇跡みたいな人たちだなと改めて思う。そして、歌舞伎町時代からテレビブロス連載陣の中でも人間としては絶対一番ひどい私をずっと大事に育ててくれて、しないでよさそうな苦労をしながら一緒にノッてくれて、本もノリノリで作ってくれた編集者のおぐらりゅうじさんに、感謝と愛を示すために、次に会ったとき風邪とかひいてたら、スープでも煮ようと思ってます。

初出一覧

本書は、以下の原稿を加筆・修正いたしました。

第1章 （アタマ良くてかっこよくてセンスがいい）お兄ちゃんが欲しいっ♡ —— TV Bros. ２０１４年11月８日号〜２０１８年３月24日号

第2章 可愛くってずるくっていじわるな妹になりたい —— TV Bros. ２０１８年６月号〜２０２０年１月号

第3章 刺激的で難しくてオシャレな本と震えたい

「文化女子（笑）」に対する正当なアンチテーゼ —— TV Bros. ２０１４年８月16日号
オトコを埋め合わせ、オンナを満たすもの —— 文學界 ２０１４年11月号
ＡＲＥ ＷＥ ＢＡＤ？ —— 文春オンライン ２０１７年６月27日
勇敢で平凡な「普通の女の子」 —— 講談社ＢＯＯＫ倶楽部 ２０１７年10月１日
金井美恵子になれなかった —— 早稲田文学 ２０１８年春号
愚直な孤独との戦い —— 文學界 ２０１８年７月号
ポスカだらけで追悼・橋本治 —— ユリイカ ２０１９年５月臨時増刊号
パーティーの列のクリネックス —— 新潮 ２０１９年７月号
沈黙を埋める言葉たち —— 新潮 ２０１９年８月号
理解できぬものと寄り添うこと —— 文學界 ２０１９年８月号
穴だらけの檻の中で —— 群像 ２０１９年11月号

第4章 上品でつまんなくてゼツボー的な世界を蹴っ飛ばしたい

カチューシャしてアイフォーンを使いこなしたい —— ユリイカ ２０１１年10月号
衣領樹をしならせて —— 文學界 ２０１３年10月号
ヘアサロン攻防 秋の陣 —— 新潮 ２０１３年12月号
誰がためにグラスは鳴る —— ユリイカ ２０１４年９月臨時増刊号
さよならなんて羨ましい —— TV Bros. ２０１５年１月24日号
まつ毛の先のフィクションとソーシャル・ネットワーク —— ＧＱ ２０１７年８月号
厚底の上から見た世界 —— 文春オンライン ２０１７年９月30日
浅はかな１００万円の浅はかじゃない価値 —— 文春オンライン ２０１７年12月29日

「1/3の純情な感情」SIAM SHADE——(作詞・作曲：SIAM SHADE)
「weeeek」NEWS——(作詞・作曲：GReeeeN)
「恋心」相川七瀬——(作詞・作曲：織田哲郎)
「TOMORROW」岡本真夜——(作詞：岡本真夜、真名杏樹 作曲：岡本真夜)
「旅人よ〜The Longest Journey」爆風スランプ——(作詞：サンプラザ中野 作曲：パッパラー河合)
「二人は恋人」森高千里——(作詞：森高千里 作曲：斉藤英夫)
「あなた」小坂明子——(作詞・作曲：小坂明子)
「関白宣言」さだまさし——(作詞・作曲：さだまさし)
「てんとう虫のサンバ」チェリッシュ——(作詞：さいとう大三 作曲：馬飼野俊一)
「CAN YOU CELEBRATE?」安室奈美恵——(作詞・作曲：小室哲哉)
「結婚しようよ」よしだたくろう——(作詞・作曲：吉田拓郎)
「I BELIEVE」華原朋美——(作詞・作曲：小室哲哉)
「シーソーゲーム 〜勇敢な恋の歌〜」Mr.Children——(作詞・作曲：桜井和寿)
「君が好き」Mr.Children——(作詞・作曲：桜井和寿)
「LOVE涙色」松浦亜弥——(作詞・作曲：つんく)
「私がオバさんになっても」森高千里——(作詞：森高千里 作曲：斉藤英夫)
「SO BLUE」森高千里——(作詞：森高千里 作曲：伊秩弘将)
「ら・ら・ら」大黒摩季——(作詞・作曲：大黒摩季)
「MUGO・ん…色っぽい」工藤静香——(作詞：中島みゆき 作曲：後藤次利)
「スリル」布袋寅泰——(作詞：森雪之丞 作曲：布袋寅泰)
「TORA TORA TORA」MAX——(作詞：TIGER BOYS、鈴木計見 作曲：TIGER BOYS)
「Love impact」MAX——(作詞：森浩美 作曲：安部潤)
「Seventies」MAX——(作詞：GROOVE SURFERS、鈴木計見 作曲：GROOVE SURFERS)
「Time goes by」Every Little Thing——(作詞・作曲：五十嵐充)
「Walk」浜崎あゆみ——(作詞：浜崎あゆみ 作曲：小室哲哉)
「愛の才能」川本真琴——(作詞：川本真琴 作曲：岡村靖幸)
「私以外私じゃないの」ゲスの極み乙女。——(作詞・作曲：川谷絵音)
「気分爽快」森高千里——(作詞：森高千里 作曲：黒沢健一)
「アゲ♂アゲ♂EVERY☆騎士」DJ OZMA——(作詞：Reyam George、DJ OZMA 作曲： Farian Frank)
「笑って許して」和田アキ子——(作詞：阿久悠 作曲：羽根田武邦)
「Anarchy in the U.K.」Sex Pistols ——(作詞・作曲：Paul Cook、Steve Jones、Glen Matlock、Johnny Rotten)
「モーニングコーヒー」モーニング娘。——(作詞・作曲：つんく)
「サマーナイトタウン」モーニング娘。——(作詞・作曲：つんく)
「I'm Proud」華原朋美——(作詞・作曲：小室哲哉)
「TSUNAMI」サザンオールスターズ——(作詞・作曲：桑田佳祐)
「アジアの純真」PUFFY——(作詞：井上陽水 作曲：奥田民生)
「Body Feels EXIT」安室奈美恵——(作詞・作曲：小室哲哉)
「Overnight Sensation〜時代はあなたに委ねてる〜」TRF——(作詞・作曲：小室哲哉)
「よー、そこの若いの」竹原ピストル——(作詞・作曲：竹原ピストル)
「ぎゅっと」Sexy Zone——(作詞：宮田航輔、菊池風磨 作曲：ひろせひろせ)
「ともに」WANIMA——(作詞：KENTA 作曲：WANIMA)
「Hero」安室奈美恵——(作詞・作曲：今井了介、SUNNY BOY)
「栄光の架橋」ゆず——(作詞・作曲：北川悠仁)
「キラキラ feat. カンナ」AI——(作詞：AI 作曲：AI、UTA)
「パッ」西野カナ——(作詞：Kana Nishino 作曲：Katsuhiko Yamamoto)
「for you…」高橋真梨子——(作詞：大津あきら 作曲：鈴木キサブロー)
「津軽海峡・冬景色」石川さゆり——(作詞：阿久悠 作曲：三木たかし)
「紅」X JAPAN——(作詞・作曲：YOSHIKI)
「あなたに逢いたくて 〜Missing You〜」松田聖子——(作詞：松田聖子 作曲：松田聖子、小倉良)
「会いたくて 会いたくて」西野カナ——(作詞：Kana Nishino、GIORGIO 13 作曲：GIORGIO CANCEMI)
「Love ☆ Queen」E-girls——(作詞：小竹正人 作曲： Henrik Nordenback、Christian Fast、Ellen Berg)
「きよしのズンドコ節」氷川きよし——(作詞：松井由利夫 作曲：水森英夫)
「男の流儀」三山ひろし——(作詞：石原信一 作曲：中村典正)
「男の火祭り」坂本冬美——(作詞：たかたかし 作曲：杉本眞人)
「サライ」加山雄三——(作詞：谷村新司 作曲：弾厚作)
「SWEET 19 BLUES」安室奈美恵——(作詞・作曲：小室哲哉)
「しまうまグルグル」林アキラ——(作詞：遠藤幸三 作曲：乾裕樹)
「KNOCKIN' ON YOUR DOOR」L⇔R——(作詞・作曲：黒沢健一)
「Speechless」Naomi Scott——(作詞：Benj Pasek、Justin Paul 作曲：Alan Menken)
「つけまつける」きゃりーぱみゅぱみゅ——(作詞・作曲：中田ヤスタカ)
「世界に一つだけの花」SMAP——(作詞・作曲：槇原敬之)
「Chase the Chance」安室奈美恵——(作詞：前田たかひろ 作曲：小室哲哉)
「ヘビーローテーション」AKB48——(作詞：秋元康 作曲：山崎燿)
「UZA」AKB48——(作詞：秋元康 作曲：井上ヨシマサ)

可愛くってずるくっていじわるな妹になりたい

第1刷　2020年1月29日

著者　鈴木涼美

発行者　田中賢一

発行　株式会社東京ニュース通信社
〒104-8415　東京都中央区銀座7-16-3
☎03-6367-8015

発売　株式会社講談社
〒112-8001　東京都文京区音羽2-12-21
☎03-5395-3608

印刷・製本　株式会社シナノ

ISBN978-4-06-518901-6

鈴木涼美《すずき・すずみ》

1983年生まれ。東京都出身、鎌倉育ち。慶應義塾大学環境情報学部卒業、東京大学大学院学際情報学府修士課程修了。女子高生時代のバイトはブルセラ、大学入学と同時にキャバクラ店勤務。20〜23歳までAV嬢として活動。大学院入学時に引退。東大大学院で執筆した修士論文は後に『「AV女優」の社会学 なぜ彼女たちは饒舌に自らを語るのか』(青土社)として書籍化。新卒で日本経済新聞社に入社、都庁記者クラブ、総務省記者クラブなどに配属、5年半勤務した後、作家となる。著書は『身体を売ったらサヨウナラ 夜のオネエサンの愛と幸福論』、『愛と子宮に花束を 夜のオネエサンの母娘論』(ともに幻冬舎)、『おじさんメモリアル』(扶桑社)、『オンナの値段』(講談社)、『女がそんなことで喜ぶと思うなよ 〜愚男愚女愛憎世間今昔絵巻』(集英社)、『すべてを手に入れたってしあわせなわけじゃない』(マガジンハウス)。

編集　おぐらりゅうじ
デザイン　小澤尚美、武藤将也、龍見咲希(以上 NO DESIGN)
イラスト　ポリンキー川合
校正　鷗来堂